万葉挽歌の成立

塚本澄子
TSUKAMOTO, Sumiko

笠間書院

『万葉挽歌の成立』　目次

第一章　挽歌の発生と成立

第一節　挽歌発生前史における葬歌の意義

はじめに

祭式と文学とは、本質的に矛盾した欲求を内包する。従って、呪術としての葬歌と詩としての挽歌とは、究極的にその発想の方法を異にしているといえる。一方で挽歌が発生し、それが人間の心の欲求を満たすものとして制作されるようになっても、葬歌は葬歌たる目的のために、葬送儀礼として非文学の世界で存続することはできる。文学が、祭式を何らかの媒介として発生してきたものと考えるならば、挽歌という主題の分野においては、両者はいかなるかかわり方をしたかということを究めるために、祭式歌である葬歌の問題をとりあげたのである。つまりそれは、挽歌の系譜の問題にもなるのである。

けれども、実際には、葬歌とは何か、ということがまずわからない。そもそも葬歌はわが国固有の習俗として存在したのか否か、ということが論議されている問題なのである。古事記景行代に伝える倭建命葬歌四首も、独立歌謡として見た場合、それ自体では葬歌たる証拠にはならないかも知れないし、また、文献に登場する初めての挽歌らしい挽歌は、大化改新直後の帰化人、野中川原史満によって作られたものであり（孝徳紀）、それ以前の死喪にかかわる歌は、すべて意義の転化したものである可能性もあるからである。

しかし、葬儀記事にたびたびみえる「歌舞」は、葬儀に〝歌〟がうたわれていたことを示していると考えられるので、それがいかなる内容の〝歌〟であろうと、葬歌の伝統はあったはずである。葬歌の伝統が認められるとすれば、葬歌とはいかなる内容の歌でありうるか、を問うことによって、葬歌とは何か、という問題も明瞭になってくるのではないかと思う。それによって、葬儀にうたわれたという葬歌の唯一の確かな例である天皇葬歌の意味も、解けてくるのではないかと考える。倭建命葬歌にその起源をおく天皇葬歌は、その原義がどうであろうと、挽歌の源流になっているには違いなく、葬歌と挽歌のあいだを考える際に、重要な手がかりを与えてくれるであろう。

この見地に立って考察を進めてゆくことにしたい。

一

葬儀に歌舞が行われたことは、三世紀頃の日本の事情を伝えているといわれる魏志倭人伝に、

始死停喪十余日、当時不食肉、喪主哭泣　他人就歌舞飲酒　已葬挙家詣水中澡浴　以如練沐

と見え、後漢書倭伝にも、

其死停喪十余日、家人哭泣、不進酒食、而等類就歌舞為楽

と見える。また、記・紀の天若日子の殯記事にも次の如く見えて、わが国の原始的葬儀の様を窺わせる。

乃於二其処一作二喪屋一而、河鴈為二岐佐理持一、鷺為二掃持一、翠鳥為二御食人一、雀為二碓女一、雉為二哭女一、如レ此行定而、日八日夜八夜遊也。（記）

便造二喪屋一而殯之。即以二川鴈一、為二持傾頭者及帚者一、一云以レ鶏為二持傾頭一以二川鴈一為二持帚者一又以レ雀為二春女一、一云乃以二川鴈一為二持傾頭者一、亦為二持帚者一。以レ鵄為二尸者一。以レ雀為二春者一。以二鷦鷯一為二哭者一。以レ鵄為二造綿者一。以レ烏為二宍人者一。凡以二衆鳥一任事。而八日八夜、啼哭悲歌。（紀）

これらの記述中に見える「歌舞」（「遊」「悲歌」）は、葬歌と密接な関係にあると考えられるが、それを担当した職業集団として、令集解、喪葬令に見える遊部の存在が確かめられる。

釈云……遊部、隔二幽顕境一、鎮二凶癘魂一之氏也。終身勿レ事、故云二遊部一。古記云、遊部者、在二大倭国高市郡一。生目天皇之苗裔也。所三以負二遊部一者、生目天皇之孽、円目王娶二伊賀比自支和気之女一、為レ妻也。凡天皇崩時者、比自支和気等到二殯所一、而供三奉其事一。仍取二其氏二人一、名称二禰義余比一也。禰義者、負レ刀并持レ戈、余比者、持二酒食一并負レ刀、並入レ内供奉也。唯禰義等申辞者、輙不レ使レ知レ人也。後及二於長谷天皇崩時、而依レ檕二比自支和気一、七日七夜不レ奉二御食一、依レ此阿良備多麻比岐。爾時諸国求二其氏人一。或人曰、円目王娶二比自岐和気之女一、為レ妻。是王可レ問云。仍召問。答云、然也。召二其妻問一。答云、我氏死絶、妾一人在耳。即指三負其事一。女申云、女者レ不便二負レ兵供奉一。仍以二其事一移二其夫円目王一。即其夫代二其妻一而供三奉其事一。依レ此和平給也。爾時詔自二今日一以後、手足毛成二八束毛一遊詔也。故名二遊部君一是也。但此条遊部、謂野中古市人歌垣之類是。……

穴云、遊部並従二別式一。謂給不之状、遊部。謂令釈云、隔二幽顕境一、鎮二凶癘魂一之氏。謂佰姓之中有レ人、鎮二凶癘魂一、是人之氏也。事細在二古私記一也。又其人好為レ鎮二凶癘一故、終レ身无レ事。免二課役一、任レ意遊行。故云二遊部一。……

（傍線は筆者附す）

令の規定では、遊部は、三位以上及び皇親に諸葬具と並んで給せられたが、その名義はすでに忘れ去られ、当時の遊部が、「終身勿事」（令義解喪葬令も同じ解釈をとっている）という性格を持っていたがために、「遊部」と言うと考えられていたらしい。集解の穴記は、「終身先事　免課役　任意遊行　故云遊部」と言う。東大寺奴婢帳の天平勝宝三年の項に「遊部足得」の名が見えることからも、遊部の末裔の零落した姿が窺われる。その存在は、倭名抄に、大和国高市郡遊部郷と見えるのによって確かめられる。遊部の出自を伝える古記によれば、その元祖は、伊賀の比自支和気[1]の氏で、その氏から禰義・余比が定められ、殯所に供奉する。刀を負い、戈を持ち、酒食を捧げ、また幽顕の境を隔てる秘儀を行ない（「称義等申辞者輒不レ使レ知レ人也」）、かくして歌舞したものらしい。ところが、長谷天皇の時、比自支和気の氏人がいなかったため、「七日七夜不レ奉二御食一、依レ此阿良備多麻比岐《あらびたまひき》」と言う。そこで、諸国にその氏人を探し求めたところ、比自支和気の女が一人残っていて、円目王の妻になっていた。この女に殯所の事をさせようとしたが、彼女は「女者不レ便二負レ兵供奉一」と言って拒否し、その事を夫の円目王に代ってもらうことにする。かくて、凶癘魂はようやく「和平」し、円目王は「遊部君」と名づけられたという。その「遊」は、「手足毛成二八束毛一遊」ということに由来する。つまり、鎮魂の歌舞をするところに由来する名称である。

その遊部は、もと女戸主の職業集団だったらしい。古記の記録は、「女職から男職に推移する所以を、女力役に堪へずと謂った解釈をおし拡げて来たまで[2]」で、鈿女が「茅纏の矟」を持って歌舞したこと、鎮魂祭で御巫が「桙を以て槽を撞く」ことなどから推して、「女者不レ便二負レ兵供奉一」ということは、少しも理由にならないのである。円目王は、比自支和気の女を娶り、その女から伝えられた鎮魂術をもってはじめて遊部の資格を得たのである。比自支和気の鎮魂術が、「女巫の相承した伝来[3]」であったからに違いない。

遊部が、古代祭儀に重要な役割を持つことに注目したのは伴信友（『比古婆衣』）であったが、折口信夫氏は更にその意義を説かれ、古代における広義の遊部から、後世の狭義の遊部へ、という推移を考えられた。すなわち、遊部の「あそぶ」は、広義の鎮魂舞踊を内容にしているのであって、その鎮魂術は「中世まで伝ったが為に、古代的な意義をある点失った」もので、「貴人の崩薨に当って、殯所に仕へるものが、死者の為にする儀を掌るものと考へられた[4]」のであるという。更に氏は、天鈿女によって遊部の最初を説明される。五来重氏も、遊部の一分流が猿女だったと説いておられる[5]。これらの指摘は、祭式の分化に伴う、鎮魂呪術者の職掌分化の過程が考えさせられて興味深い。猿女は後に中臣氏に管掌され、吉礼の鎮魂舞踊者として固定してゆき、遊部は後に土師氏に管掌され、凶礼に固定していった、と考えられなくもないと思う[6]。そして、遊部は、男系氏族である土師氏に管掌される過程で、女職から男職へと推移したのかも知れない。

令集解は古記の記録に続けて、「但此条遊部、謂野中古市人歌垣之類是」と注する。これが、令の時代の遊部の実態であることは確かであろうが、理解しにくい一文である。遊部と「野中古市人歌垣之類」とのどういう関係を言おうとしたものかが、捉えにくいのである。一応、「此条（喪葬令、遊部の条）で言う遊部とは、（円目王の後裔ではなく）野中古市の人の歌垣の類によって行われているものである」と解釈しておきたい。そこで、遊部と歌垣及び遊部と野中古市の歌垣との関係の二点について探ってみよう。

もしも、遊部の職能が、歌垣によって代り得たのだとすれば、両者の歌舞の性格が、本来的に同じものであった可能性が大きくなる。歌垣は、文献に現われる限りでは、行楽的側面が強く、そこに伝えられた歌も男女の掛け合い歌と言えるが、その本義は、農耕の春秋に山や水辺の聖地に集り、歌舞・饗宴・性的交渉を行った行事とされている。その歌舞は、土を踏んで歌舞することにより、土地の精霊の活動を促すタマフリの呪術であり、饗宴及び性的交渉は、自然の豊饒を感応させる感染呪術であると考えられている。歌垣を構成するこの三つの要素はまた、葬儀にも含まれていると見られる[7]。歌舞・饗宴は言うまでもなく、性的交渉の要素も、「碓女」「春女」

（天若日子の殯記事に見える）が、鎮魂祭で御巫が稲を舂くのと同様、生成呪術を意味するらしい点や、後述の古墳出土の埴輪にみられる生殖観念なども指摘され、やはり葬儀に含まれていると考えられる。それはまた、天岩屋戸の鈿女の鎮魂についても言えることである。宇気を伏せて「踏みとどろこし」(記)て歌舞したことや、その性的誇張など。歌垣・葬儀・鎮魂祭は、みな農業祭的発想法をその基盤に持っていると考えざるを得ない。この点については後で再び確めることにするが、その三つの祭式の歌舞は、源を同じくするものではなかったかと思う。そして、遊部は、歌垣から発生分化してきたのだ、とするのが私の仮説である。歌垣の歌舞は、男女入り混ってのものに違いないが、その中から特に歌舞に堪能な者、即ち鎮魂歌舞をよくする者が現われてくる。それは、鈿女に代表されるような巫女的性能者であった。それが次第に専門化し、共同体内部において、広く鎮魂の祭儀に奉仕するようになる。そしてついには、専ら葬儀の鎮魂を行う部民として固定してゆくという遊部の成立過程を想定してみるのである。遊部が、歌垣を母胎にして発生してきたとすれば、逆に歌垣が遊部化することも、そう困難ではなかったはずである。

しかし、歌垣が遊部的性格を持つようになるとすれば、その直接的契機は、やはり「野中古市」の地域性に求められるであろう。その地名から、浮かびあがってくるものは、野中古市古墳群の存在である。延喜式、諸陵寮によって、その古墳群にある天皇陵の所在を調べてみると、次の通りである。

14　仲哀天皇　河内国志紀郡
15　応神天皇　〃
19　允恭天皇　〃
21　雄略天皇　河内国丹比郡

22　清寧天皇　〃　古市郡
24　仁賢天皇　〃　丹比郡
27　安閑天皇　〃　古市郡

倭名抄に、丹比郡野中、土師郷、古市郡古市郷、志紀郡土師郷とあり、志紀郡を中心とした一帯は土師氏の本貫でもある。また、倭建命の霊魂鳥の留った地として、志紀（記）・古市（紀）が伝えられており、かつ、帰化人の根拠地ともされ、大化五年に新作挽歌を献じた野中川原史満もこの地出身の帰化人であり、わが国の挽歌史とは、極めてゆかりの深い地域である。

さて、この古墳群は、四世紀末から七世紀前半までの天皇陵といわれているが、倭の五王時代前後から俄に活気を呈してくる大陸との交流によって、わが国の古墳築造、葬送儀礼においても、中国の影響が著しくなってくる。因みに、允恭天皇殯宮記事をみると、新羅弔使が「調の船八十艘、及び種種の楽人八十」（允恭紀）の規模で参加している。恐らく、この頃から、従来は手薄だったと思われる埋葬儀礼が丁重になり、一段と儀礼化したはずである。記紀におけるイザナミの死の話にみえる如き死霊に対する「汚穢」と「畏怖」の観念からの、死霊を呪縛し、ハフリステルという原始葬儀のあり方は、弥生時代末期から古墳時代初期の頃の事情を伝える魏志倭人伝の記事（前掲）にはすでにみられず、そこには、十日間の殯のうちに、哭泣・歌舞・飲酒といった儀礼の萌芽が認められる。そして、「已葬」として、埋葬は殯から区別されているのが認められるのである。そもそも、埋葬儀礼の記録そのものが乏しく、歴代天皇の埋葬についても、単にその年月日と陵墓の所在を示すに留まる。殯宮と陵墓とは、距離的にも期日的にも、相当離れている場合もあり[8]、埋葬は単なる殯の終始ではなく、殯から区別された意義をもつ儀礼としてあったのである。「殯」「葬」について記紀の用例を検すると、両儀礼が、文字によって厳密に区別されていることが確められる「殯」と「葬」とが、異なる儀礼であることとは、注意すべきことである。しかし、埋葬儀礼の実態については、文献では捉えがたく、その多くは考古学に依らなければならないであろう。

さて、古墳規模の拡大とともに、埋葬儀礼も発達し、葬儀に奉仕すべき人員は一層多くなったと考えられる。こうした中で、野中古市古墳群の形成において、古墳築造を中心に勢力を伸ばし、葬儀を管掌しつつあった土師氏が、遊部の人員不足を補うために、その土地の歌垣を起用したと考えられる。この推定に誤りがなければ、野中古市地方の歌垣は、遊部の歌舞に通じていったはずである。遊部は、早くから衰亡の一途を辿っていたと思われるので、令以前から遊部と歌垣は、合流して葬儀の歌舞を担当していたと考えるべきではなかろうか。その合流のはじめを、野中古市古墳群の形成期にみるわけである。更に、天皇葬歌の原歌が歌われたのも、この古墳群の形成期ではなかったかと思われる。そうでなければ、倭建命の霊魂鳥が、志紀や古市に留まる必然性も薄くなってしまう。天皇葬歌の起源説話としての意味を持つ古事記の方は、建の霊魂鳥が伊勢国能煩野からまっすぐに河内国志紀をめざして飛ぶことになっており、日本書紀の方は、蕘地から大和国琴弾原へ一旦飛んで、それから河内国古市に向うのであるが、両書とも、志紀・古市を記さなければならぬ由縁があって記述した如くにみえるのである。

葬儀における歌舞が、本来的に歌垣的性格を持っていたこと、そしてそれは農業祭的発想領域に含まれる内容の鎮魂歌舞であったことを、その担い手である遊部の性格を検討しつつみてきた。殯宮記事には、確かに遊部が担当したとみられる歌舞の記録が散見するのであるが、埋葬儀礼の歌舞の記録は殆どみられない。明確な記録がないため、さきに遊部と歌垣との接触の契機を、野中古市古墳群形成期における埋葬儀礼に求めた考えについて、説明がつけにくくなる。そこで、埋葬儀礼の歌舞の実態を知る手がかりを、考古学の成果を援用しつつ、古墳出土の埴輪によって考察してみたい。

二

埴輪の世界が、「死者や古墳と関連する世界」であったことを前提にすると、それは、人間の死や葬りについて、様々のことを暗示してくれる。

埴輪人物像のなかには、琴を弾く人物、おどる人物、太鼓をうつ人、匂《ほとぎ》を叩く人など、歌い、舞う姿の埴輪は食物を捧げる姿の埴輪と共にかなりの数が発見されている。

舞い、あるいは楽を奏する埴輪のほかに、子を負う女子埴輪はいかにも歌を口ずさんだ趣きをそなえている。これらの埴輪がどんな歌、舞いを奏していたか、その内容まではなかなか語ってくれないが、是非知りたいところである。(9)

と、増田精一氏は言われる。そして、それを試みられた水野正好氏の論(10)がある。水野氏は、比較的指摘しやすい特徴をもっている農人の男女群像をとりあげ、その姿態のバリエーションを集め出し、それに序列を与え、埴輪芸能の復原に迫ろうとされた。氏は、その姿態のバリエーションを次の六つに分類される。

第一姿態—鍬を肩にする姿態。ほとんどが両手を胸にあてがう姿態で共通しており、実際に鍬で耕す様を示す例はない。（群馬県赤堀・殖蓮権現山古墳）

第二姿態—陽茎を顕示する姿態。両手を胸にあてがっている。（群馬県赤堀・剛士天神山古墳）

第三姿態—さす手・ひく手の姿態。口ずさんでいる。いわゆる「踊る人々」と呼ばれる埴輪像の姿態。（埼玉県

江南野原）

第四姿態―性交渉を思わせる姿態。男女裸像一組の暗示する姿態。動きを持っている。（栃木県鶏塚古墳）

第五姿態―壺を頭にのせ、子供を背に負う姿態。口ずさんでいる形。第四姿態とセットになっている。（栃木県鶏塚古墳）

第六姿態―鎌を腰にさす姿態。第一姿態と共通した姿態。（群馬県権現山古墳）

こうした農人埴輪群の様々な姿態は、農人を埴輪として形象化する時、有機的なつながりを持っていたと考えられることから、第一姿態の鍬を担ぐ姿態は、春さきの田の耕起を中心に、また第六の鎌を挿す姿態は、稲刈り収穫時に、そしてそれらが共存しているということは、田起こしと田刈りを、農事の終始という意味で関連づけて表現しているのだと説明される。第五姿態との関連は、「男女の裸像の組み合わせが暗示する性交渉」の結果を「背に負う子供」に象徴させ、生殖・誕生を物語っているのであり、農事に位置づければ、播種された種籾が土中から芽を出すといった時点の儀礼と考えられたのである。そして氏は、次のように結論される。

古墳という一つの場の埴輪世界に、本来ならば、時と場をちがえてとり行なわれたはずの年間の農事が、組み合って集められているとすれば、それは農事暦によってまとめられた仕事を一つの場で行なったこととなるのであって、ここに田舞いが、浮かびあがってくるのである。田起こし、種籾への呪術、播かれた種籾の発芽や田植えの呪術・田刈りといった所作が、一つの場で展開されるといった形の舞であり、古墳という場所で年間農事を象徴し、一時に行なう舞の形をもって農人は埴輪世界に位置づけられたのである。

水野氏の「埴輪芸能論」は、農人群像の所作の意味を、民俗事例にみられる田遊び(11)に近似した芸能との関連で説かれたものであるが、その田舞いの意義は、埴輪の世界では、「死し、つぎに生まれ出る首長霊のために『田部』として職業集団のもつ最も重要な儀礼であ」ったとされている。増田精一氏も、稲作儀礼と人物埴輪との関連を説かれる中で、この説を継承され、更に福岡県久留米市下馬場古墳より妊婦の埴輪が出土していることにも注目しておられる。(12)

これらの指摘は、葬儀の歌舞を考える際、示唆に富む。農人埴輪像の意味するものが、水田耕作民の儀礼としての芸能であったとするならば、前にみた遊部の歌舞の性格とも矛盾するものではない。埋葬儀礼として、このような〝あそび〟が行われていたというのは、埋葬自体が、農業祭式と基本的に変らない鎮魂の意義を持った〝祭り〟であったということにもなるであろう。農業祭的発想に基づく埋葬観念は、農耕生活者を基盤として発生してきたものに違いないが、それが、埋葬を支える呪術論理として儀礼化される社会的背景には、農業の発達に伴う族長層の生長と王権の成立の問題があるであろう。つまり、古墳築造能力を持つ支配層の確立ということである。

日本書紀によって、歴代天皇の埋葬月日を検すると、次ページの表のようになっている。

天皇の埋葬が、秋から冬にかけての季節的行事であったことは歴然としているが、工藤隆・古橋信孝氏は、春の行事である即位と冬の行事である埋葬との関連を農業祭式のパターンにおいて論じておられる。(13) 農事暦に基づく葬りの季節観念が定着した時期をいつと定めることはできないが、その意識傾向は古くからあったのではないかと思われる。だからこそ、火葬の代になっても、持統・文武の二代までは、この季節観念に基づく葬りの約束が守られることにもなるのだと思う。それが完全に払拭されるのは、奈良朝になって、仏式の初七日埋葬がとり入れられてからである。

秋から冬にかけての行事として、埋葬が位置づけられるならば、冬十一月の鎮魂祭・新嘗祭とも基本的に触れ

天皇	崩月日	埋葬年月日
1 神武	3・11	翌・9・12
2 綏靖	5・	元・10・11
3 安寧	12・6	元・8・1
4 懿徳	9・8	翌・10・13
5 孝昭	8・5	三八・8・14
6 孝安	1・9	同・9・13
7 孝霊	2・8	六・9・6
8 孝元	9・2	五・2・6
9 開化	4・9	同・10・3
10 崇神	12・5	翌・8・11（10・11）
11 垂仁	7・1	同・12・10
12 景行	11・7	二・11・10
13 成務	6・11	翌・9・6
14 仲哀	2・6	二・11・8

（神功）	4・17	二・10・15
15 応神	2・15	？
16 仁徳	1・16	同・10・7
17 履中	3・15	同・10・4
18 反正	1・23	五・11・11
19 允恭	1・14	同・10・10
20 安康	8・9	？（三年後）
21 雄略	8・7	元・10・9
22 清寧	1・16	同・11・9
23 顕宗	3・25	元・10・3
24 仁賢	8・8	同・10・5
25 武烈	12・8	二・10・3
26 継体	2・7	同・12・5
27 安閑	12・17	同・12
28 宣化	2・10	同・11・17

29 欽明	4・	同・9
30 敏達	8・15	崇峻四・4・13合葬
31 用明	4・9	同・7・21
32 崇峻	11・3	同・11・3
33 推古	3・7	同・9・24
34 舒明	10・9	元・12・21
35 皇極	／	／
36 孝徳	10・10	同・12・8
37 斉明	7・24	？天智六・2・27合葬
38 天智	12・3	？
39 天武	9・9	二・11・11
40 持統	大宝元・12・22	翌・12・17
41 文武	6・15	同・11・20
42 元明	12・7	同・12・13
43 元正	4・21	同・4・28

火葬

初七日埋葬

10月 十一例
11月 八例
12月 六例
8月 三例
7月 一例
（2月 一例）
（4月 一例）

合ってくることになる。鎮魂祭は、太陽の力が弱まり、冬が極点に達する冬至の頃行われた。冬至の頃は、「一年の季節の死と生の行きあう危機的・劇的な時期」[14]であり、その魂に活力を与え更新してやらねばならなかった。先代旧事本紀、天神本紀の鎮魂祭の起源を伝える条で、「死人反生矣」とあるのは、鎮魂祭の鎮魂が死者を復活させる鎮魂でもあることを窺わせる。また、新嘗祭が、稲霊と首長霊の死と復活にかかわる実修であることを思えば、鎮魂祭・新嘗祭における鎮魂の論理が、葬儀にも通じていることは、少しも不思議ではない。天岩屋戸神話が、「一種の葬式」であり、鎮魂祭でもあり、それが新嘗の時のこととされているのも偶然ではなく、事情は、天若日子の葬儀の場合も同様である。葬儀・鎮魂・新嘗の祭りは、一連の季節的行事だったのである。自然界の生命のサイクルは、人間の生命と不可分に結合している。もともと、鎮魂とは、農事暦における季節的生命のサイクルと融即する、霊魂の死と復活の擬態的再現である。その呪術論理が、葬儀・鎮魂・新嘗の祭儀の根幹をなしているのである。

しかし、死は突然襲ってくる生命現象である。埋葬の時期を一定させようとすれば、殯の期間によって調節する以外にない。日本書紀によって、殯と埋葬との関係を調べてみよう。

○推古天皇葬

三　月　七　日　　天皇崩りましぬ。即ち南庭に殯す。

…

九　月　二　十　日　　始めて天皇の喪礼を起す。群臣、各殯宮に誄す。

九　月　二十四日　　竹田皇子の陵に葬りまつる。

○舒明天皇葬

九　月　九　日　天皇、百済宮に崩りましぬ。
十　月　十八日　宮の北に殯す。
…
翌十二月十三日　初めて息長足日広額天皇の喪を発す。
十二月十四日　息長山田公、日嗣を誄ひ奉る。
十二月二十一日　滑谷岡に葬りまつる。

○天武天皇葬

九　月　九　日　正宮に崩りましぬ。
九　月　十一日　殯宮を南庭に起つ。
九　月　二十四日　南庭に殯す。
…
持統二年十一月四日　皇太子、公卿・百寮人等と諸蕃の賓客とを率て、殯宮に適でて慟哭る。是に、奠奉りて、楯節儛奏る。諸臣各己が先祖等の仕へまつれる状を挙げて、遞に進みて誄る。
十一月　五　日　蝦夷百九十余人、調賦を負荷ひて誄る。
十一月　十一日　布勢朝臣御主人・大伴宿禰御行、遞に進みて誄る。直広肆当摩真人智徳、皇祖等の騰極の次第を誄奉る。礼なり。古には日嗣と云す。畢りて大内陵に葬りまつる。

推古・舒明の場合は、一定の殯期間のあと、「始めて喪礼を起す」と明記されていて、これが葬送に就くための儀礼であり、すでに殯は終結していると見られる。天武の場合でも、持統二年十一月の記事は、同年八月までの記事と区別されていて、それが「喪礼」であることは明らかである。この時なされる儀礼は、天皇霊を皇統に系譜づけること、また、王権の確認と服属の誓約である。

推古天皇葬儀に初めて登録された「喪礼」の内容は、政治的意図が強いのであるが、その中軸になっているのは、天皇霊が皇統に系譜づけられることであったはずである。埋葬は、その「喪礼」の延長上にあり、その意義は、天皇霊が皇統に系譜づけられたのち、新しい天皇霊の上に復活すべく行われる鎮魂にあったと考えられる。殯が、一個体の生命の復活にかかわる招魂であるなら、埋葬は、祖霊観にもとづく霊魂の復活にかかわる鎮魂であったと考えるのである。その時点では、もはや一個体の死は問題にならない。祖霊観は、紛れもなく農事暦にもとづく季節的生命のサイクルから引き出された霊魂の復活観念であった。すでに支配者の論理に組み込まれてしまっている儀礼ではあるが、その論理的基礎は確かに農民の中にあったのである。

さて、葬儀の観念を上述の如く捉えることができるとすれば、実際の葬儀でうたわれた葬歌との関係はどうであろうか。また、葬歌とは何かということが次に問題とされなければならない。

三

(1)なづきの　田の稲幹《がら》に　稲幹に　這《は》ひ廻《もとほ》ろふ　野老蔓《ところづら》（記三四）

(2)浅小竹原　腰泥《なづ》む　空は行かず　足よ行くな（記三五）

(3)海処《が》行けば　腰泥む　大河原の　植ゑ草　海処はいさよふ（記三六）

(4)浜つ千鳥　浜よは行かず　磯伝ふ（記三七）

天皇葬歌の起源説話としての意義をもつ倭建命の死の場面で、「后等及御子等」がうたったとされる歌である。

この四首の原義については、種々論議されている。すなわち、四首の歌を物語から完全に切り離した場合、「何処に悲痛哀傷の情があるのであらうか」という高木市之助氏の画期的な疑問の提起[15]が導火線となって、以来、転用歌謡説、つまり非葬歌説が今日まで多数を占めてきた。一方、これらを葬歌とみる説では、「悲痛哀傷の情」を譬喩でよみとるのがふつうである。例えば、本居宣長や橘守部は、(1)の下句に脱落を想定し、イハヒモトホリ、ネノミシナクモなどを補って解釈した。その本旨部分を言外によみとるのである。西郷信綱氏[16]や阿蘇瑞枝氏[17]は、これが、古代霊魂観と葬送儀礼に基づく詞章であったことを説き、葬歌として解釈されている。〝葬〟との関連が認められないとして非葬歌説を説く場合でも、四首の歌が、葬儀の匍匐礼や霊魂鳥をイメージさせる詞章をもっている点に、〝葬〟との関連性を認め、そこに葬歌への転用の契機を求めているのである。これまで、葬儀観念や歌舞の性格をみてきた観点から言えば、高木氏の前提そのものがくずれてしまうのであるが、これらを、霊魂鳥を追い求める歌とする解釈にも疑問を挟まざるをえない。

まず、四首の歌で確認できることは、高木市之助氏が分析されたように、四首が揃って音数の整わない短詩形であり、内容的にも一揃いで極めて素朴であるということである。つまり、形式・内容ともに古朴であるということであり、四首は一連の歌の場を背景にして成立したものらしいことである。また、その詞章には、明瞭に主観を表わす表現がなく、一連の所作的表現が目立つことなどから、歌の背後には、必ず或る所作が存在することが認められる。右の二点を念頭においておこう。

(1)の歌の背景には、必ず水田耕作に関連した場があったと思われる。「なづきの田」は「水につかった田」の意である。「這ひ廻ろふ」は、匍匐礼を表わす表現に多く見られる詞であり、匍匐の所作をイメージさせるが、この場合はそれと同時に「野老蔓」の生態を見事に叙した表現である。一首は、水につかった田の稲の茎に這いまつわっているトコロの蔓、という意になり、述部がない。土橋寛氏は、蔓草が何かにからまるという生態は、恋の民謡の慣用的表現法であり、恋の姿態の譬喩であることを例証されている[18]。氏は、蔓草を一様に考えておられるようにみえるが、恋の姿態を表わす蔓草は、葛とか藤とか、豆科植物の例ばかりである。トコロヅラの特殊な用法に注意してみると、恋の姿態の譬喩とは解しがたい。トコロは、倭名抄にもみえるヤマノイモ科の植物で、わが国に稲作が拡まる前に縄文式時代の中期以降から食料（主食）として重要視されていた。又、サトイモの耕作には古くから宗教的儀礼が行われていたらしい徴証があるとも言われるので、トコロもそれに準じて宗教的儀礼が行われていた可能性がある[19]。

尚、そのひげ根は、長寿を祝うため、正月の飾りに使用されてきた。万葉集に、

皇祖の神の宮人冬薯蕷葛いや常しくに我かへり見む（巻七、一一三三）

葦屋の　菟原処女の……黄泉に待たむと　隠り沼の　下延へ置きて　うち嘆き　妹が去ぬれば……後れたる菟原壮士い　天仰ぎ　叫びおらび　地を踏み……冬薮蕷葛　尋め行きければ……（巻九、一八〇九）

とある。一首目は、枕詞ではあるが、宗教的儀礼の痕跡があるようでもあり、二首目は、挽歌の例で、イモを掘るとき蔓をたぐって根のありかを確かめたことから、黄泉の国へ死者を尋ね求めてゆくことの譬喩的枕詞として使用されている。このような使用例は、歌の場において、その植物を詠み込むことに何らかの必然性が根源的にあったと感じさせるのである。(1)の歌においても、「稲幹に這ひ廻ろふ野老蔓」という景を叙する必然性が、歌の場にあったと考えるのが自然である。トコロが稲の茎にからまるという生態は、現代農業的見地からすれば、憎むべきことになるが[20]、古代では、トコロに、ある呪術的性格を付与していたとも考えられる。いずれにせよ、二度繰り返されている「稲幹」に、重点があると見るべきであろうから、この一首は、稲作と関連した農耕儀礼

の性格を濃く持っているといえる。吉井巌氏は、この一首を春の農耕儀礼の呪歌とみておられる。(21) しかし、この歌は、秋の農耕儀礼に違いない。「冬薯蕷」の用字がある如く、トコロの蔓をたぐり寄せてイモを掘る時期は冬であるが、「稲幹」とあるので、秋を考えるのが妥当である。本稿の論旨からいえば、秋の農業祭、ということが重要なのである。

(2)〜(4)については、特殊な所作が窺えるけれども、歌詞の分析から歌全体の意味をとらえてゆくことは、かなり困難と思われる。歌の場は、(1)から、(2)(3)(4)へと、水辺に向って移動していることがわかる。そして、(1)の「なづきの田」は、(2)(3)の「泥む《なづ》」に続く。三首に共通している「なづ」系の言葉に注目し、その言葉の精密な意義調査をされた神堀忍氏は、(22) (1)のナヅキも、「脳磯《なづきのいそ》」（出雲国風土記、出雲郡）「脳島《なづき》」（同）も、(2)(3)のナヅムも、同じ語幹から派生した語であり、ナヅは、「水にひたる」意で、ナヅムは、「水に浸ることから発して、人間の志向する動作を阻む箇所での苦痛や労苦を感じることを表はしてゐる」と結論された。おおむね従うべき解釈であろう。つまり、ナヅムは、歩行困難な箇所での所作を表わしていると見るのである。

「浅小竹原」は、古事記の地の文に「小竹の苅杙に、足跳り破れども」とあるのと関連させ、大化改新の詔（薄葬令）に「亡人の為に、髪を断り股を刺して誄す」とみえる旧俗に重ね合わせて考えるのがふつうである。地の文の内容と大化改新の詔にみえる旧俗とは、確かに一致するようである。「浅小竹原」は、刈りあとが足を刺すような苦痛の場となることもあるかも知れないが、また、「神奈備の浅篠原のうるはしみ」（万葉集巻十一、二七七四）ともあるように、単に丈の低い篠原のことであるかも知れない。その「浅小竹原」が歩きにくい場であることは言うまでもない。

(4)の「浜つ千鳥」についても、死者の霊魂鳥と結びつけて考えられているが、水鳥は必ずしも死霊魂のイメージばかりではない。土橋寛氏は、「水鳥が日常、あるいはとくにタマの危機において『見る』対象となったり、タマフリの呪物と考えられた理由については、いろいろの事情が考えられる」として、次の例を挙げておられる。(23)

○餅を用ちて的と為ししかば、白き鳥と化成りて飛び翔りて山の峯に居り、伊禰奈利生《いねなりお》ひき。(山城国風土記逸文、伊奈利社条。同島部里条にも類話がみえる)

○餅を作ちて的と為しき。時に、餅、白鳥と化りて、発ちて南に飛びき。当年の間に、百姓死に絶えて、水田を造らず、遂は荒れ廃てたり。(豊後国風土記、速見郡田野条)

○白き鳥あり。……其の鳥を看しむるに、鳥、餅と化為り、片時が間に芋草数千許株と化りき。花と葉と、冬も栄えき。(豊後国風土記総記条)

このような例によって、霊魂鳥の観念は、人間のみならず、稲や芋にもあること、そしてその「霊魂」の観念は、遊離魂である場合も生命力である場合もあることがわかる。水鳥が、稲や芋の豊穣をもたらしたり、枯らしたりする話は、農業によって生命を支えていた古代人の発想として興味深い。水辺で行われる歌垣の記事に「儛へる鶴を渚の干に覧る」(常陸国風土記、茨城郡)とあるのも、本来は、水鳥に生命力をみていたことによるタマフリではなかったかと思われる。鳥は、天若日子の葬儀にも現われるが、また「神語」(記二～四)にも盛んに現われ、この場合は結婚の歌であるから、いちがいに死との関連でばかり説くことはできない性格を持っている。

(2)～(3)の歌の主要な語句だけを摘出して考察してみたのであるが、これらが特に死者の霊魂鳥を追う歌とみなければならぬ理由はないと言えそうである。吉井巖氏は、わが国の水の呪術に関する民俗事例や、フレイザーの『金枝篇』にみえる女たちの水の祭儀などと関連させて、(2)～(4)を水の祭儀にかかわる歌と考えられた。(24) 歌垣が水辺でも行われることの意義を考え合わせれば、春の水辺における農業祭を背景にした歌、とみることは可能だと考える。⑴との関連から言っても、⑵以下に水田耕作にかかわる水の儀礼をみるべきかと思う。

⑴が秋、⑵以下が春の農業祭を背景にしているとすれば、この四首が一連の歌として成立するのは、春秋の年間行事を一つにまとめて実修する田遊び的芸能の行われる場であっただろう。そしてそれが、葬儀の場であったとしても、これまで遊部の性格や埋葬儀礼の実態を考えてきた立場から言えば、極めて自然である。四首の歌は、農業祭を背景にした埋葬儀礼の歌舞の詞章であったと考えるのである。しかし、農業祭の呪歌そのものではない。歌の担い手たちが、彼らの生活に根付いている農業祭的思考において、葬儀の歌をうたおうとするとき、哭する者の立場がおのづから詞となり、所作となって表現されたのだと思う。それが、「這ひ廻ろふ」であり「腰泥《なづ》む」であったであろう。そしてその所作は、葬儀の匍匐礼に通じていたのでもある。

天皇葬歌を埋葬（葬送も含めてよい）の時の歌であるとみることは、歌の内実と埋葬観念の上からも言えるが、古事記の所伝の記述の上からも言える。倭建命の「御陵を作り」、「その御葬に歌ひき」と記され、また、「天皇の大御葬に歌ふなり」と記されているのは、それが、埋葬の歌であることを明確に示している。従来、これを殯の時の歌とみる傾向があったが、それは誤りとすべきである(25)。

むすび

天皇葬歌四首を以て、挽歌の源流と考えることは、すでに常識となっている。しかし、大化改新以後、特に万葉の挽歌は、その多くが殯宮歌である。しかるに、天皇葬歌は、明らかに埋葬の歌なのである。遊部は、殯から埋葬までの歌舞を担当したと考えられるが、その歌舞の内容には、殯と埋葬とで区別があったとみるべきであろう。そして、葬儀の歌は、埋葬儀礼から発達してきたとみられる。殯は、霊魂の浮遊する期間で、なまなましいタマフリが行われ、歌舞もその一環としてあったのであるから、歌舞の詞章があったとしても、呪文のような詞ではなかったかと想像される。それに対して埋葬は、復活を内容に含みながらも、死の決定した後の〝魂祭り〟的性格を濃くしているのであるから、葬歌としてのまとまった詞章を持ちやすくなると考えられる。記紀に伝える死の物語の中で、〝挽歌〟らしくうたわれている歌は、すべてが、葬送か埋葬の時の歌ばかりである点も注意すべきである。葬送の歌としては、武烈即位前紀の影媛の歌（紀九四）、継体紀の毛野臣の妻の歌（紀九八）、埋葬の歌としては、武烈即位前紀の影媛の歌（紀九五）があげられる。これらの歌の内実はどうであれ、歌の場の伝承がそうなっているのである。又、倭建命葬歌をはじめ、これらの伝承歌がすべて女性によって担われているのは、遊部がもと女職であったこととも関連するようである。その他、葬送を背景にしていると推定される歌として、允恭記の「読歌」（記八九）、継体紀の春日皇女の和唱（紀九七）がある。これらの伝承歌は、実際の葬儀に歌われたとは考えがたいが、埋葬儀礼の発達の中で葬歌も成立し、生長してきたであろうという筋道だけは伝えていると思われる。そしてその成立は、中国の挽歌によって触発されたのかも知れない。「薤露」「蒿里」をもとうたとする中国の挽歌は、王侯貴族の葬送曲であり、メロディにのせて実際にうたわれる楽府であった。[26] 日本においても、同様のことが言えるようである。土橋寛氏が、わが国の民俗事例に、葬歌の例は一つも見出されないということから帰納して、葬歌はわが国固有の習俗ではなかったと結論された[27]のに、半面は賛成である。歌舞の詞章があったとしても、それは呪文のような詞であった可能性が大きく、それが一応まとまった歌詞となるには、儀礼が形式として整ってくる必要があると思われる。

　例えば、古語拾遺の天岩屋戸開きの段で、群神たちの歌舞の詞として、

阿波礼《あはれ》　阿那於茂志呂《あなおもしろ》　阿那多能志《あなたのし》　阿那佐夜憩《あなさやけ》　飫憩《をけ》

という古い伝えらしい詞を伝えているが、これが一種の歌舞の詞章だとすれば、後の、鎮魂祭の時の歌と伝える年中行事秘抄の八首との関係において考察することが参考になる。

あちめ一度　おゝゝ三度　魂筥に木棉とりしでて　たまちとらせよ　御魂上り　魂上りましし神は　今ぞ来ませる

あちめ一度　おゝゝ三度　御魂みに　去りましし神は　今ぞ来ませる　魂筥もちて　去りくるし御魂　魂返しすなや

（群書類従本による）

これは、その中の最後の二首であるが、呪文めいた歌とはいえ、儀礼歌としての意味のまとまりを持っていて、いかにも後世的な感じがする。古語拾遺の囃子詞や感動詞の羅列的表現は、来目歌の「大きに哂ふ歌」、

今はよ　今はよ　ああしやを　今だにも　吾子よ　今だにも　吾子よ

にも通じ、歌舞の詞章そのものであったとみられるのである。

葬儀の歌舞は、土橋氏も今の民俗にまで残っていると指摘されているように、それ自体は民間の習俗であったが、歌舞からまとまりを持った葬歌が生れてくるのは、支配層の葬儀における儀礼化の過程の中としか考えられない。そして、その過程には、中国の葬送儀礼のあり方が影響しているのである。土橋氏の見解に半面賛成する理由である。他の半面については反対の意見をもつ。それは、歌舞の中に含まれている歌以前の〝歌〟の存在、葬歌の母胎となった〝歌〟を想定してのことである。

葬歌から挽歌へという道筋は、単純には説明できないであろう。葬歌のもっている呪術論理が、詩として浄化され止揚されるためには、自己の感情の高揚によって、それが詩の論理にまで高められなければならない。それには、近江朝挽歌群の出現を待たなければならないであろう。また、その前には、大化改新期の挽歌発生の問題

が横たわっている。それが次に解明されなくてはならない課題である。

【注】

（1）延喜式神名帳に「伊賀国伊賀郡」の十一座の中、「比自岐神社」がみえる。
（2）折口信夫「和歌の発生と諸芸術との関係」（全集第十七巻）
（3）注（2）に同じ。
（4）注（2）に同じ。
（5）「遊部考」（『仏教文学研究』一　昭和三十八年）
（6）土師氏の最初の殯宮管掌のことは推古紀にみえる。その職掌の凶礼専一化のことは、続日本紀、天応元年六月二十五日条に「式観二祖業一、吉凶相半　若其諱辰掌レ凶　祭日預レ吉　允合二通途一　今則不レ然　専預二凶儀一　尋三念祖業一　意不レ在レ茲」とあり、土師氏の殯宮御膳誄人長等の職掌が廃止になるのは、延喜十六年四月二十三日の太政官符（類聚三代格）においてである。
（7）松前健『日本神話の新研究』（昭和四十六年　桜楓社）
（8）例えば欽明天皇の場合は、河内国古市郡に殯宮、大和国高市郡に陵が築かれ、敏達天皇の場合では、大和国広瀬郡に殯宮、河内国石川郡に陵が築かれている。
（9）『埴輪の古代史』（昭和五十一年　新潮社）
（10）「埴輪芸能論」（『古代の日本2』昭和四十六年　角川書店）
（11）水野正好氏は埴輪芸能にみた田舞に近似した例として、東京都板橋区下赤塚町諏訪神社で行なわれる田遊びをあげている。その例は、正月十三日に、一年の農のとり運びを実修する、予祝儀礼である。
（12）注（9）に同じ。
（13）工藤隆「大嘗祭にみる古代天皇権力の演技構造―演劇と政治の接点についての一考察―」（『演劇学』十六）・古橋信

孝「古代詩論の方法試論（その1）」（『文学史研究』一）

(14) 西郷信綱『詩の発生』（昭和三十九年　未来社）

(15) 『吉野の鮎』（昭和四十九年　岩波書店）

(16) 『古事記研究』（昭和五十九年　未来社）

(17) 「神話的想像力―天皇大葬歌四首を中心に」（『解釈と鑑賞』四十-九　昭和五十年九月）

(18) 『古代歌謡全注釈　古事記編』

(19) 日本古典文学大系『万葉集』２補注

(20) 清田秀博「古事記景行記の歌謡『なつきの田の』に就いて」（『文学』十七-二　昭和二十四年二月）では、上代人のところづらに対する憎しみ（稲の成育を妨げるものとしての）として解釈されている。

(21) 「倭建命物語と呪歌―その葬歌についての一仮説―」（『国語国文』二十七-十　昭和三十三年十月）

(22) 「歌謡の転用―倭建命葬歌の場合―」（関西大学『国文学』二十六　昭和三十四年七月）

(23) 『古代歌謡と儀礼の研究』（昭和四十年　岩波書店）

(24) 注（21）に同じ。

(25) 例えば、西郷『古事記研究』では、「御陵」とは、おそらく「殯宮」のことである、と言っている。諸説も暗黙裡に「殯宮」と解しているようである。しかし、記紀では「殯《モガリ》」と「葬《ハフリ》」の文字を厳密に区別しているし、又、「陵」「墓」の文字も「殯宮」とは区別している。従って、倭建命葬歌を殯宮の時の歌とみる説は誤りと考えるのである。

(26) 一海知義「文選挽歌詩考」（『中国文学報』十二）に詳説されている。

(27) 『古代歌謡の世界』（昭和四十三年　塙書房）

第二節　孝徳・斉明紀の挽歌における詩の成立の問題

――類歌性をめぐって――

はじめに

孝徳・斉明紀に見える挽歌九首の中、本節では特に、万葉集に類歌が求められ、その類歌との関係が問題になる五首（一一四、野中川原史満の歌・一一六～八、斉明天皇の歌・一二三、中大兄皇子の歌）を中心に、その歌のあり方を考察してみたい。孝徳・斉明紀の九首は、挽歌史においてだけでなく、和歌史においても、重要な意義をもつものである。それらが詩を志向しながら既存の歌謡といかにかかわったか、とりわけ右の五首は、万葉集の相聞歌と関係が深いと見られることから、詩の成立の問題としてその関係が論じられるところである。また五首の中には、挽歌としての意味が不透明、不明瞭な点なども指摘されていて、これらの歌のあり方が問題にされなければならないであろう。なお、これらの挽歌について、その制作時期と作者に異説もあるが、今は、日本書紀の所伝に従う。また、ここで言うところの「挽歌」とは、万葉集の「挽歌」に準ずる意味で用いる。古事記の「大御葬歌」のような「葬歌」とは、発想の次元を異にするので区別するのである。(1)

一

A　山川に鴛鴦二つ居て偶ひよく偶へる妹を誰か率にけむ　其の一（一一三）

B　本毎に花は咲けども何とかも愛し妹がまた咲き出来ぬ　其の二（一一四）

大化五年三月、妃造媛の死を悲しむ中大兄皇子のために、野中川原史満が作った挽歌である。一読まず二首の歌の清新で美しい抒情表現に感をそそられ、そしてこのような新鮮な歌が、この時期になぜ出てきたのかという思いにとらわれる。

Aは、詩経の「関雎」をもとにして作られたというのが通説である。これに対して、身﨑壽氏は「雎鳩」と「鴛鴦」の違いに注目して、詩経の「関雎」との関係を否定する新説を出された。(2) ただ身﨑説も漢詩文の世界の投影をみることでは一致していて、Aが漢詩的世界からくる異国的情調をもって新鮮であることに変りはない。

さて、問題になるのはBである。Bは万葉集に次の類歌が指摘されている。

B′　時々の花は咲けどもなにすれそ母とふ花の咲き出来ずけむ（巻二〇、四三二三）

天平勝宝七年（七五五）の防人の歌である。大化五年（六四九）から百年余りの歳月が流れ、しかも大和と遠江という地理的条件がありながら、B・B′があまりにも酷似する発想形式をもつことをいかに考えたらよいか。高木市之助氏は次のように論じられている。

七世紀から八世紀へかけて相当長い期間に、又中央から東国へかけて、相当広い範囲で流行していた、一首の歌謡があったとして、それを中央で、大化年間にとりあげて、皇太子の妃の挽歌に仕立てたのが史満の「もとごとに」の歌であり、同じ歌謡を、百年もして、地方でとりあげて若い防人の母思いの歌にこしらえたのが丈部の真麿の「ときどきに」の歌という事になる。「もとごとに」という書紀歌謡の本質は、こういう風に考えてはじめて分るのではないか。……この歌は書紀の所伝とたいしたちがいのない、立派に史実に支えられた、官僚満の創作であろう。けれども満の歌作の背後には、防人歌と共通の、或る民謡的基盤があり、随って、この歌は同時に官僚的作歌であることを乗り越えて、いちじるしく民衆的であり、その意味では史実よりも却って伝説に支えられている。そこに詩と民謡が平気で同居する、古代歌謡というか、記紀歌謡というか、そうした世界があるといえよう（「記紀歌謡おぼえ書㈣」『日本文学』三―四）

右は益田勝実氏が論文(3)に引用された部分であるが、ここで高木氏が想定された「一つの歌謡」ということを、益田氏は「『一つのうたの発想の形式』が人びとに共用されている状態」と言い直された。しかし、Ｂ・Ｂ′の関係を説明するものとして共有の「一つの歌謡」なり「一つのうたの発想の形式」なりを想定することは、次の二点において納得がいかない。

「本毎に」が「時々の」に、「愛し妹」が「母とふ花」に置き換えられただけの二首の歌の間に、それらのもとになった歌謡を想定するとすれば、その歌謡もまたこの二首と酷似するものであったということになろう。そうであれば、満は人々の共有する有名なある歌謡を、詞句を少し入れかえて挽歌に仕立てただけということになる。単なる替え歌にすぎない歌を、中大兄がいたく感動し、琴を授けて唱わせ、褒賞を与えたというのは大げさすぎて腑に落ちない。勿論、Ａ一首だけでも十分にそれだけの価値はあったであろう。しかしながら、Ａ・Ｂの歌の世界には、既存の歌謡世界には求めがたい抒情世界が、共通してあるように感じられはしないであろうか。悲しみというものにことばを与えて、このように美しい悲哀の世界を形象し得るものか、という驚嘆をさえ中大兄に与えたであろうと思われるほど、みずみずしい美しさをもつ点で、Ａ・Ｂは共通しているように思われるのである。

もう一つの疑問点は、Bの発想形式の新しさという点にある。Bの「〜咲けども〜また咲き出来ぬ」という形式を、土橋寛氏は「挽歌的対照形式」と言われた。[4] これは万葉集に多く、特に柿本人麻呂に好んで用いられ、逆接の助詞一つを境に暗転する「動乱調」[5] の文学として完成される形式である。土橋氏によると、対照形式そのものが記紀歌謡では比較的新しく、Bのほか三首（記七・紀四七・紀一二六）しかないという。そして、「挽歌的対照形式」のものはBが初出である。前句に景物の繁栄、自然の永遠性を、後句に人事の衰亡、人間の営為のはかなさを歌って対照させるこの手法は、「自然や世界を、肯定的にのみ見ることのできない」（土橋寛氏）より屈折した魂の発想法といえる。個人の創作において初めて獲得された発想形式ではなかったかと思われるのである。つまり、共同発想の歌謡の基盤からまっすぐに生長してきたものではなく、その共同性から疎外されたところの個の魂が、対象と自己との矛盾に突き当った時の、人間の運命に対する暗い認識が、この発想形式を生み出したのだと考えるのである。

孝徳期という時代は、大化改新後の体制作りのために残虐な政治的策謀が働き、多くの犠牲者を出した時代であった。「古代専制政治の闇黒の法則」[6] が孝徳天皇その人をも犠牲にしながら冷酷に進行していったのである。無実の謀反罪に問われ自経し果てた蘇我山田石川麻呂、その死を悲しむあまり心を破られ死んでいった娘の造媛もその犠牲者であった。そして石川麻呂を死へ追いやった張本人の中大兄は、今、愛妃の死に直面し、「愴然傷怛哀泣」してやまない。政治と個人との矛盾、分裂は、大化改新を境に激化してくると考えられる。それは、とりわけ人の死を通して体験されたであろう。しかし、当時の人々の精神は、個人の運命の上にのしかかってくるその暗い体験を、深刻に認識するところまではいっていない。万葉集挽歌部の冒頭、斉明天皇代に、「有間皇子

自ら傷みて松が枝を結べる歌二首」として載せられた、

　磐代の浜松が枝を引き結びま幸くあらばまたかへり見む（巻二、一四一）

　家にあれば笥に盛る飯を草枕旅にしあれば椎の葉に盛る（巻二、一四二）

という歌は、謀反のかどで捕えられ、送検される旅の途上において詠まれたものであった。この後、有間皇子は、中大兄皇子の検問を受け、処刑され、十九歳の生涯を終えるのであるが、おそらくは中大兄皇子が仕組んだ政治的陰謀の罠に、若い有間皇子がかかったにすぎないと思われる事件で、捕えられ送検される十九歳の青年の胸中には、無念の涙もあったであろう。「ま幸くあらば」と一縷の希望をいだきながらも、死への旅であることを自覚していたはずの歌であるにもかかわらず、「切迫した慟哭の調べには乏しく、無限の悲しみを、むしろ淡々とした調べでさりげなく歌っている。これは皇子の抒情の主体をなす自我がまだ激しい分裂を経験せず、民謡的な共通の発想基盤に結ばれ、古代的な造型を伝えていることを示すものであろう[7]」と思われるのである。

　大化改新後、急テンポで進んでいく新しい国家体制ほどにはそこに生きる個人の魂の近代化は早く進まなかったように思う。個人の魂の方がより多く古代性を保っていたのである。「挽歌的対照形式」が、「壬申の乱前後から急に勢力をもつようになった」と土橋氏がいわれるのは、その頃からこの発想法が、社会的レベルで人の心に育ってきたことを意味するであろう。孝徳・斉明期の人々は、まだ古代的心情に生きていた。それでは満は、いかなる契機によってこの発想法を獲得したのであろうか。

　中国挽歌詩の先蹤とされる葬送曲に「薤露」「蒿里」の二曲がある。その中とくに「薤露」は、文選の陸士衡の挽歌詩三首の第一首目に、

　殯宮何嘈嘈　哀響沸㆓中闈㆒

中闈且勿㆑讙　聴㆓我薤露詩㆒

と歌われている。哀韻きわまりない調べであったようである。その詩を掲げてみよう（文選巻二十八　陸士衡挽歌詩の李善注の引用による）。

薤　露

薤上朝露何易㆑晞
露晞明朝還復滋
人死一去何時帰

自然の永遠回帰と人命のはかなさとが対照されたこの詩は、何とBの歌の世界と近いことか。朝露は乾きやすくはかないものである、それでも露ならば乾いても明朝またいっぱいに結ぶ、けれども人は一度死ねば再び帰っては来ない、と歌うこの詩の「露」を「花」に置き換えれば、Bの歌になるであろう。花は散っていってもまた美しく咲く、けれども、花が散るように死んでいった妹は再び帰っては来ない、と。花や露には、一回性のはかなさと回帰性による永遠性との二側面があるのに、人命に喩えられるのは一回性の側面だけである。そこに再生への願望を断たれた人間の悲哀があるのであり、対比されるものが永久不動の自然物である場合よりも、いっそうはかない悲哀の世界を形成することができる。このような対比のしかたは、日本の伝統的な思想の中にはなかったものである。人命を花のようにはかないものとみる思想自体は、既に日本神話の中にあった。邇邇芸能命は、その妻とすべく差し出された姉妹のうち、醜い姉の石長比売を嫌って親元へ送り返し、美しい妹の木之花佐久夜毘売だけを残して妻にした。その結果、人間は、石のように永久不動の生命力を失い、木の花のように脆くてはかない生命をもつことになったという、人間短命の由縁譚である。ここでは、石と花とが対比されているが、このように不動の自然と対比する思想そのものは、きわめて素朴な形で伝統的な歌謡世界にもあったということができる。体験的自然から人間がおのずから引き出して来たものであろう。万葉集の挽歌に、

高山と　海こそば　山ながら　かくも現しく　海ながら　然直ならめ　人は花ものそ　うつせみ世人

(巻十三、三三三二)

と歌われているのもその思想である。ただ、この挽歌は、仏教的無常観を感じさせ、時代の下る制作かと推測されるものである。ともかく、Bの歌の世界とは手法がだいぶん違っていると言える。更に、Bの歌の花は、生前の妹の美しいイメージを浮び上がらせ、この一首のイメージをつくり出している点で、詩のことばになっている。単なる比喩ではないのである。

Bは、Aと同様に漢詩との出会いによって生れた挽歌であった。その発想形式は、当時の人々の心が漠然と感じつつあった、人間のいのちの哀しさ、また運命の哀しさというものに、形を与えるものとなったであろう。時々に演奏され、人々の心の共鳴を得て、次第に確実に伝播していき、メロディに乗って百年後の遠江の防人の心にまで届いた。その時点では、満の創作歌は、民衆に共有される一種の〝民謡〟であったと言えなくもない。防人の歌は、満の歌の替え歌であったと考えるのである。

二

C　今城なる小丘が上に雲だにも著くし立たば何か嘆かむ　其の一（一一六）

D　射ゆ鹿猪を認ぐ川上の若草の若くありきと吾が思はなくに　其の二（一一七）

E　飛鳥川漲ひつつ行く水の間も無くも思ほゆるかも　其の三（一一八）

斉明四年五月、八歳で薨じた皇孫建王に対する斉明天皇の挽歌である。格別にかわいがっていた孫の夭逝に、この祖母がいかに嘆き悲しんだかは、同年十月にも建王を思い出し、悲痛の思いを三首の挽歌に託していることからも想像できる。そして、斉明天皇の深い悲しみをあがなって、日本の歌謡ははじめて抒情詩へと上昇しようとするのである。CDEは、そうした歌の姿を示している。

さて、Cは万葉集に次のような類歌が指摘されている。

C′ 雲だにも著くし立たば心遣り見つつも居らむ直に逢ふまでに (巻十一、二四五二)

我が面の忘れむしだは国溢り嶺に立つ雲を見つつ偲はせ (巻十四、三五一五)

面形の忘れむしだは大野ろにたなびく雲を見つつ偲はむ (巻十四、三五二〇)

などで、他にも類歌と思われるものが数首ある。こうした類歌性をどう見るかについて、益田勝実氏は、Cの歌が「離れて思い合う男女の歌の発想法を挽歌に導入した」もので、「もがりの日々の暮らしをしている者の叫びとしては、恋のうたの慣習的発想形式によりかかったあまさが見られる」と言われた。その「あまさ」とは、Cの「雲だにも著くし立たば何か嘆かむ」という歌い方が、「逆に雲さえ立てば、心が慰さむかの感を与えて、悲しみの限りない深さを弱めてしまう」ということであるらしい。「〜ば何か嘆かむ」の形は、万葉集に、

風をだに恋ふるはともし風をだに来むとし待たば何か嘆かむ (巻四、四八九・巻八、一六〇七 鏡王女)

の歌の他、巻十、二二三九人麻呂歌集・巻十三、三二四九・巻七、一三九三など、相聞歌に例があり、中西進氏は、この形を「一般流布歌という推定も可能である」(8)と言われる。確かに右にあげたような万葉集の相聞歌とCの歌とは関係が深いようにみえる。そして、相聞の類歌の側からCの歌を見た場合、益田氏の言われる通りであろう。しかし、Cの歌は、万葉集の挽歌とも関係が深い。

C″　直に逢はば逢ひかつましじ石川に雲立ち渡れ見つつ偲はむ（巻二、二二五　依羅娘子）

柿本人麻呂への挽歌である。Cは、表現上ではC′の方に近いようにみえるが、心はC″と同じものなのである。挽歌で雲を見たいと歌うのは、前掲巻十四の相聞歌で歌うような、雲が人の顔形を思わせるものだからではない。雲が亡き人の霊魂そのものであるからである。

　つのさはふ磐余の山に白たへにかかれる雲は皇子かも（巻十三、三三二五「挽歌」）

このような挽歌における「雲」の用例は他にもあり、決して珍しいものではない。土橋氏は「雲や煙は一面では自然の生命力の活動する姿として国讃め歌の素材となり、他面では人の生命力ないし霊魂の姿として、相聞歌や挽歌の素材になっている」と説明されている。(9) もともと相聞歌でも挽歌でも、雲は霊魂の姿として素材になったものが、相聞歌の方は人の顔形という見方を派生させたと考えられる。ゆらゆらと揺れ動き、様々に形を変えて捉えどころのない雲の姿に古代人はありありと霊魂の姿を見たのであろう。火葬の煙の場合でも、それは本質的には変っていないと思われる。持統天皇の、

　北山にたなびく雲の青雲の星離れ行き月を離れて（巻二、一六一）

という挽歌も、そのような「雲」の観念をふまえて読めば、理解できるものである。「何か渾沌の気があって」（『万葉秀歌』）真実なものがこもっているこの歌の「雲」というものは、万葉集の民謡的な相聞歌の雲よりも、もっとなまなましく霊魂と結びついていることを感じさせている。

　Cの歌で「雲だにも」と歌われている「雲」は、C′の「雲」よりはるかに重要な意味をもつ雲であった。C″の挽歌でも歌っているように、肉体が滅び去った後、死者と生者が接触できるとすれば、それは霊魂を見ることを通してであった。Cの「雲」は、その意味で重要なのであり、「今城なる小丘が上に」という限定された確かな

叙景は、それを強調する効果をもつ。この「雲」への集中度が、結句の「何か嘆かむ」の軽重を決定する。Cは、せめて雲だけでも立てば、これほど嘆くこともないであろうに、ということで、「雲さえ立てば、心が慰む」というのではなく、雲が立たない嘆きの方に重点があるのである。このように見てくると、Cには一般流布歌的弛緩がないばかりではなく、C′その他の類歌のどれよりもすぐれた抒情詩となっている。このことは、相聞の流布歌によりかかった作歌という見方を拒否するであろうし、Cが独自の歌の世界を創造していることを認めることにもなるであろう。

Dは、万葉集に次の類歌をもつ。

D′　射ゆ鹿を認ぐ川辺の和草の身の若かへにさ寝し児らはも（巻十六、三八七四）

Dの序詞に「射ゆ鹿を認ぐ川辺の若草の」とある「若草」が、D′では「和草」となっているが、同根同発想の序詞であることは明らかであろう。ともに下句の「若し」を導く。ところでDの歌では、序詞と下句との続き方がはっきりせず、そのためこの一首の納得のいく解釈がまだ得られていないのである。土橋寛氏は、D′については「春の初めの山遊びで乙女と情を交した青春の日を追憶した老人の歌」と見て、D・D′の「上三句の序詞はそのような農民の歌とすれば納得がいく」と言い、Dについては、人間の自然な感情として「幼い孫の死に逢った祖母の悲しみは、幼くて死んだことそれ自身に対するものであるはず」なのに、「『若くあったとは思わない』というのは理解しがた」いと述べられている。そういう訳で、土橋氏は、Dを記紀歌謡の中で「もっとも難解な歌の一つ」だとし、この歌の難解さは「むしろ表現技術の未熟さによるものと思われるのであり、それは既存の歌詞の不用意な借用のため」と考えられた[10]。同様のことを益田勝実氏も指摘され、武田祐吉氏もやはりDにおける序詞の不適当さに言及されている[11]。Dの歌の再検討が必要であろう。

さて、Dの「若し」を「年が若い」意にとれば、この歌の意味は通らない。そこで蔵中進氏は、これを「幼少で、ひよわな」[12]と解釈された。実にそう解釈できれば問題はないわけである。「若」は、『時代別国語大辞典　上代編』で「上代では、幼少の意の場合が多」いと説いているように、「幼少」と解するのがむしろ普通である。万葉集でも「若児」（巻三、四五八）「若子」（巻三、四六七）をミドリコと訓み、ワカクサと訓むところに、「稚草」（巻十、二〇八九・巻十三、三三三九）の文字を用いている。「若」には、この「幼少」の意の他に、「弱」の意味もその属性概念としてあったことが、次の記述から言えるであろう。

『観智院本類聚名義抄』に、

嫩　嫩　脆而易破　ワカシ

とある。これによるとワカシには「脆弱」の意味があったことがわかる。また、仁賢紀六年の記事に「弱草吾夫」とあり、その割注に、

言二弱草一、謂下古者以二弱草一喩中夫婦上。故以二弱草一為レ夫。

とある。この「弱草」は、諸橋轍次『大漢和辞典』によると、

〈沈約、傷春詩〉弱草半抽レ黄、軽條未レ全レ緑。

〈南史、魚弘伝〉丈夫生、如下軽塵棲二弱草一、白駒之過上レ隙。

という典例があり、はかなさのまつわる「よわい草」のようである。「弱」は、

二十日レ弱、言柔弱也。〈釈名、釈長幼〉

という場合の「柔弱」の意もある。仁賢紀の注で「若草の（夫・妻）」という枕詞の説明に「弱草」の漢字をあてたのは、この枕詞が右のような漢語の「弱」の意をもっていたからと考えられる。万葉集の柿本人麻呂の歌（巻

三、二三九）にワカコモを「弱薦」と表記しているのも、「若」が「弱」の意を含むからであろう。このように「若し」ということは、同時に「脆弱」「柔弱」という属性をもつことであり、この「若し」を幼少の者について言う場合には、幼いゆえの脆さ、弱さを意味することになる。『大漢和辞典』では、「若」に「幼弱」の意をあげ、

〔集韻〕若、一曰、今人謂レ弱為レ若。

という典例を示し、更に、

〔中華大字典〕按、日本文、幼弱字、亦以レ若為レ之。

と掲げて「若」が「幼弱」の国義をもち、通用したことを示す。

さて、そこでDの歌の意味を解釈してみよう。下句「若くありきと吾が思はなくに」とは、「幼少で脆弱な子だったとは思わなかったのに」と解し得る。八歳で病死した孫を「もっと丈夫な子だと思っていたのに」という思いで悔んでいるのである。「若し」をこのように解すれば、上三句の序詞とどのように繋がるであろうか。この序については、「手負猪怒るときは、燃ゆるが如く成ゆけば、必ず渇すめる故に、おのづから水辺に出づるなり」（『稜威言別』）と言われ、その「射られた鹿が遁げたあとに、河辺の和い草が踏みにじられてゐるのを辿つて、猟師がこれを獲ることを以て序詞とした」（『万葉集全釈』）と説明されている。手負いの獣によって踏みしだかれた若草、それは若々しい生命力のこもる若草が一変して、脆く弱々しい哀れな姿となった草なのである。この獣に踏みしだかれた若草のイメージが、下句の「若し」の意味に繋っていく。換言すれば、「若し」は序詞によって「脆弱」の意に意味づけられているのである。そのように考えてはじめて、Dの歌は理解できると思う。

序詞の用法について言えば、先のD′とこのDとは同じもののようで、実は全く異なるイメージをつくりあげているといえる。D′は益田氏が言われるように、「野外での逢いびきのカーペット」としてのイメージをつくりあ

げているのである。ところで「若草」や「和草」を言うのなら、なぜ「射ゆ鹿を認ぐ川辺の」でなければならないのだろうか。「射ゆ鹿を認ぐ」という特殊な状況の限定がなぜ必要なのであろうか。そのような疑問をいだいて考えてみると、もともとこの序詞は、きわめて限定された「若草」、つまり「踏みしだかれた若草」を言うものとして成立したのだと考えざるを得ない。序詞の用法としては、Dが本来のもので古く、D′は後に派生した用法であったと推定することができる。恐らく狩猟生活を背景に成立したと思われるこの序詞は、その内容の特殊さゆえに宮廷人の間に知られていたものかも知れない。それを八歳で病死した子どもへの挽歌として使いこなし、痛々しいイメージをつくりあげる序詞としたのは、斉明天皇の創作であったと言えよう。結句の「吾が思はなくに」は、万葉集に類句はあるが、上四句の意味内容を担って、つぶやきにも似た嘆きのことばとして、一首の中で必然性をもってくる。

Eの歌は、万葉集に頻出する「間無き恋」の類型的発想の歌であることが指摘されている。例えば、

大和路の島の浦回に寄する波間もなけむ我が恋ひまくは（巻四、五五一）

酢蛾島の夏実の浦に寄する波間も置きて我が思はなくに（巻十一、二七二七）

風をいたみいたぶる波の間なく我が思ふ君は相思ふらむか（巻十一、二七三六）

大伴の三浦の白波間なく我が恋ふらくを人の知らなく（巻十一、二七三七）

佐太の浦に寄する白波間まく思ふをなにか妹に逢ひ難き（巻十二、三〇二九）

（Ⅰ　群）

など、作者未詳の相聞歌である。これらは、絶え間なく寄せる波が、序詞の景物となっている例である。「行く水」を景物とした序詞では、

（II　群）

秋山の木の下隠り行く水の我こそ益さめ思ほすよりは（巻二、九二　鏡王女）

飛鳥川水行き増さりいや日異に恋の増さらばありかつましじ（巻十一、二七〇二）

あしひきの山下とよみ行く水の時ともなくも恋ひ渡るかも（巻十一、二七〇四）

などがあり、他にも用例が多い。これといった特定の類歌は指摘できないが、Eは、I群の「間なき恋」とII群の序詞とから構成されていることが見てとれる。そしてこのEの歌こそは、その序詞と主題部との間に「ズレ」があると見得るものであろう。

万葉集の「間なき恋」はすべて「波」を承けているが、次々と押し寄せる絶え間のない波ということから「間なく」と続くのは、景物の実態に即している。また「行く水」は、波のような間隔はないものであるから、「時ともなく」や「増す」に続く万葉集の用例が正しい用法であると言える。I・II群の発想は、同根のものであろうが、序詞の景物の違いから主題部の意味も微妙に違ってくるのである。従って、「行く水」を「間なく」と承けるEの歌は、序詞の誤用と見れば見得るものなのである。しかし、これを序詞の誤用とかズレとかと見る前に、やはりEの歌の表現に即して検討してみなければならない。或いは、序詞の理解のしかたに問題があるかも知れないからである。Eの序詞の「漲ふ」は、他に確かな用例を見出し難い語である。確かではないが、万葉集でミナギラフと訓み得るものは次の二例ある。

①……水激　瀧のみやこは　見れどあかぬかも（巻一、三六　柿本人麻呂）

②山のまの雪の消ざるを水敓合川のそひには萌えにけるかも（巻十、一八四九）

これを『万葉集注釈』や『時代別国語大辞典　上代編』などでは、ミナギラフと訓んでいる。①はミズタギツ・ミナソソクなどとも訓み得るが、澤瀉氏は、ミナギラフの訓が適当であることを、『字鏡集』や『倭玉篇』

に「激」の字にミナギルの訓があることを援用して説いておられる。また②の例は、「飯」を、「殺」の俗字の字形―敍と近似していることから「敍」の誤とみて、「水敍合」とし、これをミナギラフと訓まれた。いずれも激しくあふれ流れる状態である。『大漢和辞典』では、「漲」の意に「みちあふれる、さかん、波うつ」などを掲げているが、「漲」が「激」の意を含みもち、激しく波うつような盛んな水の流れの状態を言うのだとすれば、Eの序詞の「行く水」の景は、I群の「波」の景と同じとらえかたができるであろう。書紀の所伝の通り見て、この歌の作られた五月の五月雨を集めた眼前の飛鳥川の水流を叙景し、序詞としたと考えるならば、激しくうねりながら盛んに流れる水であってもよいわけである。その波うつような水のうねりを、「間も無く」ととらえたのではなかろうか。心にあふれてくる激しい追慕の思いは、飛鳥川の波うち流れる水の景によって具体的イメージを与えられたのであった。観念的に作られた序詞ではなく、眼前の景にわが心を見つめている。そのように解釈した方がよいような張りのある調べをこの歌はもっていると思う。確かにI・II群の歌のような発想は既存の歌謡にあったにちがいない。しかし、Eの序詞の景を右のようにとらえることができるならば、波―間無く、行く水―時ともなく・増す、といったような型にはまった表現にとらわれない、独自の表現法を求めた歌であったと言える。そして、「漲ひつつ行く水」という確かな叙景表現は、類型を抜き出た詩的形象をなし得ていると思う。

中西進氏は、Eの序詞のすぐれていることを、大伴家持の、

射水川雪消溢りて行く水の（巻二十、四一一六）

という序詞の「詩性と相等しい価値をも」ち、この歌が独自のイメージを作り上げていることを指摘されているが、[13] うなずけるものである。既存の歌謡の発想法があったとしても、一つの風景をえらびとったのは、自己の心情を表現しようとする詩の営みであったと思う。

斉明四年十月、牟婁温泉で歌った、

F　山越えて海渡るともおもしろき今城の内は忘らゆましじ　其の一（一一九）

G　水門の潮のくだり海くだり後も暗に置きてか行かむ　其の二（一二〇）

H　愛しき吾が若き子を置きてか行かむ　其の三（一二一）

という三首については、断片的に類句を指摘できるだけで、類型発想の歌を求めることは難しい。実体験に基づいて得られた表現であろうと思われる。特にGは個性的な表現である。その序詞は、眼前の叙景によって成っているが、「渦巻き流れる海潮の深い色は建王のゆく黄泉路を暗示」するという田辺幸雄氏の指摘は[14]、この序詞に一首全体のイメージを決定する重要な意味が与えられていることを意味する。更に、西郷信綱氏は、「後も暗に」の語が、万葉集の、

常知らぬ道の長手をくれくれといかにか行かむ糧はなしに（巻五、八八八　山上憶良）

という挽歌の「くれくれ」とともに、黄泉を暗示し、序詞と呼応することを説かれた[15]。「くれくれ」は、坂上郎女の挽歌にも、

……あしひきの　山辺をさして　くれくれと　隠りましぬれ…（巻三、四六〇）

とあり、不安で心細い黄泉路への心境を表わしている。わずか八歳の子が、ひとりとぼとぼと心細い黄泉路を行くことを思うと、作者の心もまっくらになる。その思いが「置きてか行かむ」に集中され、Hの歌の繰り返しになる。たとしえのない哀れさが漂ってくる。子を亡くした親の普遍的な心情を、GHの歌に読みとれるのである。

謡物として作られた歌ではあるが、現実に即した独自の表現は、新鮮で個性的である。死後、間もなく作られたと思われるCDEの歌群は、ひたすら嘆き、思い、その死を悔恨をこめて悲しむ、といった、生々しい感情が

歌われていた。それから五ヶ月たったFGHの歌群では、その心情が変ってきている。追憶と死んだ子への哀れみに満ちた心情である。そして、後者において挽歌は、独自の表現を得ている。それは、死を客観的に見つめることができるようになったことによると思われる。前者、特にEの歌が相聞歌の表現と紛らわしくなるのは、感情の生々しさによると考えられる面がある。万葉集の天智天皇挽歌群において、天皇の死後間もなく作られたと推定される「天皇崩時、婦人作歌一首」は

うつせみし　神に堪へねば　離り居て　朝嘆く君　離り居て　我が恋ふる君　玉ならば　手に巻き持ちて
衣ならば　脱く時もなく　我が恋ふる　君そ昨夜　夢に見えつる（巻二、一五〇）

というものである。「うつせみし　神に堪へねば」という条件句がなければ、相聞と全く区別がつかないであろう。死んだ相手を所有したい願望は、死の認識がまだ気持の上でなされていないために強く起こってくるものであろう。勿論、感情の生々しさという面だけで、挽歌の相聞的表現は説明できないが、死を客観的に認識しているか否かによって、おのずから発想法に違いが出てくるのは当然であると思う。この点については、後述の中大兄皇子の挽歌においても問題になるであろう。

斉明天皇の挽歌がすぐれているのは、何よりもその叙景の確かさにあった。叙景部が下句の抒情部のイメージをつくりあげ、その感動を深めているのである。例えば、悲しいことを悲しいと訴えるために、人はどれほど個性的な表現を持ち得たであろうか。悲しいという誰もが持っている感情を表すことばに、共有のことばがいくつかあったとすれば、それをどれだけ自分だけのものにできるかは、それに具体的イメージを与える以外になかったであろう。斉明天皇の作歌は、そういった意味での個性を主張している。それは、詩として成立しようとする自己主張でもあったのである。そして、詩としての限界を言えば、建王挽歌は、「時時に唱ひたまひて悲哭す」

るものとして作られた謡物性にあると言える。これは、野中川原史満の挽歌二首についても言えることで、序歌発想や繰り返しによる音楽性などは、共同の場に立脚して、音楽から自立したことばの世界をまだ持ち得ていないことを示しているであろう。

三

Ⅰ　君が目の恋しきからに泊てて居てかくや恋ひむも君が目を欲り（一二三）

斉明七年七月二十四日、斉明天皇は、朝鮮出兵のために留っていた筑紫の朝倉宮で崩御する。同年十月七日、皇太子中大兄は、母である天皇の喪を奉じて、海路を難波に向かった。その途次「一所」に泊てて居て、「哀慕」にたえず「口号」したというのが右の一首である。歌意は、あなたのお目が恋しいばかりに、碇泊していて、こんなにも恋い慕うことでしょうか、あなたのお目を見たいばかりに、ということである。作歌背景がわからなければ、相聞歌と理解してしまうような表現内容の歌である。このような一見恋情そのものを繰り返したような歌が、なぜ死者を「哀慕」する歌なのか。歌の内容はさておき、日本書紀の記録は、これが、死者を「哀慕」する歌、つまり挽歌であることを伝えているのである。ということは、この歌が、少なくとも書紀編者には、挽歌として不都合ではない表現内容をもったものであったことを意味するであろう。万葉集の歌になじんでいる我々の目には、この歌は、「どこかの港にでも碇泊した船にのっている女性が、陸上の或いは他の船の、男を恋うている」[16]歌のように映り、「元来相聞の民謡」[17]であったろうと想像させられるであろう。しかし、そのように考える前に、書紀の記録が語るところに従って、これを挽歌とみて、挽歌であるとすれば、どのような内容を歌っているのか、ということを検討してみなければならない。

この一首は、「君が目」を恋い、「君が目を欲り」することと、「泊てて居て」という句から構成されている。「君が目」を恋い、欲することが一首の主題であり、「泊てて居て」は作者の位置、状態を示す。その二点から、考察してみよう。

はじめに「泊てて居て」の句であるが、どういう状態を言っているのであろうか。この句は、書紀本文中の「泊於一所」と対応する。「一所」は、岩波古典大系本の『日本書紀下』ではアルトコロと訓み、一般にそう訓まれているが、土橋寛『古代歌謡全注釈』は、「ヒトツトコロと訓んで、天皇の喪船と同じ所に碇泊する意に解するほうがよかろう」といい、

「泊てて居て」を単に泊っている意に解しただけでは歌の心がわからない。同じ所に泊てている（つまりいっしょにいる）意に解してはじめて意味が通じる。つまり離れているわけでもないのに、こんなに恋うことであろうか、というのであって……

と解釈されている。従うべき説であろう。この歌の記述に前立つ斉明六年九月条に「各一所に営みて、散けたる卒を誘り聚む」という記述があり、この場合の「一所」は明らかにヒトツトコロと訓むべきところであり、当該の「一所」もヒトツトコロと訓み得る証となし得る。

次に、この歌の中心句である「君が目」は、「（誰）が《（の）》目」という形で、それを「欲り」、「恋ひ」、「見る」の意に用いられ、万葉集に次の通りの用例がある。

君が目（十）・妹が目（八）・妻が目（一）・母が目（三）・親の目（一）・汝が目（一）・人の目（一）計二十五例

更にこれの巻別の分布は次の通りである。

巻十一（六）・巻十二（四）・巻十五（三）・巻十、十三、二十（各二）・巻四、六、十四、十七（各一）

巻十一・十二を中心に、用例の大半が作者未詳歌であることから、この句の流布状態がうかがわれる。右のうち作者判明歌は、藤原郎女（巻四、七六六）・大伴君熊凝（巻五、八八五）・中臣宅守（巻十五、三七三二）・秦間満（巻十五、三五八九）・大伴家持（巻二十、四三三二）・丈部足人（巻二十、四三八三）、その他遣新羅使人等歌（巻十五、三五八七）、人麻呂歌集「略体歌」（巻十一、二三六九・二三八一・二四二三・二四二六）である。作者判明歌に限って言えば、第三期以降の用例と言えそうであるが[18]、人麻呂歌集「略体歌」やその他の作者未詳歌の成立時期を推定することは困難であるため、この句の成立時期は決定しがたい。巻十三の用例（三二三七「雑歌」、三二四八「相聞」）から推すと、古くからあった句のようでもある。ともあれ、用例の殆どすべてが「相聞」であり、その点が、Ｉの歌も相聞歌と推測される根拠になっているのである。ただ、万葉集の中で気になる用例が一つある。巻十三「雑歌」に収められた次の一首である。

あをによし　奈良山過ぎて　もののふの　宇治川渡り　娘子らに　逢坂山に　手向くさ　ぬさ取り置きて我妹子に　近江の海の　沖つ波　来寄る浜辺を　くれくれと　一人そ我が来る　妹が目を欲り（三二三七）

この長歌は、「宮廷人の公的な旅における長久祈願の歌[19]」かと推定される三二三六番歌の「或本歌」として載せられたものである。道行体という古い発想により、呪術的内容を多分に含んだ歌であることが認められ、儀礼歌であることは間違いなかろう。儀礼歌ではあるが、「娘子らに　逢坂山に……我妹子に　近江の海の」という相聞的発想、「くれくれと　一人そわが来る　妹が目を欲り」という結句に示された一首の主情は妹を都に置いて一人旅する男の旅情であり、それは公的な場においての「相聞の私情」である[20]、とも説かれている。ともあれ、この長歌が相聞的主題に傾いていることは大方の認めるところであろう。しかし、「妹が目を欲り」、妹に会いたくてやって来る男が、なぜ「くれくれと」なのであろうか。前掲建王挽歌のＧで見たように、「くれくれ」は、黄泉路を暗示するような、暗澹とした心細さを表す語であった。どんな事情があって、妹に会いたくてはるばるとたったひとりで、「くれくれと」やって来るというのであろうか。巻十三「挽歌」に、旅の間に妻を亡くした男の長・反歌が載っていて、その反歌で、

草枕この旅の日に妻離り家道思ふに生けるすべなし（三三四七）

と歌っている。家道を思うと絶望的な思いがすると歌ったこの男の立場にある人が、家道を行く図を想像してみると、三二三七番の長歌のような内容になるのではなかろうか。都へ行っていた男が妻の訃報に接して、近江の家に帰ってくるという事情下であったならば、「くれくれと」の心境の旅になるであろう。「妹が目を欲り」という目的性と「くれくれに」という心理状態とは矛盾するように思われるし、相聞的主題を詠んだものとしては、結び三句の雰囲気が暗すぎるのである。そして、万葉集の「妹が目を欲り」の類句の中で、これだけが相聞歌の例とは異なる陰影を感じさせ、これを相聞の句と断じきれないものを残しているように思うのである。

さて、中大兄皇子の歌と類句をもつ作者未詳歌を任意に数首掲げてみよう。

人の寝る熟睡は寝ずてはしきやし君が目すらを欲りし嘆かふ（巻十一、二三六九、人麻呂歌集）

君が目の見まく欲しけくこの二夜千年のごとも我は恋ふるかも（巻十一、二三八一、人麻呂歌集）

妹が目の見まく欲しけく夕闇の木の葉隠れる月待つごとし（巻十一、二六六六）

朽網山夕居る雲の薄れ去なば我は恋ひむな君が目を欲り（巻十一、二六七四）

我妹子に衣かすがの宜寸川よしもあらぬか妹が目を見む（巻十二、三〇一一）

これらと比べて中大兄の歌が古格であることは一読明らかであろう。益田氏は、これを「『君が目を欲り』と歌う型の作品と比べても、ずばぬけて澄明な美しさをもつ」といい、それは「古典的な完結性のある透き徹った

美しさ」であると言われる。この歌が古格であるということは、斉明朝末期の成立という所伝に信憑性があるということにもなるであろう。ともあれ、「君が目を欲り」を、この歌作より時代が下る万葉集の相聞歌群の類句と同じ意味に理解してよいかどうかが問題である。この歌では「君が目」を二度繰り返し、執拗に恋い、欲しているが、それにどんな意味がこめられているのであろうか。万葉集では、「君が目を欲り」は、「君(妹)が目を見まく欲り」の形になる例が多く、「君(妹)が目を見む」の形もあり、「見る」の意味が含まれていると解される。そこで、「目」と「見る」の古代的意味が問題になってくる。

古代における「目」が、単なる視覚器官ではなく、生命の中核、魂《タマ》の発動するところであったことは、記紀の中にいくらもその例証を見出すことができる。一例をあげれば、景行記で、倭建命が足柄の坂の神と対戦した時、食い残した「蒜」の片端を相手の目に打ちつけ、殺したという話は、蒜の呪力でもって、相手の生命の発動する源である目の働きを封じたということを意味するものである。そのような「目」の働きが「見る」ということであって、「見る」ことの本義が「魂の交流・融合」つまり「魂合い」の関係を媒介することにあり、「タマの活動ないしタマとタマとの交渉の行為」が「見る」ことの古代的意味であったことは、土橋寛氏の論に詳しい。(21)「目」や「見る」の古代的意味は、万葉集の歌においても生きている。

青旗の木幡の上を通ふとは目には見れども直に逢はぬかも(巻二、一四八)

天智天皇の霊魂が木幡の上を通うのが目に見えるけれども直接には逢えないことを嘆く倭大后の挽歌である。死んで肉体は滅びさっても霊魂は不滅である。死者の霊魂の姿は、生者がタマを発動させ、見ることによって見えてくる。そして見ることを通して、死者と魂を通わせることができるのである。逆に、死者の霊魂が「目」をもち「見る」ことも可能であった。持統天皇の挽歌に、

やすみしし　我が大君の　夕されば　見したまふらし…（巻二、一五九）

とあり、ここで「見し給ふ」のは、天武天皇の霊魂の行為であるらしい。また、山上憶良が追和して詠んだ挽歌に、

翼なすあり通ひつつ見らめども人こそ知らね松は知るらむ（巻二、一四五）

とあるのも、「あり通ひつつ見」るのは、有間皇子の霊魂である。死者の霊魂が「見」、松と魂を通わせているが、すでに人間にはその霊魂を知覚することができない。「人こそ知らね」は憶良の時代の人間の合理精神をうかがわせているが、古代における「目」というものが、人間の生と死との境を越えてさえも活動させることのできる呪能をもっていたことがわかる。

初期万葉の倭大后によって生き生きと歌われた「目」の呪能とその限界は、中大兄皇子の歌にも現れていると考えられる。「君が目」を恋い、欲することは、つまりは死者の霊魂を見ることによって魂を通わせることを願っているのである。倭大后が「目で見る」ことのできた霊魂を、中大兄は見ることができず、ひたすら「見たい」と願うしかなかったのであろう。死がまだ生々しく感じられる時であるからこそ、霊魂を目で見、所有できる可能性も大きい。恋い、欲する表現の挽歌は、もともとこうした可能性への期待があってのものだと思う。中大兄の歌の場合は、死者といっしょに碇泊していながら、魂を通わせることのできない嘆きが、期待や願望の裏にあるといえる。

万葉集の相聞歌の用例も、本来的には右に述べたような「目」や「見る」の意味をもっていたはずである。ところが、「目」の機能が次第にその幅をせばめ、その呪能を薄めていった結果、「君が目」というときの「目」は単に顔、姿を意味し、「(君が)目を欲り」は、「お目にかかりたい、お会いしたい」の意の相聞の慣用句となって

いく。もともとは、相手の生死を問わず「魂合い」を欲する心情行為を表す語であったと思われるのである。人間の「目」は、次第に死者の霊魂を見ることができなくなり、「目を欲り」する行為は、挽歌に現れなくなった、と考えられないであろうか。中大兄皇子の歌の成立時点で、この句が、相聞の慣用句になっていたとは考えがたいのである。

この一首は、挽歌としての意義を担い、挽歌として成立したものであると考えてきた。しかし、それでもなお、その類句性をどう考えるかの問題は残る。「君が目を欲り」が相聞の慣用句にまだなっていなかったとしても、この句が、中大兄皇子の創作であるとは言えないであろう。このことは、斉明天皇の歌においても残された問題であった。その点について、聊か考察を加えて本節の結びとしたい。

むすび

孝徳・斉明紀の挽歌における類歌性は、二つの側面から見ることができるであろう。一つは、「斯の歌を伝へて、世に忘らしむることなかれ」という詔や、歌の末尾に記されている「其の一、其の二」といった付記や折々に演奏されたことを想像せしめる記事から推して、これらの挽歌が伝播し、万葉集歌に影響を与えたと思われる面である。特に孝徳紀の二首はこの面が大きい。もう一つは、斉明紀の挽歌について、これらが万葉集歌に与えた影響を考慮してもなお、その類歌の背景にある歌謡的基盤の厚みを感じないわけにはいかず、その発想法とこれらの挽歌とが根深く結び合っていることを歌のあり方自身がおのずから語っていると思われることである。これらの想定される歌謡的基盤からこれらの挽歌が生まれてきているという面を見ていくことが、残された重要な問題なのである。

ところで、伊藤博氏は、万葉集の挽歌の特徴は「ことばの挽歌」、すなわち「歌々は、歌自体の中に挽歌の世界を構築し、表現として自立している」ことにあると規定されている。(22) 孝徳・斉明紀の九首の中では、「死に関する歌であることをことばの上で形象しえているのは純粋には(A)の作（孝徳紀の二首……筆者注）だけである」という。伊藤氏はこの考説の他に更に孝徳紀の二首をも含め、九首について、「その歌詞から挽歌性を端的に掴みうることがはなはだ微少な点である」とし、「万葉挽歌と一線を画するものが認められる」(23)と説かれている。「ことばの挽歌」というときの「ことば」を、一般的に万葉集の世界で理解される「ことば」という意味で言うのならば、この規定は正鵠を得ていると言えるであろう。しかし、孝徳・斉明紀の挽歌を見るとき、われわれは、万葉集作者未詳の相聞の世界のことばで理解してはいなかったであろうか。同じことばでも、初期万葉の歌々が、呪術的世界を投影させていて、後期万葉のことばとは違っているところがあることを思えば、これらの挽歌のことばも一般的万葉の世界のことばと同じに理解することはできないと思う。同じ「雲」でも、それに霊魂の姿を見るか、人の顔形を見るかによって、歌の世界はずいぶん違ったものになってくるし、「君が目を欲り」の句も、「目」のもつ意味によって違ってくるのである。「射ゆ鹿猪……」の序詞についても、万葉歌における意味と全く違っているのだとすれば、万葉歌の側から「ことば」を理解することにやはり問題があると言わなければならない。作者未詳の相聞の世界の歌は、万葉集内部においても決して古い形態のものではないのである。そもそも記紀歌謡の中で、その新旧は別として、様式化された形が見られるのは、宮廷儀礼歌関係のものばかりで、他の主題のものは、相聞歌謡といえども不透明なものを残している。このことは、万葉集において、雑歌が実質的には舒明天皇から始まるのに対して、相聞(24)・挽歌が実質的に始まるのがともに天智天皇代であることとも関連するであろう。そしてそのことは、恐らくは漢詩に触発されて、ことばそれ自体が、それぞれの主題のもつ世界を形象しはじめる時期を暗示しているように思われる。それ以前の歌謡において、それぞれの主題にどれほど分化した発想の形式というものがあったであろうか。記紀歌謡の中には、挽歌かと思われるような相聞の場の歌謡もあり（記八九・九〇、紀九七など）、相聞のことばもまた呪的に混沌とした様相を呈している。勿論、記紀歌謡といっても、斉明紀は初期万葉の時代と重なり、記紀歌謡として一括りすることはできない。しかし、これらの挽歌のことばが、必ずしも万葉歌のことばの世界と同じではないことを考慮すれば、それらの類歌としてあげられる万葉歌の源流となったであろう歌謡の、斉明期における実態が考慮されなければならないであろう。

天智朝以前の「相聞」で、純粋に相聞歌と言えるものはない。と言うことは、万葉以前の「相聞」とは、個人の恋愛の場におけるものではなく、それは歌垣的祭式的背景に支えられた共同発想の場の歌謡であったことを想像させられる。斉明紀の挽歌の母胎となった歌謡とは、そういった次元のものとそう隔たってはいないはずである。そういった歌謡のことばの世界に身を置いていた時代に、死という人間の運命の中でも最も悲劇的な事件に遭遇した場合、人は、その慟哭の心情を表出するいかなることばを持ち得たであろうか。しかも人間は、もはや再生復活を期待する霊魂観を持ち得なくなりはじめている。そこに登場したのが帰化人の出自をもつ野中川原史満であった。満は、漢詩の世界をやまとことばに移すことによって、人の死を悼む新しい挽歌のあり方を示したのである。それを範として、愛する者の死に遭遇した人間の感情は、その表出への方法を志向しはじめる。そしてその際、共同発想の歌謡世界に身を置いていた作者は、やはりそれを母胎として発想する以外になかったであろう。けれども、自己の絶対的体験を通して経験する心情体験は、固有の発想法と共鳴しながら、かつ反撥した。歌垣的背景に支えられた発想から生まれた歌謡のことばは、そのことば自体が、自立した主題の世界を形象するに至っていない混沌性をもっていたために、それは挽歌のことばにもなり得た。つまり人間の魂の発想法として、根源的なところでそれが挽歌のものでもあり得たという点に共鳴点がある。ところが、自己の心情表出への欲求は、その混沌性に充足することを許さず、具象と個性を志向し、新しいことばの世界を創造していかざるを得ない。その点に反撥点がある。斉明紀の挽歌は、対象や自己の心情を見つめることによって、共有の発想やことばの世界から上昇しようとしているのである。特に斉明天皇は、叙景的方法によって、新しいことばの世界を獲得し、抒情詩への道を切り拓いたのだと言える。これらの挽歌が、類歌としてあげられる万葉集のどの歌よりも、かえって〝万葉らしい〟とも言える、張りのある調べと抒情性をもっているのは、それらが、作者未詳歌の世界における類歌性、ある歌謡の決まった発想形式があってその変奏をうたっていくというような類歌性とは、根本的に違っているからである。しかしながら、ことばそれ自体が、自立した主題の世界を形象しようとする歩みの中で、混沌性を孕んだ歌謡のことばは、その相聞への方向を決定しつつ浄化されていくことになる。この期の挽歌は、挽歌がはじめて詩として成立するための模索の形であったと言える。

【注】

(1)「大御葬歌」は埋葬儀礼における霊魂の復活のための呪術儀礼である「歌舞」の詞章としてあったものと考えられる。(拙稿「挽歌発生前史における葬歌の意義」『国語国文研究』五十七　昭和五十二年二月、本章第一節)

(2)「野中川原史満の歌一首—孝徳紀歌謡一一三の表現をめぐって—」(『言語と文芸』七十九　昭和四十九年十一月)

(3)「先万葉集」(『記紀歌謡』(昭和三十五年　三一書房)以下、本節の益田勝実氏の論の引用はすべて同じ。

(4)『古代歌謡論』(昭和四十七年　筑摩書房)以下、この節の土橋寛氏の論の引用はすべて同じ。

(5)五味智英『古代和歌』(昭和三十八年　至文堂)

(6)石母田正「初期万葉とその背景」(『万葉集大成5』昭和二十九年　平凡社)

（7）大久保正『上代日本文学概説』（昭和三十八年　秀英出版）
（8）「近江朝作家素描」（『万葉集の比較文学的研究』昭和三十八年　桜楓社）
（9）「採物のタマフリ的意義」（『古代歌謡と儀礼の研究』昭和四十年　岩波書店）
（10）土橋寛『古代歌謡全注釈　日本書紀編』
（11）『記紀歌謡集全講』
（12）「文化史における七世紀と歌謡・和歌」（『日本文学』二十七-六　昭和五十三年六月）
（13）注（8）に同じ。
（14）『初期万葉の世界』（昭和三十二年　塙書房）
（15）『万葉私記』（昭和四十五年　未来社）
（16）田辺幸雄「初期万葉」（岩波講座『日本文学史』第二巻）
（17）中西進注（8）に同じ。
（18）曽倉岑「天智天皇」（『解釈と鑑賞』三十六-十　昭和四十六年九月）は、「君」「恋し」「君が目を欲り」の語句の用法・使用年代の面から検討し、この歌を、万葉第三期頃の制作と見る。
（19）伊藤博「宮廷歌謡の一様式—巻十三の論」（『万葉集の構造と成立　上』昭和五十五年　塙書房）
（20）遠藤宏「万葉集巻十三の位相」（『日本文学』二十七-六　昭和五十三年六月）
（21）土橋寛「『見る』ことの呪術的意義」（『古代歌謡と儀礼の研究』昭和四十年　岩波書店）
（22）「挽歌の世界」（『解釈と鑑賞』三十五-八　昭和四十五年七月）
（23）「日本書紀と万葉集」（注（19）前掲書）
（24）巻二「相聞」の磐姫皇后の歌（八五〜八）は後世の歌作であることが既に常識になっている。また巻四「相聞」の岡本天皇の御製（四八五〜七）も斉明朝の成立ということに疑問がもたれている（曽倉岑「万葉集巻四『岡本天皇御製一首』—長歌の成立時期について—」『青山語文』八　昭和五十三年三月、稲岡耕二「万葉集の詩と歴史　反歌史と天智朝」『国文学』二十三-五　昭和五十二年四月）

第三節　挽歌をよむ女

はじめに

万葉集巻二「挽歌」の「近江大津宮に天の下治めたまひし天皇の代」におさめられた天智天皇崩御をめぐる挽歌九首は、皇后はじめ五人の女性たちによってよまれ、遺された女性たちの悲嘆の世界をあざやかに現出して、万葉挽歌の生誕をつげるものとなった(1)。

「挽歌をよむ女」という題名を与えられたとき、まっさきに浮かんできたのは天智天皇に捧げる挽歌四首をもって「心に沁々と響いて忘れられぬ(2)」万葉歌人として名を残すことになった倭大后であった。万葉集で最初の挽歌作者になったのが倭大后であろう。「挽歌をよむ女」をひとりの女性におきかえるとすれば倭大后をおいてほかにないが、ここでは「女たち」として、天智天皇挽歌をよんだ女性たちを問題にしたい。

挽歌をよむという文学的営為は古代の人々にとってそうかんたんなものではなかったはずである。死別の悲しみは人間の基本的感情のひとつであるが、その感情を歌として表出する挽歌の歴史は雑歌や相聞と比べて浅く、挽歌が自然発生的にうまれたものではないことを示してもいる。

死に際して一人の人間としての悲しみを歌う挽歌[3]は日本書紀（孝徳紀）にみえる渡来人の野中川原《のなかのかはらの》史《ふびと》満《みつ》によってよまれた造媛《みやつこひめ》挽歌二首を嚆矢とする。続いて斉明紀に斉明天皇の建王《たけるのみこ》挽歌六首・中大兄皇子の斉明天皇挽歌一首があり、万葉集に至って天智挽歌九首が五人の女性によって創出される。その後柿本人麻呂までの歌では高市皇子の十市皇女挽歌三首・持統天皇の天武天皇挽歌四首・大伯皇女の大津皇子挽歌四首が続く。

　周知のように、挽歌の担い手の性別を系譜的に整理し、柿本人麻呂以前の挽歌を「女の挽歌」と規定したのは西郷信綱氏であった[4]。西郷氏は、原始から古代にかけて死者儀礼と結びつく挽歌は、本来世界的に女がうたうものであった、わが国においても例外ではなく、「もし女の挽歌の歴史を原点まで遡ろうとすれば、それは結局、劇的に狂う原始の哭女なるものに達するのではないか」といい、万葉集の天智天皇に対する挽歌群（以下天智挽歌群と称する）を、原古からの「女の挽歌」の伝統が「一つの芸術的完成期」をむかえて結晶したものと捉えた。挽歌の本質を史的文脈の中で捉えなおそうとしたこの提言は、画期的なものとして多くの賛同を得、以後挽歌史を見ようとするとき、肯定的にしろ否定的にしろこの「女の挽歌」の問題に直面せざるをえなかったし、これを起点にして挽歌史論が展開されてきたといえよう。とくに天智挽歌群の位相を見定めようとするなかで「女の挽歌」の問題は繰り返し論じられてきた。

　記紀伝承の世界をのぞくと、死喪に関わる歌謡の担い手はたしかに女が優勢である。とくに古事記の倭建命の死の場面に描かれた霊魂鳥飛翔と后たちがうたう「大《おほ》御葬歌《みはぶりのうた》」の場面は圧巻で、「劇的に狂う原始の哭女」なるものの残映を揺曳しつつ、そこには「葬歌」をうたう女たちが強く印象づけられている。この場面と初期万葉の天智挽歌群の世界がイメージとして重なることが、「女の挽歌」論の心象的根拠になっているといえなくもない。天智天皇への挽歌をよむ女性たちの悲しみの世界に倭建命の霊魂鳥を追いつつ「葬歌」をうたう女たちの像が二重写しになってたちあらわれてくる。これは幻影なのか伝統なのかという反問を残しながら。
一人の天皇の死に対して多数の女性たちが挽歌をよんだという挽歌史上稀有な現象がどのようにもたらされたのか、万葉挽歌生誕に直接関わった女性たちの登場とその史的意味についてあらためて考えてみたいと思う。

一

万葉集巻二「挽歌」に収載された天智挽歌群は次のとおりである。

　天皇の聖躬《みやまひ》不豫したまふ時に、大后の奉《たてまつ》る御歌一首

天の原　振《ふ》り放《さ》け見れば　大君《おほきみ》の　御寿《みいのち》は長く　天足《あまた》らしたり（巻二、一四七）

　一書に曰く、近江《あふみの》天皇の聖躰《みやまひ》不豫したまひて、御病《みやまひ》急《には》かなる時に、大后の奉献《たてまつ》る御歌一首

青旗《あをはた》の　木幡《こはた》の上《うへ》を　通《かよ》ふとは　目には見れども　直《ただ》に逢《あ》はぬかも（巻二、一四八）

　天皇の崩《かむあが》りましし後の時に、倭《やまとの》大后の作らす歌一首

人はよし　思ひ止《や》むとも　玉かづら　影に見えつつ　忘らえぬかも（巻二、一四九）

　天皇の崩《かむあが》りましし時に、婦人《をみなめ》の作る歌一首　姓氏詳らかならず

うつせみし　神に堪《あ》へねば　離《はな》れ居て　朝嘆く君　離《さか》り居て　我《あ》が恋ふる君　玉ならば　手に巻き持ちて
衣《きぬ》ならば　脱《ぬ》く時もなく　我が恋ふる　君そ昨夜《きぞのよ》　夢《いめ》に見えつる（巻二、一五〇）

　天皇の大殯《おほあらき》の時の歌二首

かからむと　かねて知りせば　大御船《おほみふね》　泊《は》てし泊《と》まりに　標結《しめゆ》はましを　額田王《ぬかたのおほきみ》（巻二、一五一）

やすみしし　わご大君の　大御船　待ちか恋ふらむ　志賀《しが》の唐崎《からさき》　舎人吉年《とねりのよしとし》（巻二、一五二）

大后の御歌一首

いさなとり　近江《あふみ》の海を　沖離《さ》けて　漕《こ》ぎ来る舟　辺《へ》につきて　漕ぎ来る舟　沖つかい　いたくなはねそ
辺つかい　いたくなはねそ　若草の　夫《つま》の　思ふ鳥立つ（巻二、一五三）

石川夫人《いしかはのぶにん》の歌一首

楽浪《ささなみ》の　大山守《おほやまもり》は　誰《た》がためか　山に標結《しめゆ》ふ　君もあらなくに（巻二、一五四）

山科《やましな》の御陵《みはか》より退《まか》り散《あら》くる時に、額田王の作る歌一首

やすみしし　わご大君の　恐《かしこ》きや　御陵仕《みはかつか》ふる　山科の　鏡《かがみ》の山に　夜《よる》はも　夜《よ》のことごと　昼はも　日の
ことごと　音《ね》のみを　泣きつつありてや　ももしきの　大宮人《おほみやひと》は　行《ゆ》き別れなむ（巻二、一五五）

作者は倭大后・石川夫人・額田王・舎人吉年・婦人（姓氏未詳）の五人である。五人を後宮の女性とする見方が一般的であるが、天智挽歌の歌い手たちはどのような立場の女性であったのか、天智天皇との関係性などをふくめて人物がすべて特定できているわけではない。とくに石川夫人については問題があると思われるので、五人の女性をあらためて確認してみよう。

まず歌群九首中四首をよんでいる倭大后は、天智紀七年（六六八）の后妃記事に「古人大兄皇子《ふるひとのおほえの》の女《みむすめ》　倭姫《やまとひめの》王《おほきみ》を立てて皇后とす」と初めてその名がみえる。中大兄皇子（天智）によって滅ぼされた古人大兄皇子一家のただ一人の遺児がのちに天智天皇の皇后となったのである。子はなく、天智の死後約半年後に起こる壬申の乱後の消息はわからない。近江朝の命運とともに歴史上から姿を消し、夫天智に捧げる挽歌四首のみが倭姫王の人間的息吹きを伝えるものとなった。

「大殯の時」と「山科の御陵より退り散くる時」の二首をよんだ額田王については、歌（詞）をもって宮廷に

仕える専門歌人的な立場の女性とする理解がすでに定着している。(5) 公的・私的の両面から天智の側近く仕えたものとみられるが、日本書紀の天智天皇后妃記事中にはその名は見えず、天智の妻の立場は確認できない。

額田王と並んで「大殯の時」に作歌した舎人吉年は、詳細は不明であるが、巻四「相聞」に田部忌寸櫟子《たのべのいみきいちひ》が大宰府の役人に任ぜられた時にかわした歌（四九二）が収録されていて、この女性も歌を得意とし歌（詞）をもって宮廷に仕えた女官の一人と推定される。

一五〇歌の婦人については、歌の相聞的表現から後宮の女官で妻の一人と見る説が多数をしめてきたが、妻と断ずる根拠があるわけではない。令義解は「宮人」について「婦人の仕官者の惣号なり」と記している。「婦人」とは宮人の一人で後宮の職員を意味するようである。万葉集はこの婦人を姓氏未詳と注記しているが、他の八首の作者がすべて明記されているなかで長歌で堂々と天皇挽歌をよんだ作者名が不明などということはほとんど考えられない。持統四年（六八九）に薨じた日並皇子に対する挽歌「皇子尊《みこのみこと》の舎人等《とねりども》が慟傷《どうしやう》して作る歌二十三首」の作者名が記されず、「皇子尊の舎人等」とその職掌で一括された事情と重なるものがあるのではなかろうか。後宮の女官ということがわかれば十分であったのであろう。倭大后付きの女官とみる説(6)もあるが定かではない。

さて、一五四歌の作者石川夫人については、天智の挽歌をよんだ夫人だから当然天智の妻という前提で人物の比定がなされてきた。しかしそれは必要不可欠の前提なのであろうか。天智紀には皇后・嬪（四人）・宮人（四人）の計九人が記されているが夫人の称号をもつ女性はいない。「後宮職員令」に、

妃二員、右四品以上、夫人三員、右三位以上、嬪四員、右五位以上

とあり、夫人は天皇の正式な妻の称号である。日本書紀では天武天皇の后妃記事にみえる「夫人」三人が初出で、天武朝以後の称号とみられる。令の規定では嬪は夫人の下位におかれているが、天智朝の嬪と天武朝の夫人を比

べてみるとともに大臣の娘で身分に差異はなく、天智朝の嬪は天武朝の夫人に相当するようである。

　仮に天武朝以後の称号を遡及させたのだとして「石川」と呼ばれる可能性を求めると、天智四嬪の中の蘇我山田石川麻呂の娘遠智娘《をちのいらつめ》と姪娘《めひのいらつめ》の二人がまず候補にあがり、諸注多くこの二人のいずれかであろうと推定する。ところが、姉の遠智娘については、天智紀・持統紀に美濃津子娘《みのつこのいらつめ》という呼び名が伝えられており、また孝徳大化五年（六四九）に死亡した造媛と同一人物である可能性が高く除外されることになる。妹の姪娘は元明天皇の母で、続日本紀、慶雲四年（七〇七）条に「母を宗我嬪《そがのひめ》と曰ふ。蘇我山田石川麻呂の大臣の女なり」とみえ、「その頃宗我嬪と申した人を石川夫人と呼んだとは考へられない」（『注釈』）のでこの女性も除外するとすれば、石川夫人候補から蘇我山田石川麻呂の娘二人は除外されてしまうことになる。「石川」姓については、壬申の乱後蘇我赤兄の配流があって蘇我氏は天武十三年（六八四）の賜姓で石川朝臣となったので、赤兄の娘で天智の嬪常陸《ひたちの》娘《いらつめ》も候補にあがってくる。ところで、石川夫人が天智の妻でなければならぬという前提をはずせば、赤兄の娘には天武の夫人大蕤娘《おほぬのいらつめ》もいて、彼女は天武紀、朱鳥元年（六八六）四月条に「多紀《たきの》皇女・山背《やましろの》姫王《おほきみ》・石川夫人を伊勢神宮に遣《つかは》す」とみえる「石川夫人」と同一女性で、続日本紀、神亀元年（七二四）条に「夫人正三位石川朝臣大蕤《おほぬ》比売《ひめ》薨《こう》しぬ」と死亡記事がみえ、石川夫人と称されていたことが確認できる。天武朝から聖武の頃まで石川夫人として名の通った女性が存在するのに、天智の嬪である常陸娘を石川夫人と称するいわれはないのではないか。続日本紀（巻四冒頭）に天智の嬪である姪娘を「宗我嬪」と称している事実を見れば、天智の嬪は嬪であって、後の称号である夫人を遡及させてはいない。史書でみるかぎり「石川夫人」と称され得る女性は大蕤娘をおいてほかに考えられないと思う。『全注』は大蕤娘が石川夫人と称されていることから姉妹にあたる常陸娘を「この歌の作者にもっともふさわしいのではなかろうか」と推定した。「天智の崩御にあたって天武の夫人の挽歌があるといふ点に疑問がある」（『注釈』）からである。しかし、その「疑問」をおけば『私注』が、「或は追書によつて此の作者も大蕤娘をさすといふことも考へ得られよう。歌の趣からして必ずしも天智天皇後宮の職員と見ないでもよいと思はれる」としたのが最も妥当な見解と思われる。歌を得意とする女性だったのではなかろうか。

大蕤娘（後の石川夫人）が天智の嬪常陸娘の姉妹として、身内として天智の葬儀に奉仕していたとしても何の不思議もない。大友皇子を奉ずる近江朝の重臣蘇我赤兄の娘であり、天智の死の時は夫大海人皇子は吉野に出家のかたちをとって出奔しており、大蕤娘は大津宮に留まっていたものと推定される。つまり、天智殯宮に奉仕していた女性たちは天智後宮の女性とは限らないのである。五人の女性の中で明確に妻の立場が確認されるのは倭大后だけであり、他の四人はそれぞれの立場から歌の作者になったものと思われる。

二

天智挽歌九首は天皇の病重篤の時から死の直後、殯、埋葬時までの歌がほぼ時間的経過によって配列されているものとみられる。日本書紀、天智十年（六七一）に、

（十二月三日）天皇、近江宮に崩りましぬ。（十一日）新宮に殯《もがり》す。

と喪のことが記されている。さらに翌三月十八日に筑紫に滞留していた唐国の使者らに天皇の喪を告げしめたことや五月に山陵造営のための人夫徴集のことがみえ、殯宮はこの頃まで続いていたものらしい。日本書紀に天智の埋葬記事はない。山陵の起工は五月以降で六月下旬には壬申の乱が勃発しているので、歌群の最後の「山科の御陵より退り散くる時」の歌の作歌時期については種々問題が残るが、(7) 埋葬の時の歌が歌群の締めくくりになっ

ていることに違いはない。
　天智挽歌群はさまざまなバリエーションをもちながら「悲しみの心をよせてうたう対象は、おおむね、いまだ浮遊する死者の霊魂であった」[8]という点に特質がある。とくに倭大后の歌にその特質が顕著であることも論じられてきたところである。倭大后の歌は歌数も四首と多く、歌群全体の基調音ともなり、独得の挽歌的世界をもって迫ってくるものがある。はじめに倭大后歌について、作歌主体のありようを中心にその特質をみてみたい。
　一四七歌は実際には挽歌ではなく、題詞にあるように病重篤の折のタマフリの歌と見られるもので、倭大后の四首中唯一夫を「大君」という尊称で呼んだ儀礼性の強い一首である。「振り放け見れば」の句は、たびたび儀礼歌によまれ祭式的背景を暗示するものであるし、天皇の生命の危機において「御寿は長く天足らしたり」と断定するのであるから、願望の実現をはかる呪術を目的にしていることはまちがいない。しかし、青木生子氏が、
　ここは古代的信仰に生きていた作者が呪術にとりすがりつつ、切迫した心情を歌いあげるなかに、はや後者が前者を感動として再生している姿を見られないだろうか。[9]
とその抒情のありかたを捉えたように、また、杉山康彦氏が、
　「天足らしたり」の「たり」という結びの断定の強さは呪詞のものというより、抒情を内包し、事実は「天足らしたり」とは反しているという悲しみを秘めていると思われる。[10]
と鋭く指摘したように、本来呪詞のものであるはずのことばが詩のことばとしての響きをさえはなつのは、自己の感情において呪術が捉え返されているからであろう。作歌主体の内面世界の純一な強さがこの歌の調べを支えていると言えよう。
　一四八歌では、天皇の霊魂を正目に見るという呪術信仰に立ちながら、そのことが逆に「直に逢はぬかも」と

いううつしみの人間としての深い自覚と詠嘆を引き出している。「木幡の上を通ふ」霊魂が「目には見」えることを確信しながら、「ども」という逆説によって呪術という共同幻想から反転し、「直に逢はぬかも」という自己の内面に向かうのは、作歌主体の意識が祭式とは距離をおいたところにあることを示していよう。題詞では危篤に陥った時とあるので、死という認識はまだないのだとしても、作者はすでに死者を取り戻せぬものとして自己の嘆きを表出しているのである。

一四九歌は「崩りましし後の時」とあり、「大殯の時」の前に配列されているので、配列を重視すれば殯宮以前の作となる。しかし、歌に「人はよし思ひ止むとも」とあるところから、「かなり日数を経て後」「殯宮儀礼の終りに近いころ」(『全注』)の作で、「一般の人の心理の必然に対照させた自身の深い嘆き」[11]をうたったものと一般的に理解されてきた。一方で、「大后が周囲の人々の言動についてどのような感情を抱こうとも、皇后という立場からのいわば公的な発言として『人はよし思ひ止むとも』というはずがない」[12]と思われるのであって、大后が他者の心情を忖度するような表現にはやはり違和感が残る。そこで、荻原千鶴氏[13]は従来の説の問題点を整理し、天智挽歌群中の倭大后歌は「いずれもみずからと夫との『念』いに関心の中枢があり、歌は夫への語りかけであって、ひたすら二人の間の世界のみに閉じられている」ところに特質があるとみて、「人」は「他者」ではなく「亡くなった夫」と解釈した。生田周史氏[14]も荻原説を支持し、死者は「この世の人への『思ひ』といった感情をもたない、そういう思いの絶えた存在である、と捉える上代人の思考の一端が窺い知れる」といい、「人」は「天智天皇」であることを強く主張している。首肯すべき解釈と考える。この句を「たとえ死者である夫の(私への)思いが止むとしても」と解釈することによって、(私には)亡き人の幻影が見えつづけるという「影に見えつつ」の句が強い感動を伝えて真に迫ってくる。この呪的心性の真実性は、主体の思いの強さを表す心情的真実でもあり、それゆえ結句で「忘らえぬかも」という強い主観の表出へと転じる。呪的世界は捉えなおされ、死者と自己との関係において追慕の情を表出しようとする詠出姿勢が明確になる。前歌同様、祭式的共同幻想の場にありながら祭式そのものからは距離をおいたところに作歌主体があるといえよう。

一五三歌もまた浮遊しつつ離れて行こうとする霊魂をみつめている。繰り返し説かれてきたように、「若草の夫の思ふ鳥」は遺愛の鳥であり、夫の思いのこもる鳥、夫の霊魂そのものであり、鳥ははるかなる神話的世界の霊鳥を呼びおこし死者と生者との魂の接点ともなっている。さらに伊藤博氏[15]は、この一首は「倭建命の白千鳥説話の脈絡の上にたって形成された」もので、鳥は「ある時湖辺に留まり、ある時湖上を飛翔する、白千鳥にちがいあるまい。」とのべている。天智殯宮の築かれた十二月、凍てつく湖の白千鳥を見ているのであろうか。湖上に留まっている鳥に夫の霊魂を幻視する眼は懐かしみを含んだまなざしでもあり、やがて「夫の思ふ鳥」が飛び立っていくことを自覚しつつ、今この瞬間を留めておきたいという哀切な訴えがよまれている。琵琶湖の茫漠たる広がりと静寂の中で、「若草の夫」への挽歌をよむ妻の愁いとため息が余韻としてのこる。古風な呪的神話的世界と自己の心情世界とが交錯しつつ「われ」を言わずしてわれなる主体が鮮明に浮かんでくる。長歌形式でもあり鎮魂の意図をもって作られたものであろうが、祭式の場の要請によってよまれたとは考えにくいような個人的情感のこもった歌である。

次に一五〇歌について。「うつせみし神に堪へねば」(現世の人は神と共にはありえないので)といううたい起こしの句が挽歌であることを宣している。以下は相聞的表現で「朝嘆く君」「我が恋ふる君」といい、「君」を「玉」や「衣」という身につけるものになぞらえて恋々たる情を述べつつ「君そ昨夜夢に見えつる」と、天皇が夢に見えた喜びを表出する。西郷信綱氏によると一定の祭式的手続きによって得られた夢は特別な意味をもち、「夢が一つの『うつつ』として承けいれられ、強い衝撃を与えた[16]」という。この歌の背景に夢にかかわる祭式を想定する見解はほぼ定着している。[17]作者は祭式にかかわる特殊な能力をもった女官と思われるが、確実に夢を獲得することはなかなかに難しいことであったにちがいない。閨房を思わせるような恋情表現は、妻の立場に立つことによって一心に霊魂を呼び寄せるための手法とみることができる。結句に、夢の逢いを獲得できた作者の高揚した感情が素朴に表出されている。祭式と人間感情とが交錯するところにこの歌の主体があるといえよう。

「大殯の時」の額田王歌は、離れ行く霊魂を留め得なかった悔恨の情が、舎人吉年の歌は、むなしく待ち続ける「志賀の唐崎」に託して二度と会えぬ嘆きが、みずからをも含めた大宮人の共通感情としてよまれている。額田王は「大御船」という間接的表現によって、舎人吉年は「やすみししわご大君」という頌語で呼びかけていて、公的儀礼に関わってよまれたものであることをうかがわせる。両歌とも「大御船」をよむのは、それが死者と直接的に結びつく素材だからで、前者は天皇の霊魂を乗せた船、後者は生前の遊覧の船をイメージさせ[18]、時と場を同じくしてよまれたものと思われる。公的殯宮儀礼の歌としては挽歌史上はじめての作とみられる。

一五四歌は、「大山守」の行為に託して「君もあらなくに」という喪失感がよまれている。天皇亡きあとの「標結ふ」行為のむなしさは大君に仕える大宮人たちの共通感情でもあり、「君」は「大君」におきかえても違和感はない。「君もあらなくに」の句は、後の大津皇子の死を悲しむ大伯皇女の挽歌に、

神風の　伊勢の国にも　あらましを　なにしか来けむ　君もあらなくに（巻二、一六三）

とよまれ、自己の悲しみのなかで絶望的な喪失感を表わす句として挽歌的抒情を深めている。これと比べると、石川夫人の歌の求心性は緩く、私的感情は集団的共通感情と融合するかたちでよまれていて、歌の性格はむしろ「大殯の時」の二首に近い。『私注』が「歌の趣」からして作者石川夫人をかならずしも天智後宮の女性と見ない

でよいと指摘したのは、そのあたりを含んでのことであろう。天皇を「君」と呼ぶ身内的な挽歌ではあるがかならずしも妻の立場を表すものではない。

一五五歌は、「やすみししわご大君」という頌語でうたい起こし、「御陵仕ふる」儀礼の行為を叙し、「ももしきの大宮人は行き別れなむ」と祭場を退散していく大宮人の行動を第三者的に表現することで、代表的感動をのべたものと解されてきた。この歌で「夜はも…昼はも…音のみを　泣きつつありて」と、伝統的な哭泣儀礼がよみこまれていることに注目したい。呪術、儀礼的なものを踏まえて抒情する挽歌の方法は天智挽歌群で創始された表現法であったと思われるが、ここでは呪術儀礼が客観的に捉えられ、それを外側から描写する手法が用いられている。一五四までの歌とは内容も背景も異質なものが感じられる。呪的哭泣が心情的慟哭に転換することもなく、儀礼は儀礼として捉えられ描かれている。儀礼を構成する集団の一員でありながら、周囲に融合することのない作歌主体が、個の感情の行き場を失っているような歌に感じられる。

天智挽歌群の歌々の抒情のありかたやその特質について見てきたが、それぞれ歌の場や時を異にしながら死者儀礼と直接また間接的に関わりつつ新しい抒情の方法を獲得していったものと思われる。天智挽歌群の儀礼的・私的性格については、青木生子氏・曽倉岑氏によって詳しく論じられている(19)。青木氏が、歌群九首を「死喪に際して古くから受継がれてきたらしい呪術、儀礼を反映する儀礼挽歌」と「死者によせる個人の悲しみを純粋に歌う哀傷挽歌」に分類し、この分類には浮動性があるとことわりつつ、前者について「いうならば、それは呪的儀礼的な古代生死観と、個の悲傷との錯綜、葛藤を内蔵せしめているような抒情の在り方である。」とのべているのは、後者も含めておおむねこの歌群の本質をとらえたものといえよう。儀礼性と哀傷性、公的と私的の境があいまいな歌々の抒情のありかたが、歌群全体に通底している。天智挽歌群は、別本資料（一四八題詞）の存在や題詞の形式、作者名の記載の形などに不統一な点が指摘されており、はじめから一つの歌群としてまとまっていたわけではないらしい。しかし、一五五歌を除けば歌の性格に大きな差異はなく、互いに歌の場を共有しつつよまれたものと考えて特に問題はないと思われる。

三

はじめに述べたように天智挽歌群は「女の挽歌」の伝統をうけついだものといわれてきた。この歌群を「女の挽歌」の伝統上に定位しようとする構想は諸氏によって論じられてきたが、五人をすべて後宮の女性とみて、後宮祭祀の伝統上に捉える点でほぼ一致している。橋本達雄氏[20]は、天智挽歌群は政治性の強い公的殯宮儀礼とは別に後宮機関の主催する儀礼の場において成立したもので「後宮の挽歌」と言いかえることができるとし、中西進氏[21]も「先代の伝統を承ける後宮女性の挽歌」と規定する。基本的にこうした説を踏襲し、身﨑壽氏[22]は、

天智挽歌群は、おそらく、倭大后を中心とする天智後宮の女性たちが遺骸に奉仕するためにつどう殯宮内部などでいとなまれた、死者に対する〈しのひ〉のうたの〈座〉においてうみだされたものだろう。

と述べ、「天智挽歌群の基本的性格は〈女（妻）たちの挽歌〉」とおさえた。こうした見方は、公卿官人の集う殯庭での儀礼とは別に殯宮での儀礼や祭式が皇后を中心とする後宮機関によって営まれていたという推定のうえに成り立っていることはまちがいない。その重要な論拠になっているのが次の史料である。

穴《あな》穂《ほ》部《べの》皇子《みこ》、炊屋姫《かしきやひめ》皇后《のきさき》を奸《をか》さむとして、自《みづか》ら強《し》ひて殯宮《もがりのみや》に入る（日本書紀用明天皇元年五月）

敏達天皇の殯宮内に皇后がこもっていて宮門は堅く警護され、天皇の異母弟穴穂部皇子は宮内に入ることは許されなかったというものである。この記事を唯一の史的事実として「殯宮に籠ったのは女性のみであったら

しい[23]」という説が導かれるのであるが、この記事からそこまで読みとれるのであろうか。穴穂部皇子は皇位継承に関係し下心をもって炊屋姫（後の推古天皇）に近付こうとしているのであり、穴穂部皇子が排除されたことをもって殯宮内が排他的に女性のみの世界であったという証にはならないと思う。殯（喪屋）に近親者がかかわることとは魏志倭人伝はじめ原始的葬儀の様子を伝える記紀の天若日子葬儀などの記事から明白であるが、妻や女性だけに限定されるような記録はみあたらない。女性だけが殯宮にこもって奉仕するという儀礼伝統の上に「女の挽歌」がうみだされてきたという痕跡はどこにもとめられるのであろうか。もちろんこうした「女の挽歌」論に対しては、「喪礼における哭も歌も、決して女だけのものではなかった[24]」「何らかの後宮儀礼の場なるものを具体的に確認することは困難である[25]」として、挽歌は女だけが専有するものではなかったし、天智挽歌群に「女の挽歌」の系譜を認めることは難しいとする阿蘇瑞枝・青木生子氏の考説があり、筆者も驥尾に付して述べたことがある。[26]最近では「女の挽歌」論の批判のうえに、初期万葉前後の挽歌の性格を「近親異性の挽歌[27]」ということばで捉える意見も提出されている。

万葉集巻二「挽歌」に皇后（持統）による天武天皇挽歌が四首（一五九〜一六二）収められている。これと天智挽歌群を比較してみたとき、作者が女性であるという点では一致するが、明らかな違いがみられる。天智挽歌は五人の女性によってよまれているが、天武挽歌は皇后ただ一人である。「女の挽歌」が伝統として存在し、後宮において女性が挽歌をよむことが儀礼の一環としてうけつがれていたのであれば、この数の違いは何によるものであろうか。こうした疑問を、平舘英子氏は、

天智天皇・天武天皇両挽歌群は類似の創作環境を想定させるが、天武天皇への挽歌は大后のかかわる作のみで数も少ない。このことは天武天皇後宮における大后の絶対的力を象徴するものであるかもしれないが、同

時に人々が盛大な殯宮儀礼に目を奪われ、挽歌がその影で、記録されることなく消えていったのではないかとの危惧を抱かせる。[28]

と述べている。後宮の女性たちの挽歌が伝統であるならば、他の妃や夫人たちを権力で押さえ込む性質のものではないと思われるし、記録性でいうならば、現に持統皇后の挽歌は記録され万葉集に伝えられたのだから、他の妃や夫人たちの挽歌はなかったと推測せざるをえない。天武挽歌の、

天皇の崩ります時に、大后の作らす歌一首

やすみしし　我が大君の　夕されば　見《め》したまふらし　明け来れば　問ひたまふらし　神岡《かみをか》の　山の黄葉《もみち》を　今日もかも　問ひたまはまし　明日もかも　見したまはまし　その山を　振《ふ》り放《さ》け見つつ　夕されば　あやに哀しみ　明け来れば　うらさび暮らし　荒《あら》たへの　衣《ころも》の袖《そで》は　乾《ふ》る時もなし（巻二、一五九）

という一首は、天武の御霊のやってくる黄葉の山を仰ぎ見ながら悲しみにくれる思いをよんでいる。儀礼的表現をとりながら後半部は個の悲傷へと傾斜していき、内容的には天智挽歌と類似するものである。続く一六〇・一六一の二首は、題詞に「一書に曰く」とあり、一六二は題詞下注に「古歌集の中に出でたり」とあっていずれも別本資料から採られたものであることを明示している。天武挽歌として公式に記録された歌はおそらく一五九歌一首だけであろう。挽歌をよむ場というのが伝統的にあったわけではなく、天武挽歌はむしろ天智挽歌の倭大后の歌に触発されてよまれたと考えた方が説明がつくように思われる。

一人の天皇に対して多数の女性たちによる挽歌群というのは他に例がなく、天智挽歌群は一回性の特異な現象といわなければならない。そもそも天皇に対する挽歌は天智挽歌と天武挽歌以外に存在しない。一方で天皇葬儀にうたわれたとされる「大御葬歌」が伝えられており、儀礼としてはこれが奏されていたからであろう。

挽歌に限らず初期万葉の宮廷歌においては祭祀にかかわる女歌が光彩を放っていることは確かである。後宮が宮廷祭祀の主要な担い手であったことも確かであろう。しかし、伝統的な後宮世界だけの挽歌の場は想定できない。天智挽歌が女性だけでうたわれた理由は他にもとめられなければならないと思う。

天智の葬儀は、壬申の乱勃発を予兆する童謡が巷間に流れ、かつてない暗鬱な空気のたちこめるなかで行われた。皇位継承をめぐる近江朝と大海人皇子との対立は、天智・大海人の妻たちにとっても複雑な状況をもたらしたことはまちがいない。大海人の妻たちのうち、吉野への行動を共にした鸕野皇女（持統）以外は近江朝に留まったものと推測されるが、その妻たちは天智葬儀とどう関わったのであろうか。天智の娘であり大海人の妻でもある大江皇女や新田部皇女は、当然近親者として天智殯宮に奉仕していたものと思われる。近江朝の重臣であった蘇我赤兄の娘たちは、常陸娘が天智の妻に、大蕤娘が大海人の妻になっているが、共に天智葬儀に奉仕していたとみてまちがいないだろう。かなり特殊な状況のなか、皇后はじめ女性たちが中心となって殯宮を守るという状況がうみだされたのではなかったか。殯庭での公式の儀礼が十分行われず、倭大后を中心とする女性たちにゆだねられた葬儀の内側が、天智挽歌の歌々によまれているのではなかろうか。挽歌をよむという伝統的な場があったわけではなく、御霊に奉仕すべき場を共有した女性たちが挽歌をよむべくしてよんだ、それはすぐれて文学的な営みであったと思われる。天智の葬儀に限って五人もの女性が挽歌をよむという挽歌史上稀有な現象がありえた背景をそのように考えてみる。

彼女たちの歌の中に見える呪的儀礼的なものの淵源については別の考察が必要と思われる。

四

是《ここ》に、倭《やまと》に坐《いま》しし后等《きさきたち》と御子等《みこたち》と、諸《もろもろ》下り到りて、御陵《みはか》を作りて、即ち其地《そこ》のなづき田に匍匐《はらば》ひ廻《めぐ》りて哭《な》き、歌為《うたよみし》て曰はく、

なづきの田の　稲幹《いながら》に　稲幹に　這《は》ひ廻《もとほ》ろふ　野老蔓《ところづら》　(三四)

是に、八《や》尋《ひろ》白《しろ》ち鳥《とり》と化《な》り、天《あめ》に翔《かけ》りて、浜に向ひて飛び行きき。爾《しか》くして、其の后と御子等と、其の小竹《しの》の刈杙《かりくひ》に、足を跳《き》り破れども、其の痛みを忘れて、哭き追ひき。此の時に、歌ひて曰はく、

浅小竹原《あさじのはら》　腰泥《なづ》む　空は行かず　足よ行くな　(三五)

又、其の海塩《うしほ》に入りて、なづみ行きし時に、歌ひて曰はく、

海処《うみが》行けば　腰泥《なづ》む　大《おほ》河《かは》原《はら》の　植《う》ゑ草《ぐさ》　海処は　いさよふ　(三六)

又、飛びて其の礒《いそ》に居し時に、歌ひて曰はく、

浜つ千鳥　浜よは行かず　礒伝ふ　(三七)

是の四《よ》つの歌は、皆其の御葬《みはぶり》に歌ひき。故《かれ》、今に至るまで、其の歌は、天皇の大御葬《おほみはぶり》に歌ふぞ。(景行記)

倭建命物語の最終章をかざる死の場面は、「八尋白ち鳥」と化して飛翔する倭建をひたむきに追い求める后たちの悲しみの姿が描き出される。「なづき田に匍匐ひ廻りて哭き」、「足を跳り破れども、其の痛みを忘れて」哭きつつうたう姿態は、葬儀の匍匐礼や古い誄儀礼を反映させつつ、まさに「劇的に狂う原始の哭女」を彷彿とさせるものがある。それでいて物語地と歌とが織りなす世界はイメージとして美しく、挽歌的世界を象徴的に描き出してもいる。しかし、歌い手である「后等と御子等」の心情は歌にも物語地にもいっさい語られることなく、

后たちの悲嘆の世界は物語の果てに残映のようにたちあらわれてくるものであろう。

これら四首の歌については、物語から切り離した場合、歌詞に哀悼の表現がみあたらないとして、四首を転用歌謡とみてその原義について盛んに議論されてきた。しかし、葬歌への転用の契機などかならずしも明確にはなっていない。一方、これらをもともと葬歌として成立したものとみる立場では、鳥を死者の霊魂と見る古代霊魂観と古代葬儀に基づく詞章であったとする。四歌の歌詞に心情を表す語はみあたらないが、「這ひ廻ろふ」「腰泥む」「空は行かず」「いさよふ」「浜よは行かず」など、特殊な所作を表す語を指摘することができ、全体として離れ去ろうとする何かを追い求めようとするもどかしさ、切なさのようなものが伝わってくる。神堀忍氏[29]は、一首目の「なづきの田」、二、三首目の「腰泥む」の「なづ」に注目し、「なづ」系の語義の精細な調査のうえ、「なづむ」は「水に浸ることから発して、人間の志向する動作を阻む箇所での苦痛や労苦を感じることを表はしてゐる」と結論した。この場面では葬送の時の呪的所作と関係し「行きなづむ」状態を表すものと解釈できる。四歌において遺された者の悲しみの感情は、身体的な苦痛を伴う所作に解消されている。慟哭は所作によってあらわされ、所作と歌詞とが一体となって四歌の意味世界がたちあらわれてくるのではなかろうか。もともと葬の場でうたわれていたものが天皇の葬送儀礼の歌舞の一環として奏されるようになったものであろうと思う。

古事記は、この四歌が「今に至るまで」天皇の大御葬にうたわれるものであることを記す。ここでいう「今」とは、すくなくとも古事記成立の端緒となる天武朝の実状をさすものでなければならない。近いところでは斉明・天智の葬儀において演奏されたと推定される。

さて、物語の叙述は四首の歌い手を「后等と御子等」としているのであるが、西郷信綱氏[30]は、死んだのがたまたま夫であったから「后たち、また御子たち」が匍匐し、発哭し、哀歌をうたったという筋

のものではない

といい、それが「女たちの役」であったとしてこの四首を「女の挽歌」の源流と位置づけた。しかし、「后等と御子等」は「女たち」を指示しているわけではない。にもかかわらず「女たち」と同義語のごとく解されるのは、物語の展開上、死者の妻たちを強く印象づけるからであろう。

倭建東征の物語において、建の皇命による東国征討の旅は、死という運命とたたかうさまよいの旅でもあり、その旅の重苦しさは倭比売《やまとひめ》・弟《おと》橘《たちばな》比売《ひめ》・美夜受比売《みやずひめ》などたびたび女たちによって救われている。そうした女たちに守護されながら倭建はその使命を全うしようとするのであるが、ついに力尽きてしまう。大きな白い鳥となって飛翔する倭建をどこまでも追う「后等と御子等」の痛々しい嘆きの姿は、あざやかに「女たち」であることを印象づけているのである。この物語そのものに「御子等」の影はなく、その具体的イメージはほとんど浮かんでこない。いうなればこの場面は「后等」の嘆きが描かれれば物語としては十分であったはずである。ところがこの場面は「大御葬歌」の起源説話としての意味も担っている。「后等と御子等」が揃って登場する理由はそのあたりにあったのであろう。古事記の倭建命物語では、死者の霊魂鳥を追い引き止めようとする人々のひたむきな姿が描きだされ、しかし、結局は死者をとどめえぬ人間の悲しい無力感が余韻としてのこる。それは、倭建命という一人の人間と彼を愛する者たちとの関係性のうえに成り立つ悲しみの世界であり、死者への哀悼感情をうたわぬ葬歌を物語述作者が抒情的に捉え返したのである。

「女の挽歌」の伝統を裏づける例としてよくあげられる日本書紀の武烈紀（九四、五）と継体紀（九八）にみえる歌謡も、物語の中で妻の悲しみをうたう葬歌らしく載っているが、歌詞は妻本人のものではなく第三者の口になるものである。記紀伝承の中で語られる死は、ほとんどが男主人公の無念のあるいは非業の死で、そこに妻の悲しみが語られるのはきわめて自然な展開であり、物語の抒情性を高めるための手法として、妻が葬歌をうたう場面が挿入されたと思われる。

記紀の死を主題とする歌謡物語が万葉挽歌の土壌となったというのは、伊藤博氏の高説である。(31) 氏が指摘するように、死を主題とする歌謡物語のもつ抒情性は、万葉挽歌の抒情性とつながるものであろう。倭建命物語の形成過程が近江朝の人々によって共有されてきたのだとすればなおのこと、またそうでなくとも現実の葬儀で所作をともなって奏されたと思われる「大御葬歌」の世界は、さまざまな想像をかきたて霊魂鳥飛翔の物語性をはぐくむ要素は十分にある。倭建命物語また「大御葬歌」の世界に集約された葬の伝統が、あらたに捉えなおされていくなかで万葉挽歌の表現法がうまれたといえないだろうか。所作をともなった慟哭を所作から切りはなしことばによって表そうとする試みでもある。次節でのべるように、天智挽歌群の作者たちはすでに一人の人間として愛する者との死別の悲しみを歌う挽歌という文学形式に出会っていたのである。

五

死に遭遇し、自己の悲しみをのべる挽歌は、日本固有のものではなく、大化改新後渡来人によってもたらされた詩のかたちである。孝徳紀に次の二首が伝えられている。

山川《やまがは》に　鴛鴦《をし》二つ居て　偶《たぐ》ひよく　偶へる妹《いも》を　誰《たれ》か率《ゐ》にけむ　其の一（一一三）
本毎《もとごと》に　花は咲けども　何《なに》とかも　愛《うつく》し妹《いも》が　また咲き出来《でこ》ぬ　其の二（一一四）

大化五年（六四九）三月、妃造媛の死を悲しむ中大兄皇子の心中を察し、野中川原史満が「進みて歌を奉《たてまつ》」ったいわゆる代作挽歌である。一首目は、生前のうるわしい夫婦相愛の姿を「鴛鴦」にたとえ、「誰か率にけむ」

とかけがえのない妻を亡くした者の愁訴の情がよまれている。二首目は、「愛し妹」を花にたとえ、「何とかも……また咲き出来ぬ」と再び取り戻すことのできない人命のはかなさへの嘆きがよまれ、遺された者の愛ゆえの悲しみとして伝わってくる。この二首には、既存の歌謡世界には求めがたい抒情のみずみずしさがあり、それぞれの歌に漢詩文の出典が指摘されていて、[32]新しい挽歌は、呪術的儀礼的な世界を離れた漢詩文という新しい文化との接触のなかからうまれたとする見方は挽歌史にほぼ定着している。吉井巌氏は、野中川原史満を造媛に近侍していた人物と推定し、「造媛の死という悲劇に終わった一つづきの事件は、個人としての野中川原史満にとって、慟哭に価するものであった」[33]と述べている。満の作歌動機がみずからの慟哭に発していたからこそ漢詩の単なる翻案になることなく、この歌の悲哀感情は切実な響きをもつものとなったのかもしれない。

続いて斉明紀四年（六五八）の五月と十月に次の六首の挽歌がよまれている。

五月
今城《いまき》なる　小丘《をむれ》が上《うへ》に　雲だにも　著《しる》くし立たば　何か歎《なげ》かむ　其の一（一一六）
射《い》ゆ鹿猪《しし》を　認《つな》ぐ川上《かはへ》の　若草の　若くありきと　吾《あ》が思《も》はなくに　其の二（一一七）
飛鳥川《あすかがは》　漲《みなぎ》らひつつ　行《ゆ》く水の　間《あひだ》も無くも　思《おも》ほゆるかも　其の三（一一八）

十月
山越えて　海渡るとも　おもしろき　今城の内《うち》は　忘らゆましじ　其の一（一一九）
水門《みなと》の　潮《うしほ》のくだり　海《うな》くだり　後《うしろ》も暗《くれ》に　置きてか行かむ　其の二（一二〇）
愛《うつく》しき　吾《あ》が若き子を　置きてか行かむ　其の三（一二一）

八歳で薨じた皇孫建王（中大兄と蘇我山田石川麻呂の娘遠智娘の子）に対する斉明天皇作と伝える挽歌である。五月の三首は今城谷の上に築かれた殯の時に、十月の三首は紀温湯に行幸の折によまれた。格別にかわいがっていた孫の夭折に斉明がいかに嘆き悲しんだかを日本書紀は「哀《かなしび》に忍《しの》びず傷慟《いたみまと》ひたまふこと極めて甚し」、それゆえ歌をよんで「時々に唱《うた》ひたまひて悲哭《みね》したまふ」と伝える。また、十月の行幸の折には「皇孫建王を憶《おも》ほしいで て、愴爾《いた》み悲泣《かなし》びたまひ」、歌をよんで、秦大蔵造万里《はだのおほくらのみやつこまろ》に詔して「斯《こ》の歌を伝へて、世に忘らしむること勿《なか》れ」と命じたという。斉明作と伝えるこれら六首を秦大蔵造万里による代作とみる説もあるが、斉明実作を否定する根拠も確かではなく、所伝通り斉明実作としてみたい。五月の三首は、いずれも万葉集の民謡的な相聞歌に類歌が指摘され、恋の民謡のことばと大きな隔たりはない。亡骸を収めた「今城なる　小丘が上に」せめて雲でも立ってくれたならという切実な願いさえもかなわぬ悲嘆、「若くありきと　吾が思はなくに」という悔恨、「間も無くも　思ほゆるかも」という追慕の情が、「内面に統一された抒情の張りを以て、個の悲しみの実感」(34)として表出されている。共同発想的な民謡の発想法を母胎として、個人の哀傷の情を表出する方法を模索しはじめたといえる。

　十月の三首は、断片的に類句を指摘できるだけで、民謡に類型発想の歌をもとめることは難しい。実体験に即して得られた表現であろうと思われる。三首目（一二二）について、新編日本古典文学全集本頭注に、

　歌謡一一七では「若くありきと吾が思はなくに」と歌ったのに、ここでは「吾が若き子」と、八歳で夭折した無惨さを身にしみて実感した悲痛な告白愁嘆の表現となっている。

と評している。三首目が片歌になっており謡い物として作られた歌であるが、三首とも現実に即した独自の表現をもち新鮮で個性的である。五月条三首は群臣を、十月条三首は側近を前にしているらしいが、儀礼に機能した歌とは考えられず、ほとばしる追慕の思いをことばにのせたものと解される。

右の歌群から三年後の斉明七年（六六一）七月、斉明天皇は筑紫の朝倉の宮で崩御する。中大兄皇子は、母である天皇の喪を奉じて海路を難波にむかった。その途次「一所」に泊てて居て、「哀慕」にたえずうたったとされるのが、次の一首である。

君が目の　恋《こほ》しきからに　泊《は》てて居て　かくや恋《こ》ひむも　君が目を欲《ほ》り（紀一二三）

ひたぶるに「君が目を欲り」することを歌った一首で、歌の核心は「君が目を欲り」の句にある。この歌では死んだ人間の唯一の具体的象徴として「目」が捉えられているのだと理解される。古代において「目」は生命の中核、魂の発動するところであり、「目を欲り」することは、もともとは相手の生死を問わず「魂合い」を欲する心情行為を表す語であったと思われる。「目を欲り」することが、お目にかかりたい、お会いしたいという相聞的な意味の慣用句に変質する前の「魂合い」の切実性をもったことばとして「君が目を欲り」の句がよまれ、その古代的真実性が歌の抒情性を支えているといえよう。呪性をたたえた古風な民謡的発想法でみずからの哀慕の情をのべた歌で、歌のありようとしては斉明天皇の五月の挽歌三首に近い。

大化五年の造媛挽歌において、個人が個人の死を悲しむ挽歌が渡来人によって誕生せしめられてから十年余り、造媛挽歌を直接体験した人間が、古来の民謡的な発想法によりながらみずからの抒情の方法を得て哀傷挽歌をうみだしたのであった。孝徳・斉明紀の挽歌がすべて中大兄皇子の妃・子・母という近親者に捧げられたものであるということを銘記しておきたい。天智挽歌群の女性たちは、これらの挽歌に直接また間接的に触れることのできた人々である。

むすび

周知のように近江朝という時代は、漢詩文が隆昌し、歌々もまたそれに刺激されて画期的な盛況をもたらした時代である。万葉の相聞も挽歌も実質的には近江朝を嚆矢としている。そして万葉の編者は近江朝の雑歌を、近江遷都の時の歌（巻一、一七～九）を後に回し、「天皇、内大臣藤原朝臣《ふぢはらのあそみ》に詔《みことのり》して、春山万花の艶《えん》と秋山千葉の彩《いろ》とを競《きほ》ひ憐《あは》れびしめたまふ時に、額田王、歌を以て判《ことわ》る歌」（巻一、一六）をもって開幕せしめた。近江朝における文雅の興隆をあざやかに印象づける開幕である。宮廷の晴の席における中国文学の浸透とそうした雰囲気の中で伝統的な歌もまた大きく進展しようとしているのがみてとれる。また巻四「相聞」の「額田王、近江天皇を思《しの》ひて作る歌一首」（四八八）と「鏡王女の作る歌一首」（四八九）は、それぞれ典拠となる漢詩が指摘されていて中国文学の影響をみる視点はほぼ確立している。漢詩文の吸収とともに新しい抒情歌をうみだしていこうとする女性たちの姿がうかがえる。男性たちの詩宴に対して、女性たちによるみやびな歌のサロンが形成されていたことも考えられる。この近江宮廷で共有された歌のサロンこそが天智挽歌詠出の場の基盤になったものであろうと考える。そのような歌のサロンの体験者が天智葬儀に奉仕する女性たちであった。阿蘇瑞枝氏[35]ははやくに「近江朝、貴族男子の間で漢詩文が盛行したこと」と「天智崩御をめぐる挽歌に女の作ばかりのこされている事実」は無縁ではないと指摘しているが、貴重な見解である。

天智天皇は、古い誄儀礼を禁じ、薄葬令を押し進めた人であり、開明的な合理主義者であった。しかし、その精神的風土は「中大兄の三山の歌」（巻一、一三～五）や前節でみた日本書紀の斉明天皇挽歌などにみられるようにまぎれもなく呪的神話的世界を揺曳している。それは初期万葉の人々に共通しているものであろうが、近江朝という時代を経て、中国文学を積極的に吸収しながら確実に芽生えていった文芸意識のなかで、呪的な世界が捉えなおされていったと思われる。呪的神話的世界に共感できるだけの古代的心性をまだもっていた人々が、天智の死という悲痛事に遭遇し、呪術によって救われえない人間感情を明確に自覚しつつ、ことばによって悲しめる「われ」を表出する方法を獲得していった。女性たちが死者儀礼の場とかかわり遺体に奉仕する沈痛な時間のなかで、呪術を母体とする葬歌的な世界を捉えなおすことにより死者を悼む新しい表現を創出していったものではなかろうか。そこから殯の時や殯宮儀礼にかかわる新しい挽歌もうまれたものと思われる。「はからずも近江朝滅亡の序曲を奏でる悲歌(36)」となった天智挽歌をよんだ女性たちは、滅亡へと向かう宮廷の暗鬱の中で鎮魂と追慕の情を、みずからのことばで一回限りの歌としてよむことによって、万葉挽歌の創出を成し遂げたのであった。

【注】

（1）巻二「挽歌」冒頭は有間皇子の自傷歌（辞世歌）および後人の追和歌（一四一〜一四六）を載せているが、人の死に臨んで哀悼の情をよむ挽歌としては天智天皇への挽歌が最初のものである。

（2）五味智英「倭大后」（『白珠』昭和三十八年九月）

（3）挽歌は雑歌・相聞と並ぶ万葉集三大部立の一つで、万葉集の分類名であるが、ここでは広く哀悼の情をよむ歌を挽歌と称することにする。なお、古事記の「大御葬歌」のような葬に関する歌謡を葬歌として区別することにする。

（4）西郷信綱『詩の発生』（昭和三十九年　未来社）

（5）額田王の専門歌人的性格は一般的に代作歌人と称されているが、中西進『万葉史の研究』昭和四十三年　桜楓社）は「詞の嫗」「詞人」、伊藤博（『万葉集の歌人と作品　上』昭和五十年　塙書房）は「御言持ち歌人」という名称でとらえる。

(6) 荻原千鶴「天智天皇崩時『婦人作歌』考」(『日本古代の神話と文学』平成十年　塙書房)
(7) 一五五歌の作歌時期について、谷馨『額田王』(昭和三十五年　早稲田大学出版部)は天武三年頃と推定し、身﨑壽『宮廷挽歌の世界』(平成六年　塙書房)も天武朝の作とみる。筆者もその説を妥当と考えている。
(8) 田中日佐夫『二上山』(昭和四十二年　学生社)
(9) 青木生子「近江朝挽歌群」(『万葉挽歌論』昭和五十九年　塙書房)
(10) 杉山康彦「天智天皇挽歌」(『万葉集を学ぶ　第二集』昭和五十二年　有斐閣)
(11) 青木生子注(9)前掲論文
(12) 曽倉岑「天智挽歌群続考」(『論集上代文学』第五冊　昭和五十年　笠間書院)
(13) 荻原千鶴「初期万葉―倭太后歌を中心に―」(『うたの発生と万葉和歌』平成五年　風間書房。後、注(6)前掲書所収)
(14) 生田周史「倭太后歌小考」(『万葉』百九十　平成十六年九月)
(15) 伊藤博『万葉集の表現と方法　下』(昭和五十一年　塙書房)
(16) 西郷信綱『古代人と夢』(昭和四十九年　平凡社)
(17) 婦人作歌の夢と祭式に関する研究については、菊川恵三「天智挽歌婦人作歌と夢」(『論集上代文学』第二十七冊　平成十七年　笠間書院)に詳しい。
(18) 平野由紀子「額田王の天智大殯の時の歌」(『美夫君志』三十五　昭和六十二年七月)
(19) 曽倉岑注(12)、青木生子注(9)前掲論文
(20) 橋本達雄『万葉宮廷歌人の研究』(昭和五十年　笠間書院)
(21) 中西進注(5)前掲書
(22) 身﨑壽注(7)前掲書
(23) 和田萃「殯の基礎的考察」(『日本古代の儀礼と祭祀・信仰　上』平成七年　塙書房)
(24) 阿蘇瑞枝「挽歌の歴史」(『論集上代文学』第一冊　昭和四十五年　笠間書院)

(25) 青木生子注(9)前掲論文
(26) 拙稿「『女の挽歌』存疑」(『作新学院女子短期大学紀要』十二 昭和六十三年十二月)
(27) 大浦誠士「天智朝挽歌をめぐって」(『美夫君志』六十 平成十二年三月)
(28) 平舘英子「天武天皇挽歌」(『万葉集を学ぶ』第二集 昭和五十二年 有斐閣)
(29) 神堀忍「歌謡の転用―倭建命葬歌の場合―」(関西大学『国文学』二十六 昭和三十四年七月)
(30) 西郷信綱注(4)前掲書
(31) 伊藤博「挽歌の世界」(『解釈と鑑賞』三十五-八 昭和四十五年七月)
(32) 身﨑壽「野中川原史満の歌一首」(『言語と文芸』七十九 昭和四十九年十一月)、拙稿「孝徳・斉明紀の挽歌における詩の成立の問題」(『万葉とその伝統』昭和五十五年 桜楓社、本章第二節)、内田賢徳「孝徳紀挽歌二首の構成と発想」(『万葉』百三十八 平成三年三月)
(33) 吉井巖「河内飛鳥の渡来人と挽歌史」(『河内飛鳥』平成元年 吉川弘文館)
(34) 青木生子注(9)前掲論文
(35) 阿蘇瑞枝注(24)前掲論文
(36) 青木生子注(9)前掲論文

第二章　挽歌の表現

第一節　倭大后の挽歌の世界

――「玉かづら」の解釈をめぐって――

はじめに

天皇の崩りましし後の時に、倭大后の作らす歌一首

人はよし思ひやむとも玉かづら影に見えつつ忘らえぬかも（巻二、一四九）

天智十年（六七一）十二月三日、天智天皇が近江宮に崩じて後、皇后の倭姫王が作った挽歌である。天智天皇の死にかかわる挽歌は、万葉集巻二に九首が一括して収載されているが、その中四首までが倭大后の作歌である。他の三首は次の通りである。

天皇の聖躬《みやまひ》不豫したまふ時に、大后の奉る御歌一首

天の原振り放け見れば大君の御寿は長く天足らしたり（一四七）

一書に曰く、近江天皇の聖躬《みやまひ》不豫したまひて、御病急かなる時に大后の奉献る御歌一首

青旗の木幡の上を通ふとは目には見れども直に逢はぬかも（一四八）

大后の御歌一首

いさなとり　近江の海を　沖離けて　漕ぎ来る舟　辺つきて　漕ぎ来る舟　沖つかい　いたくなはねそ　辺つかい　いたくなはねそ　若草の　夫の　思ふ鳥立つ（一五三）

倭大后は、夫天智天皇への挽歌を捧げることによってのみ、すぐれた万葉歌人の一人として名を留めることになったのである。その歌は、万葉集にはじめて登場した挽歌であり、特異な歌の世界をもつことで注目されている。たとえば、一四七の歌は、天皇の生命の危機にたって、天空をふり仰ぎ、天皇の御寿のとこしえにみちたりていることを感受したという内容であるが、これが招魂儀礼にかかわる歌であろうとも、青木生子氏が、

ここには古代信仰に生きていた作者が呪術にとりすがりつつ、切迫した心情を歌いあげるなかに、はや後者が前者を感動として再生している姿をみられないだろうか。

と鋭く指摘したように[1]、呪術の実用性を超えて詩としてのみごとな形象を成し遂げているものである。一四八の歌においても、木幡山の上空を行き通う天皇の霊魂を正目に見るという呪術信仰に立ちながら、そのことが逆に「直に逢はぬかも」という、うつしみの人間としての深い自覚と詠嘆を引き出しているのである。また一五三の歌は、「鳥を亡き天皇の御魂そのものとして、水音に鳥（魂）がおどろき飛び立つことを気づかったタマシヅメ的発想の挽歌[2]」と思われるが、「『若草の天の思ふ鳥立つ』に籠る、背の君の思出のよすがにすがりつくような思[3]」いが、この歌の呪性を超えて響き、一首の詩の世界を形成しているといえる。

古代的発想の真実性とひたむきな真情に裏打ちされた抒情性とをもつ倭大后の歌は、初期万葉歌独特の魅力をもつ歌として評価が高い。田辺幸雄氏は、「こせつかぬおおらかな味が四首を通じて流れ、心の純粋さが私たちを打つ[4]」といい、また、五味智英氏は、「心に沁々と響いて忘れられぬ[5]」と評している。その古代的呪性と抒情

とがないまぜになった歌の世界は、呪的信仰の世界に真実生き得た古代人にして、なお人間的な生をひたむきに生きていこうとする個人の魂の世界であった。現代人のもつ論理や感覚での解釈を拒みつつ、なおその歌がわれわれを惹きつけてやまない所以もその点にあるように思われる。

ところで、冒頭に掲げた歌は、右に述べた三首（一四七・一四八・一五三）に比べて、やや影の薄い歌であるようだ。倭大后を論じる際、他の三首に関心が多く集まっていることは否めない。

青木生子氏は、この歌は「玉かづら」によって「かろうじて挽歌的なイメージを帯び得ている(6)」と言っている。つまりは、「玉かづら」の語のもつ意味とその重要度が、一首の歌のイメージを左右するということになるのであろう。「玉かづら」は、葬儀の場と直接関係する語であるらしいが、この語の解釈をめぐって、未だ納得のいく解が得られていない。土屋文明の『私注』に、

カゲニミエツツの句が、強い感銘を伝へて居る。儀礼を越えた真実をここにも見ることが出来る。

と言っているが、その「カゲ」は「玉かづら」を承けているのであり、「玉かづら」のもつ意味が下句の感動の内容と深くかかわっているものと思われる。

以下、この句の意味を探りつつ、この歌が挽歌としてどのような歌の世界をもっているかを考察してみたい。

一

「玉かづら」は、通説では「影」にかかる枕詞として説明されている。カヅラは蔓性植物一般をさすが、この場合は、植物や玉・金属等で作る輪状の髪飾り、すなわち「冠（蘰）」のことで、「冠」をカゲといったことから、同音の「影」にかかると説明されている。そのカヅラは、殯宮の祭具でもあった。日本書紀の天武天皇殯宮儀礼

記事に、

花蘰《はなかづら》を以ちて、殯宮に進る。此を御蔭《みかげ》と曰ふ。(持統元年三月二十日)

花蘰を以ちて、殯宮に進る。(同二年三月二十一日)

と見える。この歌の「玉かづら」も右の記事の「花蘰」と同じものと考え、「殯宮の場の景物」(稲岡耕二『全注』)をもって枕詞としたとするのが、おおかたの解釈である。

しかし、この歌の「玉かづら」を「花蘰」と同じに見てよいかどうかは疑問である。右の記事の「花蘰」については岩波大系本『日本書紀』頭注に、

薄い金属で天女や花鳥を透き彫りにした花縵(けまん)をいうのであろう。あるいは生花を使って編んだかづらをいうか。

と説明している。花の季節である三月に「花蘰」が奉られたのであるから、使用されたのは生花と見るべきであろう。それに、二年三ケ月にわたる天武殯宮儀礼の間、毎年三月の同じ頃に「花蘰」が奉られていることから推すと、三月に「花蘰」を奉る儀礼があったのだと考えられる。尾崎暢殃氏は、

天武天皇の殯宮に進られた花蘰が何のためのものであったかは審らかにしえないが、それは天皇の御魂の再生を呪禱するための用料であったらしく思われる。

とその意義を説いている。そして、「かずらははじめ、もの忌みのしるしで、神を招いて無事幸福を祈願するための呪的な意味あいから用いられた」といい、時代は下るが、万葉集に、天平勝宝二年三月三日曲水の宴の、

漢人も筏浮かべて遊ぶといふ今日そ我が背子花蘰せな(巻十九、四一五三)

という風流の歌にも、なお古い信仰伝統の印象が存していることを論じている。(7) しかし、文献に見えるカヅラに

ついて言えば、後述するように、その意義はさまざまである。本源的には、倭建命の「思国歌」で「熊白檮が葉を髻華に挿せ」と歌っているのと同様、植物の生命力を感染させる呪術で、タマフリの意義をもつものであったように思われる。天岩屋戸神話の中で、アメノウズメが「天の真折をカヅラにしていたのは、太陽神アマテラスの再生をもたらす呪具としてのものであった。

「花蘰」を仏式の「華縵《けまん》」とする説もあるが、『日本書紀通釈』に「此もの御蔭と称するを思へば、仏家に云へる華鬘にはあらじ」としているのが正しいと思われる。「内蔵寮式」の「大神祭、夏祭料」に「忍冬花蘰」があり、神祭に用いられているなど、すでに日本の古い信仰伝統の中に存するものなのである。また、伊藤博氏が、「玉蘰」（花「蘰」のこと…筆者注）進上の記事も、「誄」を奉ったことと結びついていて、かならずしも仏式であるとの保証はない。

と言っているように(8)、仏教色の濃い天武天皇の殯宮儀礼ではあるが、「花蘰」の記事を仏式と結びつける根拠はないのである。

さて、「花蘰」を奉るのが三月の儀礼であったとすれば、天智の場合も三月に殯宮に奉られた可能性が強くなる。天智の死は十二月であるが、殯宮儀礼は三月も続行されていたのであるから。しかし、問題なのは、殯宮に奉られる「花蘰」がなぜ「玉かづら」と歌の中で言い換えられるのか、ということである。澤瀉久孝『注釈』は、「玉かづら」と「花蘰」を同じものとみる説を批判して、「それならば花かづらとあるべ」きだと言っている。全くその通りであろう。前に掲げた曲水の宴の歌の「花蘰」は桜の花が材料であるし、他に「百合の花蘰」（巻十八、四〇八六題詞）の例や「忍冬花蘰」（「内蔵寮式」）などとあって、「花」で作られたカヅラを「花蘰」というのである。殯宮の三月に奉られた「花蘰」とは別のものとして考えなければならないだろう。

この歌の「玉かづら」は、万葉集に十一例見える「玉かづら」とは、明らかに意味・用法を異にする。その用例は、

玉葛絶ゆることなく（巻三、三二四、巻六、九二〇）

玉葛いや遠長く（巻三、四四三）

玉葛延へてしあらば（巻十二、三〇六七）

玉葛実ならぬ樹には（巻二、一〇一）

玉葛花のみ咲きて（巻二、一〇二）

というように、蔓性植物の生態等を詠んだもので、それをカヅラに作ったものとしては、

玉かづら懸けぬ時なく恋ふれども何しか妹に逢ふ時も無き（巻十二、二九九四）

という一例があるだけである。これは「玉かづら」を「頭に懸く」ということから、「心に懸く」を導く枕詞であるが、この場合の「玉」は呪力ある蔓草のカヅラに一般的につけられる美称で、「玉かづら」の印象は薄い。倭大后の歌の「玉かづら」は、これらと別種のものであろうと思われる。

二

玉カヅラと称されるものは、他にも例がある。記紀の安康天皇条に「押木の玉𦆅」というのが見え、それは妹幡梭皇女を大泊瀬皇子の妃として乞われた兄大草香皇子が、「妹の礼物《ゐやしろ》」として天皇に献じようとし、使者である根使主に託したものであるが、それがあまりに美しくみごとなものであったために、根使主に詐取されてしまうのである。岩波大系本『日本書紀』頭注所引の小林行雄氏の説によれば、

木の枝の形をした立飾（たちかざり）のある金製または金銅製の冠で、あるいはそれに玉をとじつけたものか。慶州の金冠塚・瑞鳳塚をはじめ、新羅の古墳の遺物に例が多い。

という。玉カヅラが「礼物」として使われることについて、伊藤博氏は、「生命の象徴物」としてであったといい(9)、尾崎暢殃氏は、「思想的には貴人の婚姻は新生につながる意味のもの」であるからだと述べている(10)。伊藤氏が、新婚のことほぎ歌だと推定した(11)、

斎串立て神酒据ゑ奉る祝部がうずの玉蔭見ればともしも（巻十三、三二二九）

という歌に見える「玉蔭」も、玉カヅラであるらしく、それはいかにも幸福な結婚を象徴するかのように美しく輝いて見えたもののようである。アマテラスとスサノヲの「宇気比《うけひ》」の条において、アマテラスがつけていた「八尺の勾璁の五百津の美須麻流の珠」を巻きつけたカヅラは、文字通り玉カヅラであったであろう。そのアマテラスの珠のカヅラは、それが「物実」となって御子が誕生するのであるから、生命の象徴であったらしい。もともと「玉」は「魂」に通じ、生命の象徴であった。カヅラの意義は、その材料のもつ呪力によって、さまざまであったものと思われる。それゆえ、神話や説話の中に出てくるカヅラは、しばしばその材料が明記されていたり、材料を投影する名称がつけられていたりする。記紀の黄泉国神話の中で、イザナキが逃走した際、「黒御縵」を取って投げ棄てたら「蒲子」が成ったという。「蒲子」は山葡萄の実であるから、「黒御縵」はその材料を投影した名称であろう。そしてこのカヅラは、魔除けの呪力をもつと同時に生命力の源泉ともなっているのである。同じく天の岩屋戸の条において、アメノウズメは「天の真拆」のカヅラをつけていた。それは、太陽神アマテラスの再生をもたらすための呪具であった。尾張国風土記逸文吾縵郷の条に、

賢樹の枝を攀ぢりて縵に造りて誓ひて曰はく、「吾が縵の落ちし処必ずやこの神の有さむ」といふ。縵、去

きて此間に落ちき。乃ち神あるを識りぬ。因りて社を堅つ。

と見え、「賢樹」のカヅラが神秘な呪力を発揮している。

このように見てくると、「玉かづら」の「玉」を単なる美称とすることに疑問を覚えるのである。「玉」は文字通り珠玉のことであろうと思う。それは御魂の象徴としてのカヅラではなかったか。青木生子氏は、殯宮の呪的景物としての「花蘰」に「故人の面影を見ると解しても、……『玉葛』は『影』を導き出す枕詞的使用となってそのイメージを稀薄にしていることは争えない」と言っているが、[12]「玉かづら」が殯宮の景物としての「花蘰」ではなく、亡き天皇の御魂の象徴としてのものであれば、そのイメージは全く違ってくるのではなかろうか。一首の歌を素直に読めば、「玉かづら」に故人の面影を見ているという印象が強い。現代人が、祭壇中央に故人の遺影をまつるのと同じように、天皇が生前、儀礼などの時に冠した特別の玉カヅラが、殯宮にまつられたのではなかろうか。小林行雄氏が、「押木の玉蘰」の類の冠は、「新羅の古墳の遺物に例が多い」と言っていることが思い合わせられる。こうした遺物が何を意味するのかはわからないが、貴人の柩と一緒に埋葬されたカヅラがあったのであろう。「押木の玉蘰」にしても、それを詐取した使者の根使主が外国からの賓客を接待する時に冠し、それが分不相応に立派で美しいものであったために詐取のことが露顕してしまうのである。天皇が冠するカヅラがどのようなものであったかが想像できる話である。播磨国風土記賀古郡の「朕君の済」の条に、

(景行天皇が) 道行の儲と為したまへる弟縵《おとかづら》を取らして、舟の中に投げ入れたまへば、すなはち、縵の光明、炳《あきらけく》然舟に満ちたり。

という記事が見え、これは、天皇のカヅラの神秘性とその特別の美しさが読みとれるものである。

倭大后が詠んだ「玉かづら」は、アマテラスが冠していたような珠玉の輝くカヅラであって、それには亡き天

皇の神霊がこもり、御魂を象徴するものであったとすれば、「玉かづら」に亡き天皇の「影」が見えるというような表現は、きわめて真実性をもってくる。

伊藤博氏は、「玉かづら」の語に「ただの枕詞にあらざる」（山田孝雄『講義』）重い意味を読みとり、別案として次のように考え、解釈している。[13]

天智天皇の死をめぐってなされた葬儀においても、人々が「玉蘰」を冠して亡魂を鎮める祭礼がとり行なわれたと推定することができよう……。

一様に「玉縵」を冠して魂祭りをするその光景から、「玉蘰（御蔭）のその君の面影が常にちらついて忘れようにも忘れられない」という悲しみはおのずからにわいてこよう。

伊藤氏によれば、葬儀に奉仕する人々が一様に玉カヅラを冠して魂祭りをしている光景から、「影に見えつつ忘らえぬかも」という悲しみがわいてきたというが、それならば、上句「人はよし思ひやむとも」が浮いてしまう。現に今、亡き天皇の為に魂祭りをしている人々に対して、「思ひやむとも」という仮想は出てこないのではあるまいか。「人はよし思ひやむとも」と歌うからには、そういう思いが出てくるような背景があったはずである。それについては次節で述べることにしよう。

「玉かづら」が君の御魂の象徴であるからこそ、それに君の「影」が見えてくるのだと思う。「影」という語も、一般に「面影」と同義語にとらえられているが、そうであるかどうかは再検討の余地がある。万葉集の用例で見ると「影」には必らず光が関係する。光によっておこる現象が「影」だとすれば、「玉かづら」は光のイメージでとらえられている可能性があり、「影」を「面影」と同義に見ることはまちがいかも知れない。それについては、後考を俟つことにしたい。

「玉かづら」に君の「影」が見えるという現象は、倭大后独得のものではなかったろうか。「玉かづら」に真実亡き天皇の御魂のこもることを確信している者のみが、ありありと君の「影」を見ることができたのだと思う。「玉かづら」という呪的世界のモノと、倭大后の魂との共感関係があってこそ「影に見えつつ」という現象がおこるのである。人々には、その「影」は見えなかったか、あるいは見ようとしなかったのか、いずれにせよ、〝私にだけは見え見えして〟という意味あいで歌っていることからすると、少なくとも、人々と共有できるものではなかったと思われる。(14)

むすび

死後、相当の期間を経て作られたと推定されるこの歌に、「君」の語が用いられていない。直接、御魂への訴えかけとして歌われているのである。実際に殯宮の奥深くにいて、眼前の「玉かづら」に訴えかけるように歌われたものであろう。「玉かづら」を見、それに君の「影」を見て歌っていると理解されるものである。静かな殯宮の内にいて、君の御魂のこもる「玉かづら」を見つめている。「玉かづら」と大后との間に魂の交流がなされ、共感関係に入っていく。そして、ありありと君の「影」が見えてくるのである。それは信頼にみちた大后の呪的信仰の世界である。しかしそのように見えてくることが、かえって、うつしみのわが身の自覚を呼び、悲しみを誘うのである。呪的信仰にとりすがりながら、その信仰に吸収されることのない情が詠嘆される。呪的信仰は、本来、集団の共同幻想の世界のものであるから、個人の特殊な体験からくる情をすくいきれず、はじき出してしまい、人は個我に目覚めていくことになる。しかし、共同幻想の世界に魂をおいて生きてきた者にとっては、そこから発想する以外にない。この歌における「玉かづら」は、そうした共同幻想の世界でとらえられた呪物であり、歌は、そこから発想され、個人の情の世界が獲得されているのである。呪的信仰の世界に真実生き得た倭大后にしてはじめて「玉かづら影に見えつつ」の句はうまれたのであったが、なお人間的な真情が、この句のもつ呪性を越えて詩的真実にまで高めたのである。

倭大后の挽歌は、四首を通して、霊魂そのものを見つめた歌である。従来、冒頭に掲げたこの一首だけは、そうした理解がなされていなかったが、この歌も他の三首同様、霊魂との生き生きとした交流の世界を持っているといえる。そして、大后の人間的な真実が、古代的発想の呪性をのり越えて、初期万葉独特の抒情詩の世界をひらいたのであった。

【注】

（1）「挽歌の実用性と文学性」（『解釈と鑑賞』三十五-八　昭和四十五年七月、後『万葉挽歌論』昭和五十九年　塙書房所収）

（2）青木生子「近江朝挽歌群」（日本女子大学『国語国文学論究』二　昭和四十六年二月、後『万葉挽歌論』昭和五十九年塙書房所収）

（3）五味智英「倭大后」（『白珠』昭和三十八年九月）

（4）『初期万葉の世界』（昭和三十二年　塙書房）

（5）注（3）に同じ。

（6）注（2）に同じ。

（7）「花藹」（『古代文学』十　昭和四十五年十二月）

（8）「天智天皇を悼む歌」（『美夫君志』十九　昭和五十年七月後、『万葉集の表現と方法　上』昭和五十年　塙書房所収）

（9）注（8）に同じ。

(10) 注(7)に同じ。
(11)「雑歌成立の一形態」(『万葉』十五 昭和三十年四月、後『万葉集の表現と方法 上』昭和五十年 塙書房に「新婚の寿歌」として所収)
(12) 注(2)に同じ。
(13) 注(8)に同じ。
(14) このあと、次のような文が続くが、これは第一章第三節の「つまり、天智殯宮に奉仕していた女性たちは天智後宮の女性とは限らないのである。」(60ページ7〜8行目)などの発言と異なるところがある。第一章第三節の論がもっとも新しく、塚本氏の最終的な考えであるので、この部分を本文からは削除し、注として以下に載せる。(小野寺静子記)

「人はよし思ひやむとも」という表現の中には、自分にだけ見えてくる君の「影」への執着心もあったと思う。しかし、おそらくそれだけではなかったであろう。この歌の作られた背景とも関係があるようである。

二

この歌は「崩りましし後の時」に作られたものであるが、いつ、どのような背景で作られたのかはっきりしない。この歌の二首後に「大殯の時」の歌(一五一・一五二)があり、天智挽歌群が、ほぼ時間的経過に従って配列せられていることから、崩時(十二月三日)から殯宮の営まれる(十二月十一日)までの間に詠まれたものかと一応考えられる。しかし、金子元臣『評釈』で「相当の日子を経過した時分、周囲の男官女房等がやうやく楽しさうに遊戯するのを御覧なされて」の作と推定し、また最近では『全注』でも同様に、「『人はよし思ひやむとも』と歌われているところから、この歌は、かなり日数を経て後の作」「殯宮儀礼の終りに近いころを考えたらよかろうか」と言っている。歌の内容から推すと死後殯宮までの間の作とは思われない。たとえこの歌が、公的儀礼の場を離れた私的独詠歌であったとしても、天皇の死後さほどの日数を経ずして「人はよし思ひやむとも」という仮想は不自然であるし、また、死後間もない頃に「忘らえぬかも」というのは、あたりまえすぎて、特別の悲嘆にはならない。青木生子氏は、一般の人の心理の必然に対照させた自身の深い嘆きを以て、自らの中にのみは故人の面影が見えつづけて忘れられぬという、思慕の情が詠嘆されているのである。

と説いている。[*15]「一般の人の心理の必然」と「自身の深い嘆き」を対照させ、自身の嘆きの深さを強調するのであれば、「心理の必然」が一般的におこりはじめる、相当の期間がなければ、そうした表現自体意味がなくなってしまうであろう。人々が皆悲嘆にくれているような時に、たとえ表現上の「技巧」（窪田空穂『評釈』）だとしても、「人はよし思ひやむとも」などと歌えるはずはないのである。そこで「殯宮儀礼の終りに近いころ」という推定が妥当性をもってくる。

ところで、天智天皇の殯宮がどのくらい続いたかは、その埋葬の時が不明である限り不明というほかはない。死後六ケ月余りで壬申の乱が勃発していることを考えると、殯宮は数ケ月か、または乱終息後に埋葬されたとすれば相当長期にわたることになる。しかし、この歌は壬申の乱の前と考えて問題はない。日本書紀によれば、壬申の年の三月には殯宮儀礼が続行されていたようだが、五月に入るとかなり慌しくなり、近江朝側は山陵造営の人夫徴集を口実に兵士を集め、戦いの準備を進めていたらしい。そういった内政不穏な空気の中で殯宮儀礼が続行されていたのであれば、時の経過による感情の冷却というだけではなく、人々は十分に心を尽くして殯宮に奉仕する余裕を失っていたことも想像される。大友皇子を中心とする近江朝廷は、吉野に遁れた大海人皇子の動向に恐々としていたふしが見られ、亡帝の殯宮奉仕に専心できない人々の不安な現実が、この歌の制作背景にあったように思われる。

皇位継承をめぐる大海人皇子と大友皇子との対立は、天智・大海人の妻たちにとっても、複雑な心境にならざるを得ない事情があったと思われる。大海人の妻たちの中、鸕野皇女以外は近江朝に留ったものと推測されるが、その妻たちの心境はどうであったろうか。天智の女であり大海人の妻でもある大江皇女や新田部皇女にしても、父帝亡き後、近江朝廷に奉仕するよりも、大海人の動きが気になるところであろう。天智の妻たちにしても事情はそう変らないと思う。近江朝の重臣であった蘇我赤兄の女たちは、天智・大海人それぞれの妻になっており、思いもそれぞれであったであろう。そうした中にあって、両親兄弟もなく、子どもにも恵まれず、夫天智だけを頼りに生きてきたであろう倭大后のみは、殯宮奉仕に専心し、天智の御魂を見つめ続けていたのではなかろうか。

天智天皇挽歌は、九首が五人の女性によって詠まれている。その中四首までが倭大后の作で、他は婦人一首（一五〇）・額田王二首（一五一・一五五）・舎人吉年一首（一五二）・石川夫人一首（一五四）となっている。五人もの後宮の女性たちによって、これだけまとまった挽歌が作られ、収載されたことは、きわめて珍しく、日並皇子挽歌群（巻二、一六七〜一九三）を想起させられる。日並皇子挽歌群は柿本人麻呂を筆頭にして、舎人集団によって作られたものであり、殯宮奉仕を担っているのは、舎人集団であったことをうかがわせる。天皇の殯宮の場合は、後宮の女性たちが奉仕の主体であった。後宮の女性たちによる奉仕の場が、挽歌制作の場と深くかかわっているものと思われる。そうであれば、倭大后が「人はよし思ひやむとも」と歌った、その「人」というのは、一般の大宮人たちではなく、後宮の女性たちを暗にさしているのではなかろうか。挽歌を作ったのが五人の女性といっても、その中正式な妻は、倭大后と石川夫人の二人だけで、他は何らかの職掌をもった女性たちと思われ、必ずしもそうそうたる妻たちの挽歌というわけにはいかない。確かに挽歌の数もその作者の人数も異例なまでに多い。しかし、どことなくさびしさの漂う挽歌群ではある。

たとえば、天智挽歌群の最後をしめくくる額田王の「山科の御陵より退り散くる時」の、

やすみしし　わご大君の　恐きや　御陵仕ふる　山科の　鏡の山に　夜はも　夜のことごと　昼はも　日のことごと　音のみを　泣きつつありてや　ももしきの　大宮人は　行き別れなむ（一五五）

という歌は、御陵奉仕を終えた大宮人たちの退散風景をながめて詠んだものであるが、そこには、柿本人麻呂の挽歌の「そこ故に皇子の宮人行くへ知らずも」（日並皇子挽歌一六七）や「行くへを知らに舎人は惑ふ」（高市皇子挽歌二〇一）にあるような、奉仕する者たちの尽きぬ悲しみの姿は感じられない。倭大后が「人はよし思ひやむとも」と歌ったその「人」と額田王の歌の「大宮人」との間にどれほどの違いがあったであろうか。いずれも、ひとと
おりの悲しみと奉仕のあと忘れ去っていく一般人の印象が強い。そのような印象を残す表現をせずにはいられなかった作歌主体の思いを読みとる時、時間の経過だけが問題なのではないと思えてくる。

「人はよし思ひやむとも」の句には、壬申の乱勃発前の、悲嘆にばかりくれていられなかった近江朝の現実、とりわけ後宮の女性たちの不安と複雑な状況が反映されているものと考える。

さて、上述のような背景があったとすれば、殯宮奉仕の最高責任者でもあった倭大后は、他の人々はどうであれ、自分だけは殯宮を離れることなくあったのだと思う。曽倉岑氏は、

大后が周囲の人々の言動についてどのような感情を抱こうとも、皇后という立場からのいわば公的な発言として「人はよし思ひ止むとも」というはずがない。

と述べているように、また、青木生子氏が[*16]、この歌を「儀礼挽歌」に対して「哀傷挽歌」として分類した[*17]ように、歌の内容からすると、私的独詠歌と見るほかない。殯宮内で詠まれたことはまちがいないと思うが、その殯宮内に「人」と呼ばれるべき他人はいなかったものと思われる。倭大后と心を共にするごく少数の女性たちだけがいたのではあるまいか。

なお、天智挽歌群が、必らずしも実際に作られた順序の通りに配列されていないらしいことは、『全注』に指摘する通りである。「一書曰」ではじまる一四八の歌は、別伝のあったことをうかがわせるし、また、その題詞にいう「御病急時」と、歌の「直に逢はぬかも」という死後を意味する内容との矛盾を考慮すると、何らかの錯簡・誤伝なり編者の誤解なりを想定せざるを得なくなる。また、天智挽歌群全体を通して、題詞の記載のしかたにそれほどの一貫性はみられない。天智天皇の挽歌の所伝は一つの資料にまとめられてあったものではなく、複数の所伝を編者なりの理解のもとに、一つの挽歌群として整理し配列したものかと思われる。

＊15　注（2）に同じ。
＊16　「天智挽歌群続考」（『論集上代文学』第5冊　昭和四十九年　笠間書院）
＊17　注（2）に同じ。

第二節　万葉集における「影」と「面影」

――倭大后の挽歌の「影」の意味――

はじめに

　天皇の崩りましし後の時に、倭大后の作らす歌一首

人はよし思ひやむとも玉かづら影に見えつつ忘らえぬかも（巻二、一四九）

右の歌については、前節で、「玉かづら」の解釈を中心に論じた。その中で、「影に見えつつ」の「影」という語について、

　一般に「面影」と同義語にとらえられているが、そうであるかどうかは再検討の余地がある。万葉集の用例で見ると「影」には必らず光が関係する。光によっておこる現象が「影」だとすれば、「玉かづら」は光のイメージでとらえられている可能性があり、「影」を「面影」と同義に見ることはまちがいかも知れない。

と述べた。諸注殆ど何の疑問もなく右の歌の「影」を「面影」と解釈しているのであるが、その解釈に必らずしも同意しかねる点があり、あらためて万葉語としての「影」「面影」の意味用法を検討してみる必要があると思

う。右の歌の感動の中心は「影に見えつつ」にあり、それがどういう感動であるのか、「影」の意味を把捉しなければ、正確に理解できないと思われる。仮りに、諸注で説くように、「面影」のことだとしても、「面影」とは万葉人にとってどういうものであったのか、「影」とはどのような関係にあるのかをとらえる必要があるであろう。その上で、右の歌の「影」がどのような意味をもって歌われているのかを考えてみたいと思う。

一

はじめに「面影」について見よう。「面影」の語は、古事記・日本書紀に用例がなく、万葉集の相聞のことばとして印象的に用いられることが多い。万葉集中、歌に十四例、題詞に一例あり、次の如くである。

陸奥の真野の草原遠けども面影にして見ゆといふものを（巻三、三九六　笠女郎）
夕されば物思増さる見し人の言問ふ姿面影にして（巻四、六〇二　笠女郎）
かくばり面影のみに思ほえばいかにかもせむ人目繁くて（巻四、七五二　大伴家持）
夜のほどろ我が出でて来れば我妹子が思へりしくし面影に見ゆ（巻四、七五四　大伴家持）
今作る斑の衣面影に我に思ほゆいまだ着ねども（巻七、一二九六　作者未詳）
高円の野辺のかほ花面影に見えつつ妹は忘れかねつも（巻八、一六三〇　大伴家持）
立ち変はり月重なりて逢はねどもさね忘らえず面影にして（巻九、一七九四　田辺福麻呂歌集）
しきたへの衣手離れて我を待つとあるらむ児らは面影に見ゆ（巻十一、二六〇七　作者未詳）
里遠み恋ひわびにけりまそ鏡面影去らず夢に見えこそ（巻十一、二六三四　柿本人麻呂歌集）
燈火の影にかがよふうつせみの妹が笑まひし面影に見ゆ（巻十一、二六四二　作者未詳）

我妹子が笑まひ眉引き面影にかかりてもとな思ほゆるかも（巻十二、二九〇〇　作者未詳）

遠くあれば姿は見えず常のごと妹が笑まひは面影にして（巻十二、三一三七　作者未詳）

年も経ず帰り来なむと朝影に待つらむ妹し面影に見ゆ（巻十二、三一三八　作者未詳）

……撓む眉引き　大舟の　ゆくらゆくらに　面影に　もとな見えつつ　かく恋ひば……

（巻十九、四二二〇　坂上郎女）

……面蔭に射水の郷を見、恋緒深海村に結ぼほる……（巻十八、四一三二題詞　大伴池主）

柿本人麻呂歌集に一例、巻十一・十二の作者未詳歌に五例、田辺福麻呂歌集に一例、他に大伴家持圏の歌人たちの歌に七例となっている。それも、歌に使用された例はすべてが相聞に分類できるもので、「面影」という熟語が、巻十一・十二の相聞の世界で成立し、それを大伴家持圏の歌人たちが学び、好んで使用することによって定着したものであることを推測させる。『攷證』に、

面《オモテ》のかげの如く見ゆるを本にて、たゞそのけしきなどの、そらにうかぶをもいへり。

と言っているように、本来は、顔が影のように見えてくることを言ったらしい。

高円の野辺のかほ花面影に（巻八、一六三〇）

妹が笑まひし面影に見ゆ（巻十一、二六四二）

我妹子が笑まひ眉引き面影に（巻十二、二九〇〇）

というような例は、顔が「面影」の中心になっている。しかし、単に顔が浮かんで来るというだけではなく、相聞のことばとしての「面影」は、深い思い入れのある語で、思う相手の心情や雰囲気などをも包みこんだ、甘やかな響きをもっている。挽歌に使用された例はなく、「面影」は、眼前にはないけれど、現に存在する対象につ

いてのみ用いられたようである。

燈火の影にかがよふうつせみの妹が笑まひし面影に見ゆ（巻十一、二六四二）

という歌は、「死んだ妻の生存の時の笑顔が目の前に立つ」と挽歌的意味に解釈する大野晋氏の説[1]もあるが、この歌の「妹」は、「かがよふ」という現在形でとらえられており、「うつせ（そ）みと思ひし時」（巻二、一九六、二一〇、挽歌）「うつせ（そ）みと思ひし妹」（巻二、二一〇、二一三、挽歌）のような過去の存在ではないのである。青木生子氏が、

燈火に輝く妹の笑顔を目のあたり生き生きと想像しうる作者の思いは、その「妹」を実在「うつせみ」と実感することによって、一段と生気を発するのである。

と説いている[2]のに従いたい。「うつせみ」の語によって「面影」の実在性が強調されているといえる。

さて、「面影」とは何かという問題を笠女郎の三九六の歌の解釈を通して考えてみたい。

陸奥の真野の草原遠けども面影にして見ゆといふものを

この歌は譬喩歌であり、末尾の「ものを」を順接にとるか逆接にとるかで解釈がわかれる。『拾穂抄』『代匠記』『考』などは順接にとり、

中ははるかに隔つとも、わすられぬ面かげを君としてあらんと、いとせめて思へるよしをいふ（『考』）

のように解釈し、『童蒙抄』『攷證』は逆接にとり、

かの真野のかや原は、いと遠けれども、面かげにのみは見ゆるものを、いかで、かげをだに、見せ給はぬといふ也（『攷證』）

のように解釈している。現代の諸注においても、この二通りの解釈が行われていて、解釈が定まっていない。諸

注の中で最も委細を尽くして説いているのは『注釈』である。澤瀉久孝氏は、「ものを」は、余情を残した詠嘆としてとどむべきことを言い、

思ふ人が面影にも立たないとか、人の思ってくれない事を恨んでゐるとかいふ事は明らかに誤解である。

として、『童蒙抄』『攷證』などの説を斥け、

面影は夢ではない。夢は見ようと思っても見られない。だから夢にも見えねば思ってもくれないのかと歎く事もあらうが、みづからの思ひが真実である以上面影に立たぬといふ事はあり得ない。真野の草原が面影に立つならば思ふ人の姿が面影に立たぬわけがない。

と説き、契沖・真淵の説が「最もすなほに古人の心に通ふものと云へるであらう」としている。澤瀉氏の説は、笠女郎の歌のあり方からしても、全面的に賛同できるものである。三九六の歌は、「笠女郎、大伴宿祢家持に贈る歌三首」の中の一首で、前後の歌は、

託馬野に生ふる紫草衣に染めいまだ着ずして色に出でにけり（巻三、三九五）

奥山の岩本菅を根深めて結びし心忘れかねつも（巻三、三九七）

というものであり、笠女郎と大伴家持とが結ばれる前後の頃の歌がこの三首である。三九五の歌は、身分高く尊い人として家持をとらえ、その家持と約束だけできて未だ結ばれないことを歌い、三九七では、ひそかに心深く契った感動を歌っている。この二首の歌の心から推して、相手が思ってくれないことを恨みがましく訴える歌であるはずがないし、その時期でもない。笠女郎と大伴家持の恋の経過は巻四の「笠女郎、大伴宿祢家持に贈る歌二十四首」（五八七〜六一〇）によって推測できるが、あまり反応のない家持に対して、笠女郎はひたすらな恋慕の情を訴え続け、ついには諦めて故郷へ帰り、その恋は終ったようである。その二十四首中でも、相手が思って

くれないことを恨みがましく嘆くような歌は見当らない。わずかに、次の二首が皮肉がこめられていると見れば見られるものであろう。

衣手を打回の里にある我を知らにそ人は待てど来ずける（五八九）

この歌は皮肉めいても聞えるが、『私注』に「相手を催しをびいて居るのである」といっているのが当っていよう。また、

相思はぬ人を思ふは大寺の餓鬼の後に額つくごとし（六〇八）

という歌は、家持への恋を諦めようとしてむしろ、自嘲的に歌った歌と思われる。一般に、相手に逢えないで、恋慕をつのらせる時、逢ってくれない相手の冷淡さを恨みがましく訴える場合と、ひたすらに逢いたい自分の恋心を訴えたり、自己嗟嘆的に恋をみつめたりする場合とがあるが、笠女郎は、後者の傾向が著しく、それゆえに、切ない恋心を歌った珠玉の恋歌を多数残し得たのであったと思う。笠女郎にとっては、

伊勢の海の磯もとどろに寄する波恐き人に恋ひ渡るかも（六〇〇）

という思いがあり、高貴な身分の恐れ多い人への恋であった。三九六の歌の上句「陸奥の真野の草原」にも、家持への強い憧れがこめられていると思われ、そうであればなおさら「面影」が見えないことを相手のせいにして恨みがましく訴えるなどということは考えられないことである。

小学館全集本に、「心に思えば相手の夢や面影などに見えると信じられた」と注しているが、「夢」はそうであっても、「面影」の場合はその根拠を見出せない。例えば、「夢」の場合は、

ここだくに思ひけめかもしきたへの枕片去る夢に見え来し（巻四、六三三）

というように、相手が思っているから夢に見えて来たということが歌われている。ところが、

里遠み恋ひわびにけりまそ鏡面影去らず夢に見えこそ（巻十一、二六三四）

では、「恋ひわび」て相手の「面影」が見えているのだけれども、それだけでは不満で、「夢」に見えることを願っている。「面影」は、自分の心の持ち様で見えるものであるが、「夢」は、必ずしも自分の心のままにならず、それは相手の心のあり様と深くかかわっているからだと思われる。自分が深く思うことによって見えてくるのが「面影」で、それは、相手に及ぶものではなく、自分ひとりの心の問題である。それゆえに、「かくばかり面影のみに思ほえばいかにかもせむ」（巻四、七五二）と歌われるのである。その意味では、「面影」は、「恋」を「孤悲」と認識したような相聞の世界のことばであるといえるかも知れない。

二

「影」には、いろいろな意味用法があり、複合語もあり、記紀や風土記、祝詞にも出てくる。それらの殆どは、万葉集の用例と意味が重なるので特に掲げないが、熟語として特殊な意味をもつ用例のみ最初に見ておきたい。

持統紀に、

花縵を以ちて、殯宮に進る。比を御蔭と曰ふ。（元年三月二十日）

とある。播磨国風土記にも、「御冠《みかげ》」（餝磨郡）、「御蔭」（神前郡）とあり、これらのカゲは「冠」のことで、その冠にちなんだ山を（餝麿郡・神前郡）あるいは「蔭岡」（神前郡）というとある。万葉集に「玉蔭」（巻十三、三二二九）とあるのも冠のことである。

他に、祝詞や宮廷寿歌の慣用語として用いられる「天の御蔭」「日の御蔭」（巻一、五二・祝詞、春日祭）「天の御翳」（祝詞、大殿祭）「天の八十蔭」（紀一〇二）などとあるのは、宮殿を意味する。これらの特殊な意味をもつカゲ

について、尾崎暢殃氏は、

かげ（影・陰）には本来、ものに覆われて光のあたらないところの意があるので、転じて頭の上部を覆う冠をもさすに至ったと思われ、「高天原に千木高知りて、天の御蔭・日の御蔭と定めまつりて」（祝詞、春日祭）などいう時の日の御蔭が宮殿の意に用いられるのと類同の経過をたどったのであろう。

と説いている。[3] つまり、「天の御蔭」「日の御蔭」の「御蔭」が宮殿を意味するのは、天日や風雨から守るために蔭をつくるということからであり、冠も頭を天日に露出することから守るために覆い蔭をつくるものであり、そのカゲの本来の意味は、光のあたらないところという意味である。これと反対の意味をもつのが、南を意味する「影面」（巻一、五二）の例である。光のあたる面ということである。光と光のあたらない部分とその両面をあらわすのが、「影」の基本的意味であるらしい。

万葉集においては、更に「影」のいろいろな意味を見ることができる。冒頭に掲げた倭大后の歌以外の「影」の単独で用いられた全用例を意味により分類して掲げてみよう。

(1) 光

……渡る日の　影も隠らひ　照る月の　光も見えず……（巻三、三一七）

燈火の影にかがよふうつせみの妹が笑まひし面影に見ゆ（巻十一、二六四二）

渡る日の影に競ひて尋ねてな清きその道またも会はむため（巻二十、四四六九）

(2) 光のあたらない部分、物かげ

橘の影踏む道の八衢に物をそ思ふ妹に逢はずして（巻二、一二五）

片岡のこの向つ峰に椎蒔かば今年の夏の陰にならむか（巻七、一〇九九）

(3)　水に映る影、投影

春日なる三笠の山に月の舟出づみやびをの飲む酒坏に影見えつつ（巻七、一二九五）

かはづなく神奈備川に影見えて今か咲くらむ山吹の花（巻八、一四三五）

落ち激ち流るる水の岩に触れ淀める淀に月の影見ゆ（巻九、一七一四）

天雲の　影さへ見ゆる　こもりくの　泊瀬の川は……（巻十三、三二二五）

安積香山影さへ見ゆる山の井の浅き心を我が思はなくに（巻十六、三八〇七）

池水に影さへ見えて咲きにほふあしびの花を袖に扱入れな（巻二十、四五一二）

(4)　光に映し出された影、姿

我妹子や我を思はばまそ鏡照り出づる月の影に見え来ね（巻十一、二四六二）

夕月夜影立ち寄り合ひ天の川漕ぐ舟人を見るがともしさ（巻十五、三六五八）

ほととぎすこよ鳴き渡れ燈火を月夜になそへその影も見む（巻十八、四〇五四）

月待ちて家には行かむ我が刺せる赤ら橘影に見えつつ（巻十八、四〇六〇）

さ夜ふけて暁月に影見えて鳴くほととぎす聞けばなつかし（巻十九、四一八一）

(1)と(2)は、「影」の基本的意味の用例である。(3)の意味のものは、記紀にも見える。

玉器を持ちて水を酌まむとする時に、井に光《かげ》ありき。仰ぎ見れば、麗しき壮夫有りき（古事記、上巻）

正に人影の、井の中に在るを見て、及ち仰ぎて視る。（日本書紀、神代下）

古事記の「光」は、「日の神の御子として、文字通り光がさしていた」（岩波大系本古事記）と解する説もあるが、日本書紀に「人影」とあることによって、人影の意にとる『古事記伝』の説に従いたい。水や鏡のようなものに映る姿形をいう。

⑷の意味のものは、記紀に用例は見えない。⑷に分類した歌の「影」は、すべて月光あるいは月光に準ずる光との関連で詠まれている。月光の中に浮かびあがる影、光に映し出されて見えてくるものの姿を「影」と言っているのである。そして、巻十一、二四六二の歌を除く他の用例では、目の前に現に形としてあるもの、あるいは現にあると想定されたものが、光に映し出されて見えてくる、その影姿を「影」と言っていることがわかる。「面影」と本質的に異なるのはその点である。「影」は光の働きによって見える視界の範囲内の現象であり、「面影」は、心の働きによって見える視界を超えた世界の現象である。「影」と「面影」とを基本的にそのように区別し、定義してみることができるが、この両者の意味が極めて近接した例が、万葉集に二例見られる。一つは、倭大后の歌の例であり、他の一つは二四六二の歌の例である。諸注、この二つの「影」の例のみ、「面影」と同義に見ているのである。倭大后の歌の例はしばらく措くとして、二四六二の例を委しく見てみよう。

我妹子や我を思はばまそ鏡照り出づる月の影に見え来ね　（寄物陳思）

という歌であるが、この歌では、相手は目の前に現にあるものではない。従って、「影に見え来ね」の「影」は「幻影」ということになる。それでも、この「影」が「面影」とは異なる所以は、二点あげられる。「我妹子や我を思はば……影に見え来ね」と言っていることであり、その「影」はやはり月光との関連で詠まれている点である。つまり、この歌では、相手が自分を思ってくれたら、相手の影が見えてくるものであることを前提にし、その「影」も月の光の中に具象的に見えてくるものと考えられているのである。もっとも、この歌については、諸注の解釈が定まっていない。「まそ鏡照り出づる月の」を序詞とする解釈と実際の月光とする解釈と概ね二つにわかれている。澤瀉『注釈』は譬喩の序詞とみて、吾妹子が、私を思ふならば、照り出してゐる月の影のやうに、面影に見えて来てくれ。

と口訳し、斎藤茂吉『柿本人麿評釈篇』に、

清い月が、空にのぼって照りまさる趣、或は山などから出づる趣、何かさういふ、「あらはるる」趣として解していいであらう。

とあるのを引いている。魅力のある解釈ではあるが、武田祐吉『全註釈』に、

寄物陳思の歌として取り扱ったのは、以上二句を、序詞と見、譬喩によって影を引き起すものと解したからであろう。しかし実際の歌意は、作者が照り出る月に対して、この月の光のもとに、面影に見え来よというのであろう。然らば、この句は、事実と見るべきである。

と説き、「月に対して念ずるような気持で歌われている」と言っているのが、妥当な解釈ではなかろうか。窪田空穂『評釈』も、

真澄みの鏡に酷似してゐる月の面に、妹の面影の見えて来る……

と説いている。「まそ鏡」は、「照る」の枕詞であるが、「照り出づる月」は「まそ鏡」に見立てられ、そのまそ鏡のような月の光に妹が映って見えてくることを願ったものと理解した方が表現に即していると思う。つまり、

わが妻が、わたしを思うならば、澄んだ鏡のように照り出る月の光に、面影に見えていらっしゃい。（『全註釈』）

というような口訳になる。岩波大系本・小学館全集本も同様の解釈をしている。「影」は月光であり、その光に映し出される妹の影でもある。『観智院本名義抄』に「景…ウツス…」とあり、万葉集にも「影毛《ウツシモ》将《セ》為《ム》跡《ト》」（巻七、一三六二）と見える。「景」は「影」に通い、ウツスの意味がある。映る姿、或いは映し出される姿が「影」なの

である。

ところで、「影」ならば、映し出されるべき物（人）は視界の範囲内になければならないことになる。ところが、この歌の「影」は、「夢」のとらえ方と同じである。前に掲げた「ここだくも思ひけめかも……夢に見え来し」（巻四、六三三）との違いは、眠っている間のことか、醒めている間のことか、という違いだけである。とすれば、「影」と「夢」とは、その観念としては同じものと考えられる。「面影」は、もっぱら自分の心の働きによって見えてくるものであるのに対して、「影」と「夢」は、相手の心の働きによっても見えてくるものである。人の魂が遊離して自在に動き、それが見えるものでもあるという古代的霊魂観からすれば、眠っている時は「夢」として、醒めている時は「影」として相手が目の前にたちあらわれることもできる。この意味の「影」は、現代語におきかえれば、「面影」ではなく、「幻影」と言うべきであろう。そして、冒頭に掲げた倭大后の歌の「影」もそれである。

むすび

倭大后の歌の「影」は、前節で述べた二四六二の「影」と同様、眼前にはない人の「影」であり、「幻影」としての「影」である。しかし、「影」である限り、少なくとも万葉集の用例では、それを映し出す光の類（月・鏡・水など）がなければならない。倭大后の歌においては、「玉かづら」がそれであろうと思われる。前節で、倭大后の歌の「玉かづら」は「殊玉の輝くカヅラ」であって、それは「亡き天皇の神霊がこもり、御魂を象徴するもの」であったことを述べた。「玉かづら」の「冠」ということから、「影」を導く枕詞的用法ではあるが、単なる枕詞ではなく、それは亡き天皇の神霊のこもる輝くカヅラであり、そのカヅラに、天皇の「影」が映し出されて見えるという趣ではなかろうか。「玉かづら」は、二四六二の歌における「まそ鏡照り出づる月」のような働きをもっていると考える。

『古義』に、

　玉縵は玉の光明《ヒカリ》の、きら〳〵と照映《テリカヾヨ》ふものなるゆゑに、玉縵映《カゲ》とはいへるなり、

と注している。この説は、「玉かづら」を「光明」としてとらえた点で注目してよいと思われる。現代の注釈では、「玉かづら」を殯宮の景物である「花縵」（持統紀）と結びつけて解釈することが常識のようになっているが、前節で述べたように「玉かづら」を「花縵」と同一物に見ることはまちがいだと思う。

死者の「影」が見えるということは異例ではある。異例といえば、死者が「夢」に見えたことを歌った例も、天智天皇挽歌群中の「婦人」の歌にあるのみである。

　天皇の崩りましし時に、婦人の作る歌一首　姓氏詳らかならず

うつせみし　神に堪へねば　離れ居て　朝嘆く君　離り居て　我が恋ふる君　玉ならば　手に巻き持ちて
衣ならば　脱く時もなく　我が恋ふる　君そ昨夜　夢に見えつる（巻二、一五〇）

という歌であるが、青木生子氏は、

　死者が夢に見えた事実を歌ったものは挽歌中でこれ一首であることも注目されてよい。「うつせみ」の人間と、神となった死者との隔絶を認識しながらも、一方でこの間をつなぐものが夢であった。

と述べている。(4) そして、伊藤博氏によると、この「夢」は、

　魂呼ばいのための夢占いによって求めた「見た夢」ではなかったか。

と言われる。(5) 天智天皇崩御の前後に、魂呼ばいの祭式行為がなされたらしいことは、

天皇の聖躬不豫したまふ時に、大后の奉る御歌一首

天の原振り放け見れば大君の御寿は長く天足らしたり（巻二、一四七）

という歌によって推察できる。他にも、亡き天皇の霊魂の遊行を正目に見たことを歌う倭大后の一四八の歌がある。祭式という特殊な場を通して、そのかなたに見えてくるものの世界と深く結びあって、これらの歌は歌われている。その祭式の中心に倭大后はいて、歌っているのである。

土屋文明氏が、一四九の歌について、

カゲニミエツツの句が、強い感動を伝へて居る。儀礼を越えた真実をここにも見ることが出来る。

と鋭く指摘したように(6)、この歌では、「影に見えつつ」の句が、一首の歌のリアリティを支えて、真に迫ってくる。仮りに、「玉かづら面影にして忘らえぬかも」としてみた場合、一首のリアリティは薄れ、主観的な詠嘆に流れてしまうであろう。呪性のこもる句であり、殯宮という特殊な場でありありと見える死者の幻影を歌ったものだと思われる。倭大后の挽歌の「影」も、その古代的呪性を失ってしまえば、

人はいさ思ひやすらむ玉かづら面影にのみいとど見えつつ（伊勢物語、二十一段）

というような相聞歌に替えられるわけである。「面影」という語には、呪性はなく、それは、「恋」というものが必然的にひきおこす心の働きによるものであろう。「面影」が心に浮かんで見えてくる写像であるのに対し、「影」は、現に肉眼に見えてくる写像である。この「影」が「面影」という熟語を形成するのであるが、熟語としての「面影」は「影」とは別の意味に転じている。現代語におきかえる場合も、「影」を「面影」と訳すのは、まちがいで、「幻影」とすべきである。ただ、一四九の歌の「影」は、倭大后の呪的信仰の世界でとらえられたもので、倭大后にのみ見える「影」であった。この歌の結句「忘らえぬかも」は、忘れようにも忘れることがで

きないというような心持ちで、それは、倭大后の意志を超えた世界で「影」が見え続けるからであったと思われる。

【注】

（1）「『うつせみ』の語義について」（『文学』二十四-二　昭和二十二年二月）

（2）「万葉集における『うつせ（そ）み』（『万葉挽歌論』昭和五十九年　塙書房

（3）「花蘰」（『古代文学』十　昭和四十五年十二月）

（4）「挽歌と夢」（注（2）前掲書）

（5）「天智天皇を悼む歌」（『萬葉集の表現と方法　上』（昭和五十年　塙書房）

（6）『私注』

第三節　十市皇女挽歌
――「山吹の立ちよそひたる山清水」――

はじめに

山吹の立ちよそひたる山清水汲みに行かめど道の知らなく（巻二、一五八）
（山振之　立儀足　山清水　酌尓雖行　道之白鳴）

右は、万葉集巻二「挽歌」の部に「十市皇女薨時、高市皇子尊御作歌三首」と題して収められている中の一首である。作者の亡き人を愛惜するひたむきな心情によって、古代的な死の観念が美しい写象として鮮明に描かれ、万葉挽歌の中でも特に印象深い一首である。

作者の高市皇子は、天武天皇の皇子で母は胸形君徳善の女尼子娘。額田王を母とする十市皇女とは異母兄妹にあたり、ほぼ同年齢と推定される。壬申の乱の時は、高市は天武側の総指揮官として活躍し、一方十市は、大友皇子の妃として近江朝側にあり、両者は立場上では敵対関係にあった。乱は近江朝側の敗北に終わり、大友皇子の自害によって十市はその子葛野王と共に天武朝に迎えとられた。この間の十市の運命の変転は、十市自身の内部に亀裂をもたらすほど苛酷なものであったと想像される。万葉集に十市皇女自身が詠んだ歌は一首も残されていない。十市皇女に捧げられた歌が四首、右の題詞の挽歌三首の他、次の一首が見える。

十市皇女、伊勢神宮に参ゐ赴く時に、波多の横山の巌を見て、吹芡刀自の作る歌

河上のゆつ岩群に草生さず常にもがもな常處女《とこをとめ》にて（巻一、二二）

天武四（六七五）年二月のことである。既に子の母であり、夫を亡くした二十五、六歳の十市皇女を「常處女」としてことほいだこの歌も、印象の強い特殊な響きを持つ歌である。「おそらくは参宮のための禊をする場で、次第に心を破られていく十市皇女のために、渾身の祈りをこめてことほいだものであろう。いつまでも変わらぬ神おとめであってほしいと(1)」。その三年後、天武七年四月七日暁に十市皇女は急逝する。日本書紀は次のように記す。

夏四月の丁亥の朔に、斎宮に幸さむとして卜ふ。癸巳、卜に食へり。仍りて平旦時を取りて、警蹕既に動き、百寮列を成し、乗輿蓋を命して、未だ出行すに及らざるに、十市皇女、卒然に病発りて、宮中に薨ります。此に由りて、鹵簿既に停りて、幸行すこと得ず。遂に神祇を祭りたまはず。己亥に、新宮の西庁の柱に霹靂す。庚子に、十市皇女を赤穂に葬る。天皇、臨して、恩を降して発哀したまふ。

数奇な運命を生きた十市皇女の生涯は、あまりにも痛ましく閉じられた。謎めいた死である。自殺説が有り得ることとしてうなずける。「十市皇女薨時、高市皇子尊御作歌三首」は、この時のものである。冒頭に掲げた歌と次の二首である。

みもろの三輪の神杉　己具耳牟自得見監乍共　寝ねぬ夜ぞ多き（巻二、一五六）

三輪山の山辺まそ木綿短木綿かくのみゆゑに長くと思ひき（巻二、一五七）

一首目の三、四句の訓が定まらないので、はっきりとは言えないが、十市皇女への抑えがたい思慕の情とその命へのいとおしみが読みとれると思う。高市皇子は十市皇女に捧げた三首の挽歌をもって万葉歌人になりえたのであった。

さて、冒頭に掲げた歌は、解釈の上で諸説あるが、『童蒙抄』以来、「山吹の立ちよそひたる山清水」という表現が、山吹の花の黄と山清水（泉）とで黄泉を暗示するという解釈が大勢を占めてきた。本節では、「山吹の立ちよそひたる山清水」が黄泉を意識した表現であり得るかどうかを再検討した上で、この一首の歌の意味する世界を考えてみたいと思う。

一

『童蒙抄』は上三句について次のように述べている。

山ぶきのにほへる色とは、黄泉の義を云たるもの也。山吹のいろは黄なるものなれば、黄なるいづみといふ意によそへてよめると見えたり。さなくてたゞ四月にかくれ給ふ故、山吹のある時節なればとの説計りにては其意得がたし。

『檜嫣手』・『長等の山嵐』等も同様の解釈をし、注釈書では、『全釈』・『講義』・窪田『評釈』・岩波古典大系本・『注釈』・小学館古典全集本・新潮古典集成本・『全注』等主要注釈書の多くがこの説を継承している。

これに対して、既にいくつかの批判も提出されている。茂吉『秀歌』は、「作者は山清水のほとりに山吹の美しく咲いてゐるさまを一つの写象として念頭に浮べてゐるので、謂はば十市皇女と関連した一つの象徴なのであ

る。」として、

守部の解は常識的には道理に近く、或は作者はさういふ意図を以て作られたのかも知れないが、歌の鑑賞は、字面にあらはれたものを第一義とせねばならぬから、……

といい、「黄泉云々の事はその奥にひそめつつ、挽歌としての関連を鑑賞すべきである。」とした。土屋文明『總釈』でも、「此の三句で黄泉の意を表はすといふのは、余り穿鑿に過ぎるのではあるまいか。」といい、『私注』では黄泉説に言及していない。主に歌人による歌の鑑賞という観点からの批判とは別に、土居光知氏(2)は、黄泉説について、

黄泉をくみに行きたいが道を知らないということも意味をなさない。黄泉、三途川等は「死の水」「忘れの水」の流れるところであってそれを酌んで飲もうとする人もあるまい。

と批判し、「山清水」とは、菊水つまり西方アジアや古代中国の伝説における生命の川の水のことで、「山振の花」とは、その生命の川のまわりを飾っている菊のことであると考えた。その伝説が西域の織物などの図様とされて極東に伝わってきて、皇子の目にも触れていたのだろうという。ところが万葉時代には菊は未だ知られていなかったので、日本の草花で同じキク科の山蕗に一致させたのだとし、

この「山振の花」とは生命の川の岸辺に影をひたして咲く伝説的な生命の花ではなかったかと思われる。……すなわち皇子は、生命を復活さす力のある花が咲きそろって、その露がしたたる山清水を汲んで、姉君の生命を復活させたいが、そこに行く路を知らないと嘆いたのであろう。

と解釈した。久松潜一『秀歌』は、この説を支持し、次のように口語訳している。

生命の花を求めて山吹の立派に咲いている山の清水をくみにゆこうとしても道をどう参っていいかわからな

い。

中西進氏も、土居説を承け、上三句を「生命復活の泉」のことだと断定し、そこへ行きたい、行ったら亡くなった十市皇女は蘇ることが出来るだろう、だけども、そこへどう行ったらいいかわからない。(3)

と解釈した。

土居説によると、この歌は西方から伝わった伝説をふまえて作られたことになり、歌意はわかりやすいが、万葉集の「山吹」は「山蕗」の誤認であるというのは無理があるように思う。

花咲きて実は成らねども長き日に思ほゆるかも山吹の花（巻十、一八六〇）

という歌は、バラ科の山吹の花を詠んだものであろう。山吹を詠んだ歌は万葉集に十七首ある。この中、「生命の川に影をひたして咲く」花のイメージと重なり得る歌は、当該歌と次の一首のみである。

厚見王の歌一首

かはづ鳴く神奈備川に影見えて今か咲くらむ山吹の花（巻八、一四三五）

この歌は、山吹の花が、水に映発する花として、また、「かはづ」と対で詠まれる花として、平安朝以後の美意識の嚆矢となるものである。万葉集の中では、山吹は必ずしも水に映発する花としてとらえられてはいない。当該歌と右の二首（巻八、一四三五・巻十、一八六〇）の他、集中の山吹の花の歌は次の通りである。

山吹の咲きたる野辺のつほすみれこの春の雨に盛りなりけり（巻八、一四四四　高田女王）

かくしあらばなにか植ゑけむ山吹の止む時もなく恋ふらく思へば（巻十、一九〇七）

山吹のにほへる妹がはねず色の赤裳の姿夢に見えつつ（巻十一、二七八六）

うぐひすの来鳴く山吹うたがたも君が手触れず花散らめやも（巻十七、三九六八　大伴池主）
山吹の繁み飛び漏くうぐひすの声を聞くらむ君はともしも（巻十七、三九七一　大伴家持）
山吹は日に日に咲きぬうるはしと我が思ふ君はしくしく思ほゆ（巻十七、三九七四　大伴池主）
咲けりとも知らずしあらば黙もあらむこの山吹を見せつつもとな（巻十七、三九七六　大伴家持）
山吹の花取り持ちてつれなくも離れにし妹を偲ひつるかも（巻十九、四一八四　留女の女郎）
……繁山の　谷辺に生ふる　山吹を　やどに引き植ゑて　朝露に　にほへる花を　見るごとに　思ひは止まず　恋し繁しも（巻十九、四一八五　大伴家持）
山吹をやどに植ゑては見るごとに思ひは止まず恋こそ増され（巻十九、四一八六　大伴家持）
妹に似る草と見しより我が標めし野辺の山吹誰か手折りし（巻十九、四一九七　大伴家持）
山吹は撫でつつ生ほさむありつつも君来ましつつかざしたりけり（巻二十、四三〇二　置始連長谷）
我が背子がやどの山吹咲きてあらば止まず通はむいや毎年に（巻二十、四三〇三　大伴家持）
山吹の花の盛りにかくのごと君を見まくは千年にもがも（巻二十、四三〇四　大伴家持）

当該歌以外は万葉後期、特に第四期の歌が殆どで、山吹の花の歌十七首中十一首までが大伴家持圏の作であり、賞美の対象として歌われたものが多い。作者未詳の歌では、一八六〇歌は、栽培種の実の成らぬ八重山吹を歌ったもの、一九〇七歌は庭に植えた山吹であり、山吹のヤマの音にヤマズの意をかけたもの、二七八六歌は山吹は女性の美しさを形容している。家持圏の歌でも山吹を「妹に似る草」（四一九七）と歌われており、この花が女性の容姿と重ねてイメージされていたことがわかる。

山吹の花は記紀には見えず、高市皇子の歌が初出であり、作者判明歌では第三期にも見えず、第四期頃にはすでに庭に植えて賞美される花であった。集中の山吹の歌の大半が家持圏の作であり、家持自身が自邸に山吹を植えて賞美したことの背景に、この花を愛した橘諸兄との関係を説く中条さと子氏の説もある。(4)中条氏は、土居説を継承し、鴨長明の『無名抄』でいう諸兄が山城の井手の玉川沿いの別邸に山吹を植えたという伝承を引いて、諸兄は菊水伝説の「生命復活の花」としてこの花を愛したのだといい、「生命復活の花」の伝説は、早くから王族や上層貴族の間に知られていたと推測している。もしそうだとすれば、家持もまたその伝説を知っていて山吹を庭に植えたことになるだろう。ところが、家持の山吹の歌には、伝説を意識したらしい徴候が全く見えない。

一方で、家持は水に映発する花影を賞美する美意識をもっていた歌人である。

池水に影さへ見えて咲きにほふあしびの花を袖に扱入れな（巻二十、四五一二）

家持宅の池の水に映る花影を客も賞美した。

磯影の見ゆる池水照るまでに咲けるあしびの散らまく惜しも（巻二十、四五一三　大蔵大輔甘南備伊香真人）

こうした美意識が家持圏に確実に育まれているのを見ると、水に映発する山吹が歌われていないのは、むしろ奇妙な感じがする。山吹は水辺に植えられていなかったのであろう。万葉集の歌を見る限り、山吹の花に菊水伝説の「生命の花」を重ねることは難しいと思う。

二

それでは、「山吹の立ちよそひたる山清水」とは、十市皇女薨時の季節の情景を歌ったようでいて、実は黄泉を暗示したものと解釈すべきなのであろうか。「山吹の立ちよそひたる」風情は、この花が「山吹のにほへる妹」「妹に似る草」と歌われていることから、おのずと十市皇女の面影をも印象づけている。この歌をどのように解釈したとしても上三句の情景の清冽な美しさは、作者の亡き皇女を偲ぶ思いの表われのはずである。そう理解した上でなお、上三句の情景に黄泉への連想を読みとり、黄泉への道を求めようとしてかなわぬ嘆きを歌ったのだと解釈すべきなのであろうか。澤瀉『注釈』は、

たゞ季節の景を思ひやつたといふだけではないと思はれる。季節の花を持ち出すならば少し時節おくれだからである。

として、上三句の表現を「黄泉の心を下にもつての事」と解釈した。つまり、黄泉をいうために季節外れの山吹を詠んだということである。山吹の花は確かに春三月に詠まれたものが圧倒的に多い。しかし、「京師より贈来する歌一首」と題する「山吹の花取り持ちて……」（巻十九、四一八四）は、四月五日に京の留守宅を守る家持の妹と思われる女性から越中の家持に贈られた歌であり、十市皇女の薨時の四月七日に山吹の花を詠んでも季節外れとは言えない。それにこの句は想像の中の情景なのである。

黄泉説については、最近、尾崎暢殃氏の詳細な反論が提出されている。[5] 氏は、中国の古代文献を調査したうえで、

黄泉の語は、地底のいずみ、死者の行くとこ《（ママ）》、あの世、みらい、をその意味内容とするが、この語が清水の意まで分出した形跡はみとめがたい。むしろ逆にそれは、濁水の義を分化しようとしていたらしい。そうなったのは、基底に、黄土・黄地の泉が黄泉であるとする考えがあって、その方に歩み寄ったからだろう。

と述べている。つまり、この歌の「山清水」のシミヅは、「清水・清泉・清流」の類であり、黄泉の語の内包するものとは等しくないということである。

語としては尾崎氏の指摘する通りであろう。それは万葉人たちが黄泉なる世界をどのようにイメージしていた

かということとも関わる。万葉集では、死者の行く世界を明確に黄泉とした歌はきわめて少なく、巻九の挽歌中にわずかに二首見えるだけである。

弟の死にけるを哀しびて作る歌一首并せて短歌

……遠つ国　黄泉の界に　延ふつたの　己が向き向き　天雲の　別れし行けば　闇夜なす　思ひ迷はひ……

（一八〇四　田辺福麻呂）

菟原処女の墓を見る歌一首并せて短歌

……ますらをの　争ふ見れば　生けりとも　逢ふべくあれや　ししくしろ　黄泉に待たむと　隠り沼の　下延へ置きて　うち嘆き　妹が去ぬれば……

（一八〇九　高橋虫麻呂）

いずれも死者の行く国としての黄泉が詠まれている。福麻呂の歌の「遠つ国　黄泉の界に」は「別れし行けば」にかかり、「延ふつたの」は「己が向き向き」の枕詞で、この部分は、「遠い国の黄泉の境に勝手に別れて行ったので」という意味になるが、歌詞の流れから「延ふつたの」は「黄泉の界に」からまり伸びていく蔓のようでもある。「界」は『観智院本名義抄』に「界　サカヒ　サカフ」とあり、サカ、サカヒとは境界を意味する。「寒海坂而返入」（神代記）「海界を過ぎて漕ぎに行くに」（巻九、一七四〇）と見える「坂」「界」はこの世と異界の境界を意味している。「坂」は「界」でもある。記紀の神話に見える「泉津平坂」（紀）「黄泉比良坂」「黄泉坂」（記）もこの世と黄泉の境界の「坂」であろう。「遠つ国　黄泉の界に」という表現に、黄泉坂のイメージが重ねられているようでもある。黄泉坂を出雲風土記は次のように語っている。

北の海の浜に礒あり。脳《なづき》の礒と名づく。高さ一丈許りなり、上に生ふる松、蕪《しげ》りて礒に至る。邑人の朝夕に往来へるがごとく、又、木の枝は人の攀じ引けるがごとし。礒より西の方の窟戸は、高さ広さ各六尺許りなり、窟の内に穴在り。人入ることを得ず、深き浅きを知らず。夢に此処の礒の窟の辺に至らば必ず死ぬ。故れ、俗人、古より今に至るまで、黄泉の坂・黄泉の穴と号ふ。（出雲郡）

「脳の礒」という所には鬱蒼と松が茂っていて、その礒の西に洞窟があり、そこを「黄泉の坂・黄泉の穴」といって、夢にその辺りに至ると必ず死ぬということである。こうした伝承の世界と万葉人はどう関わっていたのか定かではないが、それは決して美しいイメージではなかったはずである。記紀神話においては、黄泉の国は、「いなしこめしこめき穢き国」（神代記）「不須也凶目汚穢之国」（神代紀）であり、穢れに満ちた恐ろしい死の国であった。万葉集の挽歌は、むしろそうした黄泉のイメージを嫌って、黄泉を歌わなかったのではなかろうか。「天の原石門を開き神上り上りいましぬ」（巻二、一六七）「我が大君は高日知らしぬ」（同、二〇二）「天雲の五百重の下に隠りたまひぬ」（同、二〇五）というような表現や、「雲隠りなむ」（巻三、四一六）「雲隠ります」（同、四四一）など、貴人の死は天上の世界に隠れることであった。「秋山の黄葉を茂み惑ひぬる」（巻二、二〇八）「大鳥の羽易の山に我が恋ふる妹はいますと人の言へば岩根さくみてなづみ来し」（同、二一〇）「秋山の黄葉あはれとうらぶれて入りにし」（巻七、一四〇九）「あしひきの山辺をさして夕闇と隠りましぬれ」（巻三、四六〇）「家離りいます我妹を留めかね山隠しつれ」（同、四七一）などという表現には、山中他界の観念が見られる。万葉人の観念の中では、死者は必ずしも黄泉の国へ旅立って行くものではなかったと思われる。

三

次にヨミという語と黄との関係について検討してみたい。黄は中国の五行説では地を表わす。文選の挽歌詩に「朝発高堂上、暮宿黄泉下」（繆熙伯）と見え、黄泉は地下の泉であった。日本神話においても、ヨミは地下世界であり、中国の黄泉の漢字を当てたのであるが、ヨミと黄の文字とはどのような意識で結びついていたのであろうか。

古事記のヨミは、仮名書き以外はすべて黄泉の文字を当てている。「黄泉国」「黄泉坂」「黄泉比良坂」（四例）「黄泉神」「黄泉津大神」「黄泉軍」「黄泉戸喫」「黄泉戸大神」などの例がある。ところが日本書紀では、「黄泉」は二例のみ（神代紀・孝徳紀）で、他はすべて「泉」である。「泉国」「泉門」「泉津醜女」「泉津日狭女」（二例）「泉津平坂」（六例）「泉津事解之男」「泉守道者」「食泉之竈」（二例）となっている。日本書紀では、ヨミは泉字と強く結びつき、黄字との関係はきわめて弱い。古事記が一様に黄泉の用字で表記しているのとは対照的である。むしろ日本書紀の表記の方により古い日本人のヨミに対する意識が伝えられているのではなかろうか。ヨミを黄泉とする表記は、漢語の直輸入であって、日本人にとってヨミは必ずしも黄なる泉ではなかったと考えられる。古事記や万葉集、風土記に見えるヨミがすべて黄泉の文字を使用しているのは、黄泉の表記の定着を意味しているのであろうが、黄がヨミの意識と密接に結びついていたとは言えないように思う。

「山吹の立ちよそひたる山清水」が黄泉を意味しているという説によれば、山吹の花の黄から黄泉の黄の連想が働いたことになる。果たしてそうであろうか。万葉集中の山吹は女性の麗容の比喩として用いられたり、花そのものが賞美の対象になっている。そうした山吹の花の色から恐ろしい死の国を連想するのは、亡き人を愛惜する作者の心情に反するのではなかろうか。眼前の風物が黄泉を連想させるとき、それは非常に恐ろしいものだった。万葉集巻十六に「怕《おそ》ろしき物の歌三首」の中の一首に次のような歌がある。

沖つ国領《うしは》く君が柒屋形黄柒乃屋形神が門《と》渡る（三八八八）

傍線部分は旧本では「染屋形黄染乃屋形」となっていたが、現行諸本の殆どが「染」を「柒」に改変し、「柒《ヌ》り屋形黄柒《ニヌ》りの屋形」と訓んでいる。佐竹昭広氏の説[6]に拠ったためである。佐竹氏の説は、上代人が黄色を赤色の感覚で捉えていたこと、色名キの用例のなかなかに挙げ得ないこと。形態的にもアカ、アヲ、シロ、クロは何れも二音節で、キのみ一音節で異質的であること、の三点からキを上代の色名としては承認し難いことを述べ、この歌の「黄染」(キジメ、キソメ)は「黄」の漢字を用いていてもニヌリと訓むべきだというものである。万葉時代、黄が色彩として概念化されていたかどうかについては、議論の分かれるところであろう。万葉時代、黄はかなり漠然としたところがあり、赤の色との区別がはっきりせず、赤と重なる面があったという認識はほぼ通説と言ってよい。黄字は黄葉・黄土等万葉集に多数見えるが、それぞれ赤葉・赤土等と差なく用いられているように見える。しかし、そのことをもって黄を赤の範疇で捉えていたと見るのはどうであろうか。万葉集に黄の漢字が最も多用されているのは黄葉(モミヂ)である。澤瀉久孝氏によると、モミヂに関する語に「黄」の文字を用いたもの八十八例、「赤」「紅」を用いたもの四例である。モミヂに「黄」の文字を当てる意識について、澤瀉氏は、

もみぢの中で何の葉のもみぢを詠まれたものが多いかといふと萩のもみぢが一番多く、楓のもみぢと明かに示されたものは二つあるに過ぎない。この事実から万葉人のもみぢといふ観念には「赤らむ」といふよりむしろ「色づく」といふくらゐの気持で、青い葉が黄ばんでくる、—その黄が赤みを帯びてゐる事はたとへば黄土と赤土とが「はに」として共通に用ゐられてゐる事でも察せられるが—といふ風に考へられてゐたものと思ひます。[7]

と述べている。萩のように黄に色づくモミヂを万葉人は愛したということである。小清水卓二氏[8]は、平城宮跡の発掘が行われた際、もみじした雑木類の葉が多数発見され、しかもその雑木類は万葉歌によく詠まれているもの

で、それらのもみじの色は黄色系のものが多かったという事実から、澤瀉氏説に同意している。つまり、万葉人の生活圏の樹木の葉は黄変するものが多く、それをめでて歌に詠んだということになる。一方、小島憲之氏は、「漢詩類を見れば明かになる」といい、六朝より初唐までの詩では、大部分が「黄葉」であり、「紅葉」の例は、盛唐頃より次第に多くなることを指摘し、『白氏文集』伝来以後の平安朝に「紅葉」が増加するのはその傍証となるとして、

木の葉の黄色をめでた万葉人のモミチに対する「感じ方」が、詩語のうちの「黄葉」と云ふ文字に合致したために、主としてこれが用ゐられたとも云へるが、むしろ六朝以来の通行文字「黄葉」の文字の導入の方が一歩有力な原因ではなからうか。(9)

と述べている。

澤瀉説によれば、黄の葉をめでた万葉人の感覚を表わし、小島説によれば、万葉人の色彩感覚によるものではなく、漢語の通行文字の導入ということになる。いずれにせよ、「黄葉」の例をもって黄を赤の範疇で捉えていたことの証にはならないであろう。

上代における黄色の存在を否定する佐竹説に対して、伊原昭氏(10)は、「蒲黄」(神代記)「黄楊」(巻十一、二五〇〇)「流黄」(肥前国風土記)等々、黄という用字で記してある物象の色彩は事実黄色であり、「古代人には黄という色彩そのものについての知覚が充分あり、これを黄という用字で表記すべきであることを知っていたと考えられる。」と主張している。日本書紀に「詔令天下百姓、服黄色衣。奴皀衣」(持統七年正月条)と見え、天下百姓に黄色衣を着せしめたということも、井原氏の有力な根拠になっている。その上で井原氏は、右に掲げた「怕ろしき物の歌」の「黄柒乃屋形」はニヌリではなくキヌリの舟であるべきだとした。ニヌリあるいは赤系統の色の舟は

万葉集に七例ほど出てくるが、黄に塗る舟はこの一例だけで、何かいわくありげである。佐竹説が「サニヌリノ船」なら万葉集の他の用例とぴたり合うと言っているのは、逆で、一般的でないものを歌っているのが、「怕ろしき物の歌三首」の世界であろう。サニヌリの舟は「彦星は　織女と……佐丹塗之　小舟もがも……」（巻八、一五二〇）のように、何ら恐ろしいものではない、黄色の舟だから「怕ろしき物」なのだとする井原説は説得力がある。『全註釈』では「黄泉の国の王の屋形なので、黄に染めた」といっている。この歌の「黄」はニではなくキでなければならず、黄色は確かに概念としてあったといわなければならない。

「沖つ国領く君が」黄色の屋形舟に乗って「神が門渡る」とは、何とも不気味である。「神が門」は畏怖を感じさせる海峡のことらしいが、黄泉へ通じる「海坂」を思わせる。『万葉考』は「沖つ国」を「黄泉」と解釈し、『全註釈』・『私注』なども同様に考えている。「水葬か、或は海岸で死體を、黄色く塗つた屋形船の形したものに入れて流す習慣でもがあつたのではあるまいか」（『私注』）ということも考えられなくもないが、現実に黄色に塗った屋形舟がはるか海上を行くのを見た時、その黄塗りの屋形舟が特殊なものだけに、黄泉を連想し、非常に不気味で恐ろしいものに映ったのではなかろうか。しかし、黄色から黄泉を連想したと思われるこの歌の存在をもって、一般に万葉人が同様の連想をしたとは断定できない。この歌の収録された巻十六は、万葉集の中できわめて特異な存在であり、漢語、仏教語などの外来語がそのまま使われていたり、およそ和歌的世界とはほど遠い用語や表現が見え、内容も特異なもので、決して一般化できるようなものではないのである。

上述のように考えたとき、山吹の花の黄色に黄泉の黄を重ねることは、殆どありえないことのように思われる。万葉挽歌の世界では、死者が黄泉の国へ行くことを歌ったものは、前掲の二首以外になく、万葉人にとって黄泉の世界は詩的心象として決して美的ではなかったのである。「山吹の立ちよそひたる山清水」という表現について青木生子氏の「黄泉国が美しい人にふさわしくイメージ化され[11]」ているという見方は、大方の解釈を代表するものであろうが、ここはやはり、

秋山の黄葉をしげみ惑ひぬる妹を求めむ山路知らずも（巻二、二〇八）

秋山の黄葉あはれとうらぶれて入りにし妹は待てど来まさず（巻七、一四〇九）

のように、山中他界の観念から「亡きひとのあくがれ行きし幻想的な世界」（『注釈』）を山吹の咲く山に求めたのだと思う。『代匠記』や『考』のように皇女の墓所と考えるのは、結句の「道の知らなく」が浮いてしまうことになる。十市皇女のあくがれ行った魂の在所のイメージが、「山吹の立ちよそひたる山清水」の写象であった。「死者のイメージに密着した詩的形象[12]」といえよう。

むすび

ところで、この歌の「山清水汲みに行かめど」というような表現は、挽歌としては他に例を見ない。山清水を汲むということに何か意味があったのであろうか。尾崎暢殃氏は、

死者の霊の行きとどまる幽冥界を山中に考えた旧慣をふまえているだろう。別言すれば、山上・山中の井泉や池沼は、祭を享ける神霊の降下するところであり、これによってその神霊を迎える人々の霊魂の更新されるところでもあるとする考えにみちびかれ、その間の観想とかかわるのが、「山吹の」の歌であろう。[13]

と説いている。水は生命再生の呪力をもつものであり、それゆえ記紀神話には水に関する神々が多く登場するのであるが、特に山の清水は神霊の宿るところであり、その呪力が信じられたことは、尾崎氏が古代文献から例証している通りであろう。ただ、もし復活のために現実の行為として山の清水の霊水を求めようとするならば、

「道の知らなく」ということばはやはりそぐわないのではなかろうか。霊水として信仰されている山の清水（山の井）は、求めようと思えば求め得ないことはないはずである。だからこそ、中西進氏[14]も、水の呪力を説き、高市皇子挽歌に、

泣沢の神社に神酒すゑ祈れども我が大君は高日知らしぬ（巻二、二〇二）

とある泣沢女神を生命を復活させる泉の神だとしながら、十市皇女挽歌の「山清水」を「生命復活の泉」だと主張するその論拠を、土居説の菊水伝説に求めなければならなかったのだと思う。そこへ行くことが不可能なことを認識しているからこそ、「道の知らなく」という無力感が深い喪失感となるのである。伝説の泉か、冥界の泉か、そのどちらでもないとすれば、山吹の美しく咲く山の清水とは、死者の霊魂のとどまっている所を意味し、霊魂の在処にたどりつくことのかなわぬことを認識したうえで、生者のなすすべのない無力感を歌ったものと理解せざるを得ない。水の呪力を期待し、復活を招く行為として清水を汲むことを歌ったわけではないと思う。ただ、そのような清冽な山の清水の辺に皇女の霊魂の所在を幻想した作者の思いの中に、復活への願いがこめられており、「汲みに行かめど」の句を導き出したと理解することはできると思う。福沢武一氏[15]は、その山清水に皇女の影が映っていることを幻想し、清水に映る皇女の影を水ごと掬いとりたい、という解釈をしている。美しい解釈で心ひかれるものがあるが、歌の表現はそこまでの深読みを許容しないのではないか。

『全注』に、人麻呂の「秋山の黄葉をしげみ……」（巻二、二〇八）の歌にくらべて「死者に逢いたい気持が直接に表現されていず、不分明になっている。あるいは作者に親しい人々にはこれで充分に諒解されたのであろうか」と言っている。私は、「山吹の立ちよそひたる山清水」という情景の中に亡き人を思い描く心的必然が作者にはあり、作者や十市皇女に親しい人々にはこれで充分心打つものだったのだと思う。何よりも、その鮮明な写

象がこの歌が単なる観念の歌ではないことを語っていよう。十市皇女は生前、聖水と深く関わる立場にあった。前掲の「河上のゆつ岩群に……」(二二)の歌から、あるいは、日本書紀の彼女の死を伝える記述から、十市皇女は宮廷祭祀と深く関わっていたことが推測される。(16) 禊をする神おとめのイメージが十市皇女の面影と重なっていたのではなかろうか。そのイメージが詩的形象として美しい水の挽歌を生ましめたと考えたい。

【注】

(1) 拙稿「吹芡刀自の歌―十市皇女の人間像―」(『作新学院女子短期大学紀要』十五 平成三年十一月)、本書第三章第三節
(2) 土居光知著作集第二巻『古代伝説と文学』(昭和三十五年 岩波書店)
(3) 中西進『神話力』(平成三年 桜楓社)
(4) 「万葉集の『山吹の花』と大伴家持」(『やごと文華』五 平成四年八月)
(5) 「山清水考」(『上代文学』七十二 平成六年四月)
(6) 「古代日本語に於ける色名の性格」(『国語国文』二十四-六 昭和三十年六月)
(7) 『万葉集講話 菜摘の巻』(昭和十七年 出来島書店)
(8) 「千二百年前の『もみぢ』」(『万葉集大成月報』第十四号)
(9) 『上代日本文学と中国文学 中』(昭和三十九年 塙書房)
(10) 『万葉の色―その背景をさぐる―』(平成元年 笠間書院)
(11) 『万葉挽歌論』(昭和五十九年 塙書房)
(12) 注(11)に同じ。
(13) 注(5)に同じ。

(14) 注(3)に同じ。
(15)「十市皇女挽歌」(『上田女子短期大学紀要』十 昭和六十二年三月)
(16) 注(1)に同じ。

第四節　柿本人麻呂の死の表現

——「黄葉」によせる思い——

はじめに

(A)　秋山の黄葉《もみち》をしげみ惑ひぬる妹を求めむ山路知らずも（巻二、二〇八）

黄葉《もみちば》の散り行くなへに玉梓の使ひを見れば逢ひし日思ほゆ（同、二〇九）

右の二首は、「柿本朝臣人麻呂、妻の死にし後に、泣血哀慟して作る歌二首并せて短歌」と題する歌群の第一長歌につけられた短歌である。これを次の二首と比較してみよう。

(B)　あしひきの山さへ光り咲く花の散りぬるごとき我が大君かも（巻三、四七七）

世間は数なきものか春花の散りのまがひに死ぬべき思へば（巻十七、三九六三）

大伴家持の作で、一首目は、天平十六年二月、「安積皇子の薨ずる時」の挽歌六首中の一首、二首目は天平十九年二月二十日、「忽ちに枉疾に沈み、殆と泉路に臨む。よりて歌詞を作り、以て悲緒を申ぶる一首并せて短歌」の一首である。A、Bいずれも、死の意識がそれぞれ秋のもみじと春の花の風景と重ね合わされ、印象的で美しい。人の死をどのような風景で描くのか、人麻呂と家持とを比較してみると、前者は秋のもみじに、後者は春の花により深い思いを寄せて表現していることがわかる。両者の間で、明らかに死をイメージする時の季節感が異なっている。人麻呂と家持が、それぞれどんな感覚・意識で死をイメージし、季節の風景を捉えたのか興味深い。

古代人は、人間の運命や人生を自然の様々な事象とかかわらせて認識した。とりわけ死の認識は、自然界のあり方から深く学びとったものであった。記紀神話においてすでに人間の生の宿命をコノハナノサクヤビメによって語っている。花によせて死を認識する方法は、歌では、古く孝徳紀の帰化人による次の歌謡に見られる。

本毎は花は咲けども何とかも愛し妹がまた咲き出来ぬ（一一四）

この歌では、花の永遠回帰性と人命の一回性とが対比されていて、花はその循環する生命の永遠性において人の生命のはかなさをきわだたせている。はかなく散る宿命をもつ花でさえもが循環する自然の摂理の中で不変であるのに、人の命は一回限りのものであって二度と戻らない。復活への願いを断たれた人間の悲しい認識であった。このような認識のしかたは、中国挽歌詩の源流とされる「薤露」に見られるもので、人麻呂の挽歌においても、「……生ひなびける　玉藻もぞ　絶ゆれば生ふる……生ひをれる　川藻もぞ　枯るれば生ゆる……」（巻二、一九六　明日香皇女挽歌）と、藻と人命が対比され、人命の一回性が嘆かれている。このように自然物によせて人間の死を認識する方法は、まずその対象をどういう性質において捉えているかが問題であろう。万葉集では、植物以外でも様々な天文地象によせて死を表現している。それらはおおよそ次のように分類できる。

月や日の運行にたとえたもの

渡る日の暮れぬるがごと　照る月の雲隠るごと（巻二、二〇七）

入り日なす隠りにしかば（巻二、二一〇・二一三・巻三、四六六）

露・霧・霜など、消えやすいものや、形のない自然現象にたとえたもの
過ぎにし児らが　朝露のごと　夕霧のごと（巻二、二一七）
露霜の消ぬるがごとく（巻三、四六六）
朝露の消易き命（巻九、一八〇四）
立つ霧の失せぬるごとく　置く露の消ぬるがごとく（巻十九、四二一四）
吹く風の見えぬがごとく（巻十五、三六二五）

流れ行く水にたとえたもの
行く水の　過ぎにし妹（巻九、一七九七）
行く水の　留めかねつと（巻十九、四二一四）
行く水の　反らぬごとく（巻十五、三六二五）

これらの死の比喩表現に季節感は希薄であり、露や霧、霜のような自然現象も季節感として捉えたものではない。対して、もみじと花に死を見る意識は、季節感の自覚のもとに季節の美意識とともに育ってきたものに違いない。特にもみじは、記紀歌謡には見えず、初出は「天皇、内大臣藤原朝臣に詔して、春山万花の艶と秋山千葉の彩とを競ひ憐れびしめたまふ時に、額田王、歌を以て判る歌」（巻一、一六）であり、その初出から漢詩の影響下にあって季節の美として詠まれたものである。万葉集でもみじを黄葉と表記することも、小島憲之氏(1)によると六朝詩の表記から学んだものと言われる。集中、黄葉の用例は九十二例、その中挽歌に十二例あり、十二例中七例が人麻呂作歌と人麻呂歌集歌である。作歌時期で人麻呂より早い挽歌での使用例は、持統天皇の天武天皇挽歌に、「神岡の　山の黄葉《もみち》を　今日もかも　問ひたまはまし　明日もかも　見したまはまし」（巻二、一五九）とある

もので、黄葉は見る対象として歌われているが、死の意識と重ねられたものではない。黄葉を死と重ね合わせた最初の歌人は人麻呂である。というよりも、黄葉を死と結びつける感性は人麻呂のものであったというべきであろう。人麻呂の歌には、花の散る景に死を重ねたものは一首もない。しかるに、黄葉の散る景に死を発見し、歌った。人麻呂は黄葉をどのような感覚で見ていたのであろうか。

一

散る黄葉に死を重ねた人麻呂歌の初見は、「軽皇子、安騎の野に宿る時に、柿本朝臣人麻呂の作る歌」と題する長歌に付けられた短歌四首中の次の一首である。

ま草刈る荒野にはあれど黄葉《もみちば》の過ぎにし君が形見とそ来し（巻一、四七）

「黄葉の過ぎにし君」は軽皇子の亡き父草壁皇子をさす。「黄葉の」は「過ぐ」の枕詞で、「過ぐ」はここでは死ぬことを表わす。「過ぐ」が死を意味する例は、

……時ならず　過ぎにし児らが　朝露のごと　夕霧のごと（巻二、二一七）
百足らず八十隈坂に手向けせば過ぎにし人にけだし逢はむかも（巻三、四二七）
長き夜をひとりや寝むと君が言へば過ぎにし人の思ほゆらくに（巻三、四六三）
国遠き道の長手をおほほしく今日や過ぎなむ言問ひもなく（巻五、八八四）
朝露の消やすき我が身他国に過ぎかてぬかも親の目を欲り（巻五、八八五）
……犬じもの　道に伏してや　命過ぎなむ……（巻五、八八六）
児らが手を巻向山は常にあれど過ぎにし人に行き巻かめやも（巻七、一二六八）

世間はまこと二代は行かざらし過ぎにし妹に逢はなく思へば（巻七、一四一〇）

など、集中に用例が多い。山田孝雄『講義』は八八六の「命過ぐ」の例を引き、河内観心寺金銅阿弥陀仏造像記に「命過」という文字が見えること、また正倉院聖語蔵御物維摩詰経巻下の奥書に「于時過往亡者穂積朝臣老」と見えることなどを挙げ、スギニシとはイノチスギニシの意で「死去せし」という意になることを明確にしている。死ぬことを「過ぐ」というのは、仏典などの影響かも知れないが、何よりもこの語が古代的な死の認識を表すことばとして万葉人の感覚に合っていたということが、歌に多用された理由であったと思われる。「過ぐ」の語義は多岐にわたるが、その基本的意味は、一方の側から他へ移動することで、空間的にも時間的にも用いられる。古代において死は時間的にも空間的にも認識された。日本書紀（神代上）に「泉津平坂といふは、復別に処所有らじ、但死るに臨みて気絶《いき》ゆる際、是を謂ふか。」とあるのは、「泉津平坂」という空間を「気絶ゆる際」という時間に言い換えたもので、逆に「家離りいます我妹を留めかね山隠しつれ」（巻三、四七一）など、万葉集では死者が山に行ったように歌ったものが多く、死という本来時間の中にあるものを空間の移動として表現している。「本来の『しぬ』という概念は、生命の絶滅ではなく、生命が衰えてゆくこと」であり、「生命は放物線のようなカーブを描いて、カーブの一番上が花が咲くような絶頂であり、いちばん下が死ぬのだと生命を捉えていた」(2)。その意味では恋も同様に考えられる。恋はある時突然消失するものではなく、それは雲や霧のように徐々に消えていくものであるから、「過ぐ」は相聞的意味にも用いられる。

明日香川川淀去らず立つ霧の思ひ過ぐべき恋にあらなくに（巻三、三二五）

朝に日に色付く山の白雲の思ひ過ぐべき君にあらなくに（巻四、六六八）

家人に恋ひ過ぎめやもかはづ鳴く泉の里に年の経ぬれば（巻四、六九六）

今夜の暁降ち鳴く鶴の思ひは過ぎず恋こそ増され（巻十、二二六九）

我が故に言はれし妹は高山の峰の朝霧過ぎにけむかも（巻十一、二四五五）

など、「過ぐ」は恋う心が消えてなくなる意に用いられている。恋も生命も魂の働きによるものであり、その活動が衰微しやがて消えていくことを「過ぐ」の語で表わしたのであろう。

さてそれでは、「黄葉」はなぜ死を意味する「過ぐ」に結びつくのか、人麻呂はどのような意識からこの死の表現を発見したのであろう。「軽皇子、安騎の野に宿る時」の一連の歌は、全体が亡き草壁皇子への鎮魂の調べを持ち、挽歌的色彩の濃い作品である。長歌に「み雪降る　安騎の大野に　はたすすき　小竹を押しなべ」とあり、黄葉の散り過ぎる初冬の頃の作歌と推定される。黄葉の散る景は人麻呂の心にどんな風景として映っていたのであろうか。

人麻呂は黄葉の散る景に特別の感情を抱いていたらしい。

つのさはふ　石見の海の……玉藻なす　なびき寝し児を……別れし来れば　肝向かふ　心を痛み　思ひつつかへり見すれど　大舟の　渡の山の　黄葉《もみちば》の　散りのまがひに　妹が袖　さやにも見えず　妻ごもる　屋上の山の　雲間より　渡らふ月の　惜しけども　隠らひ来れば　天伝ふ　入日さしぬれ　ますらをと　思へる我も　しきたへの　衣の袖は　通りて濡れぬ（巻二、一三五）

「柿本朝臣人麻呂、石見国より妻を別れて上り来る時の歌二首并せて短歌」の第二長歌である。石見国の妻との悲痛な別れを歌ったもので、「黄葉の散りのまがひ」は、別れてきた妻を見ようとする視界をさえぎり、人麻呂と妻とを隔てつつ妻の姿をからめとる景として歌われている。降りしきる黄葉が「見る」ことを妨げる。それゆえこの景を反歌で、

秋山に落つる黄葉《もみちば》しましくはな散りまがひそ妹があたり見む（一三七）

と、激しく拒否する。景は拒否されつつ別れの悲しみを華麗に哀切に彩る。長歌で「渡の山の黄葉の散りのまがひ」によって妻の振る袖が「さやにも見えず」という状況になったように歌っているのは、黄葉の散り乱れる景によって妻との魂の交流ができなくなったことを意味している。袖を振る行為は、

石見のや高角山の木の間より我が振る袖を妹見つらむか（巻二、一三二）

と、第一長歌の反歌で歌っているように、魂の交流をはかろうとする行為である。「黄葉の散りのまがひ」は単に視界をさえぎるだけの景ではなく、妻の魂をからめとってしまう景なのであろう。「散りのまがひ」という言葉は、後に大伴家持が「春花の散りのまがひに死ぬべく思へば」と歌った例があり、集中四例しかない言葉である。「散りまがふ」という動詞形にはない陰影をもって使用されている。散り乱れてものの区別がつかないような錯乱した景、またはその時を表わし、景と情とが錯綜して独特の悲哀感がこもる。(3) ここも、現実の状況として黄葉が絶え間なく散り乱れることで視界が遮断されてしまうようなことは考えにくく、むしろその風景によって錯乱していくことで妻の魂が見えなくなり、人麻呂の悲痛は極まっていったと見るべきであろう。それは決して蕭条たる景ではなく、華麗に降りしきる人麻呂の魂を揺り動かすような風景であったのだと思う。

冒頭に掲げたAの歌を見てみよう。

秋山の黄葉をしげみ惑ひぬる妹を求めむ山路知らずも

妻が黄葉の山に迷い込んでしまったのは、

秋山の黄葉《もみち》あはれとうらぶれて入りにし妹は待てど来まさず（一四〇九）

と同じく、美しい黄葉に心奪われて、ということに違いない。観念としては、同じ歌群の第二長歌に「大鳥の

羽易の山に　我が恋ふる　妹はいますと　人の言へば　岩根さくみて　なづみ来し」（巻二、二一〇）とあるのと同じで、当時の山中他界の観念を詩的に表現したものである。黄葉の中に魂を奪われさまよっている妻のイメージは美しく、そして悲しい。長歌においても、妻の死は散り過ぎる黄葉で表現されている。

……渡る日の　暮れぬるがごと　照る月の　雲隠るごと　沖つ藻の　なびきし妹は　黄葉《もみちば》の　過ぎて去にきと　玉梓の　使ひの言へば　……（巻二、二〇七）

短歌二首目では、

黄葉の散り行くなへに玉梓の使ひを見れば逢ひし日思ほゆ（巻二、二〇九）

と、黄葉の散る景によせて妻の死が愛惜されている。この歌の「玉梓の使ひ」と、長歌に見える妻の死を告げに来た使いと見るか、誰かのところに便りを運んでくる使いと見るかで解釈がわかれているが、稲岡耕二『全注』に、長歌の狂おしいまでの激情が沈静化し、回想的に歌われているのがこの第二短歌であり、「黄葉の散りゆく折も折、誰かのところへ嬉しい便りを運ぶ使を見るにつけて」と解釈したのに従いたい。しかし、なぜ「黄葉の散り行くなへに」でなければならないのであろうか。出会いの時の風景が二重映しになっているのではないらしいから、これはやはり妻の死にまつわるイメージなのであろう。「黄葉の散り行く」折りからの風景に妻の死が重なり、そこに「玉梓の使ひ」を見て、「逢ひし日」が思い出されたのだと思う。長・短歌一貫して黄葉によせて妻の死がイメージされている。「石見国より妻を別れて上り来る時の歌」と「妻の死にし後に、泣血哀慟して作る歌」は、人麻呂作歌の中でも最も激しい、狂おしいばかりの感情の表出の見られる歌である。その妻との離別あるいは死別という悲しみの心象が降りしきる黄葉の景であった。「黄葉の過ぐ」という表現を創出した人麻呂の意識の底に、激しく悲しい別れの感情があったように思われる。

「黄葉の」は相聞的意味の「過ぐ」に冠する例もある。

松の葉に月はゆつりぬ黄葉《もみちば》の過ぐれや君が逢はぬ夜の多き（巻四、六二三）

黄葉《もみちば》の過ぎかてぬ児を人妻と見つつやあらむ恋しきものを（巻十、二二九七）

「黄葉の」という枕詞の初見が人麻呂の挽歌であることから推して、これらの相聞の例は後の転用と考えられる。しかし、こうした転用を可能にしたということは、「黄葉の」という枕詞が、一般的に必ずしも挽歌的イメージに限定されるものではなかったことを意味するであろう。

二

一般に「人の死は蕭条たる冬や秋がふさわしく、黄葉には死のイメージがある。」と言われ[4]、秋は万物凋落の季節として悲哀の感情と結びつきやすいものであろう。しかし、人麻呂が死をイメージした黄葉の散る景とは、決して秋という凋落の季節の景としてではなかったと思われる。人麻呂は黄葉に心奪われ、その散る景に錯乱していくような激しい感情をもったのではなかったかと思う。例えば、巻十三の作者未詳の挽歌に、

……汝が恋ふる　愛し妻は　黄葉《もみちば》の　散りまがひたる　神奈備の　この山辺から　ぬばたまの　黒馬に乗りて　川の瀬を　七瀬渡りて　うらぶれて……（三三〇三）

という歌がある。死者が黄葉の散り乱れている山から馬に乗ってうらぶれて行ったと歌っている。「黄葉の散りまがひたる」山に紛れ込んで行ってしまったのである。黄泉路を行く死者の表情を「うらぶれて」としているのは、

秋山の黄葉あはれとうらぶれて入りにし妹は待てど来まさず（巻七、一四〇九）

という歌にも見られ、「秋山の黄葉あはれ」と心奪われた者が「うらぶれて」山に入って行くのは、その人が死者であるところからの観念に過ぎない。人麻呂歌の影響が考えられる歌であるが、挽歌としての意味がわかりやすくなった分、観念的になっているといえる。ともあれ、これらの挽歌に詠まれた「黄葉」は、「黄葉の」が「過ぐ」の枕詞としてもつ本来の意味を暗示しているように思われる。大伴旅人挽歌（天平三年）に、

見れど飽かずいましし君が黄葉《もみちば》の移りい行けば悲しくもあるか（巻三、四五九）

と詠まれている「黄葉の」は「移り」の枕詞である。この歌の左注に、「医薬験なく、逝く水の留まらず。これによりて悲慟して、即ちこの歌を作る。」とあり、「黄葉の移りい行け」は「逝く水の留まらず」という意識と重ねられる。もとよりこのことばは、論語の「子、川上ニ在リテ曰ク、逝ク者ハカクノ如キカナ。昼夜ヲ舎カズ。」という章句に学んだものであろうが、行く水に人の運命や推移する時間を感受する感覚はすでに人麻呂作歌に見られる。

もののふの八十宇治川の網代木にいさよふ波の行くへ知らずも（巻三、二六四）

そしてこの感覚は、「移ろひ」の意識を生みだしていくことにもなる。「移る」に継続の意を表わす「ふ」を添えた「移ろふ」の語は、明確に推移する時間意識を表わしている。この語は、「時間や空間のいずれからも捉えられるものであるけれども、時間の流れの上における推移、変化としてより本質が捉えられ、ものの衰退し、消失してゆく価値的移行の意味をつつみこんでいると思われ」(5)、「過ぐ」がより空間的移動の意を強くもっていたのに対して時間意識を鮮明にしている。

人麻呂歌集に、

黄葉《もみちば》の過ぎにし児らと携はり遊びし磯を見れば悲しも（巻九、一七九六　挽歌）

塩気立つ荒磯にはあれど行く水の過ぎにし妹が形見とそ来し（同、一七九七　挽歌）

という歌がある。一首目の「黄葉の過ぎにし児ら」は二首目で「行く水の過ぎにし妹」に置き換えられている。青木生子氏は、連作をなす二首の挽歌であって、同じ「過ぐ」の枕詞が「黄葉の」に対して「行く水の」と置き換えられるのは、流れる「水」と同様、散り過ぎる「黄葉」に、時間への観念がそえられているとして、人麻呂が好んで用いた「黄葉の」という枕詞に時間意識を認めている。(6)しかし、これまで見てきた人麻呂の「黄葉」が時間意識によって捉えられているとは思われない。「黄葉の」を「行く水の」に置き換えるのは、単なる言い換えではなく、この連作二首は抒情のあり方が違っているのだと思う。二首目は、前に掲げた人麻呂の、

ま草刈る荒野にはあれど黄葉の過ぎにし君が形見とそ来し（巻一、四七）

という歌と同型で、「行く水」と「黄葉」が置き換えられている。四七歌の場合、「行く水の過ぎにし君」という表現をとらなかったのは、その表現が適切ではなかったからだと考える。「行く水」は讃歌に詠まれる場合は、

……この川の　絶ゆることなく　この山の　いや高知らす……（巻一、三六　人麻呂）

巻向の痛足の川ゆ行く水の絶ゆることなくまたかへり見む（巻七、一一〇〇　人麻呂歌集）

などとあるように、永遠性において捉えられる。が、それはまた、推移する時間をも表わすことは前述した。さらに、

巻向の山辺とよみて行く水の水沫のごとし世の人我は（巻七、一二六九）

水の上に数書くごとき我が命妹に逢はむとうけひつるかも（巻十一、二四三三）

という人麻呂歌集の歌には、無常観の世界さえ見えてくる。「ま草刈る……」の歌は、草壁皇子への追慕と鎮魂の歌で、草壁の死をどう捉えるかは重要なテーマの一つであった。その歌で「行く水の過ぎにし」という表現を

とらなかったのは、草壁皇子の死に対する人麻呂の意識のあり様を示すものと理解すべきではないかと思う。「黄葉の」という枕詞が、時間の推移を含むようになるのは、黄葉が移ろいの相で捉えられるようになるからであろう。それは咲く花が移ろいの意識によって捉えられるようになるのと軌を一にする。集中、黄葉を「移ろふ」の語で捉えた歌は「遣新羅使人等」の歌に二首見えるだけである。

黄葉《もみちば》は今はうつろふ我妹子が待たむと言ひし時の経行けば（巻十五、三七一三）

天雲のたゆたひ来れば九月の黄葉《もみち》の山もうつろひにけり（同、三七一六）

花については、

……活道山　木立の茂に　咲く花も　うつろひにけり　世間は　かくのみならし……（巻三、四七八　家持）

……一に云ふ、常なりし　笑まひ眉引き　咲く花の　うつろひにけり　世間は　かくのみならし……（巻五、八〇四　憶良）

……大君の　引きのまにまに　春花の　うつろひ変わり……（巻六、一〇四七　福麻呂）

など用例は多いが、奈良朝以後の例ばかりで、しかも大半が家持の歌である。大伴旅人挽歌の「黄葉の移りい行けば」という表現は推移する時間意識が含まれていたが、それも奈良朝以後の感覚である。

巻十三の挽歌に、

……狂言か　人の言ひつる　我が心　筑紫の山の　黄葉《もみちば》の　散り過ぎにきと　君がただかを（三三三三）

と歌われている「黄葉」は、筑紫の山のもみじの散る景がイメージされて死を意味する「散り過ぐ」の序になっている。人麻呂の「黄葉」に対する意識と共通するものであり、時間意識は見られない。

むすび

花や黄葉は、本来、自然の旺盛な生命力の発現として山の神によってもたらされるものであり、それゆえそれは宮廷讃歌の重要なモチーフとなってきた。人麻呂の吉野宮讃歌に、

やすみしし　我が大君　神ながら　神さびせすと　吉野川　激つ河内に　高殿を　高知りまして　登り立ち
国見をせせば　たたなはる　青垣山　やまつみの　奉る御調と　春へには　花かざし持ち　秋立てば　黄葉《もみち》
かざせり（一に云ふ、「黄葉《もみちば》かざし」）　行き沿ふ　川の神も　大御食に　仕へ奉ると　上つ瀬に　鵜川を立ち
下つ瀬に　小網さし渡す　山川も　依りて仕ふる　神の御代かも（巻一、三八）

と、山の神の祝意のあらわれとして歌われ、また挽歌においても、

……うつそみと　思ひし時に　春へには　花折りかざし　秋立てば　黄葉《もみちば》かざし
（巻二、一九六　明日香皇女挽歌）

……ほととぎす　鳴く五月には　あやめ草　花橘を　玉に貫き　縵にせむと　九月の　しぐれの時は　黄葉《もみちば》
を　折りかざさむと……（巻三、四二三　石田王挽歌）

などと、それらは祝意に満ち、生の証しとしてかざすことが歌われている。そうした呪的自然観に根ざした行楽として、奈良朝の貴族たちも宴を結び、花や黄葉をかざして遊んだのである。

ももしきの大宮人は暇あれや梅をかざしてここに集へる（巻十、一八八三）
梅の花手折りかざして遊べども飽き足らぬ日は今日にしありけり（巻五、八三六）
手折らずて散りなば惜しと我が思ひし秋の黄葉《もみち》をかざしつるかも（巻八、一五八一）

もみち葉を散らすしぐれに濡れて来て君が黄葉《もみち》をかざしつるかも（巻八、一五八三）

もみち葉を散らまく惜しみ手折り来て今夜かざしつ何か思はむ（巻八、一五八六）

奈良山をにほはす黄葉《もみち》手折り来て今夜かざしつ散らば散るとも（巻八、一五八八）

露霜にあへる黄葉《もみち》を手折り来て妹はかざしつ後は散るとも（巻八、一五八九）

万葉集の中でかざしにした植物には、次のようなものがある。

花　春花（三首）・花（三首）・梅（八首）・梅と柳（二首）・桜（二首）・藤（二首）・山吹（一首）・なでしこ（二首）・萩（七首）

黄　葉　梨の木（一首）・萩の木（一首）・黄葉（十一首）

その他　保与（一首）・桧葉（一首）

圧倒的に花と黄葉が多い。花も黄葉も、その呪的生命力が信じられ、かざしにして寿く習俗が万葉時代広く行われていたのである。そうした花や黄葉が散ることを惜しむことはあっても、死のイメージと直ちに結びつくものではない。散ることが強調され格別に惜しまれる桜にしても、大伴家持以前で散る桜と死を重ねた歌は、桜児伝説の一首（巻十六、三七八六）があるに過ぎない。花の散る景は必ずしも不吉なものではなかった。人麻呂は、散る花にさえも豊穣の祝意を見、「花散らふ　秋津の野辺に　宮柱　太しきませば」（巻一、三六　吉野宮讃歌）と歌った。そうした呪的自然観からは、花や黄葉の散る景と死とは結びつきにくい。人麻呂の歌には、花の散る景に死を重ねたものは一首もない。しかるに黄葉の散る景に死を発見し、歌った。家持の花に対する意識のあり方については、本節では触れられなかったが、初めに掲げた歌に見るように家持は花の散る景に死を重ねた。それぞれの詩的感性である。人麻呂の黄葉が華麗にして哀切であったように、家持の花も華麗にして悲しい。季節の美を、人麻呂は秋の黄葉に、家持は春の花に、それぞれ心の最も奥深いところで感じとっていたということであろうか。人麻呂が黄葉に死をイメージする時、それは凋落の季節の風景としてではなく、凋落の季節の中で華麗に散っていく黄葉への愛惜の思いではなかったかと思う。

【注】

（1）『上代日本文学と中国文学　中』（昭和三十九年　塙書房）
（2）中西進『神話力』（平成三年　桜楓社）
（3）拙稿「散りのまがひ」（『藝林』五十八-三　平成七年三月）
（4）中川幸廣「春花のちりのまがひに」（『上代文学』七十二　平成六年四月）
（5）青木生子『万葉集の美と心』（昭和五十四年　講談社）
（6）青木生子「人麻呂の抒情と時間意識―挽歌を中心に―」（『万葉挽歌論』昭和五十九年　塙書房）

第五節　「うらぶれて」行く人

――万葉集三三〇三・四番歌をめぐって――

はじめに

万葉集巻十三の次のような歌が載っている。

里人《さとびと》の　我に告ぐらく　汝《な》が恋ふる　愛《うつく》し夫《づま》は　もみち葉《ば》の　散りまがひたる　神奈備《かむなび》の　この山辺から
（或本に云ふ、「その山辺」）ぬばたまの　黒馬《くろま》に乗りて　川の瀬を　七瀬《ななせ》渡りて　うらぶれて　夫《つま》は逢ひきと　人ぞ告げつる
（三三〇三）

反歌

聞かずして黙《もだ》もあらましをなにしかも君が直香《ただか》を人の告げつる　（三三〇四）

長歌は、散り乱れる黄葉の山から悄然と旅行く人の姿が描写されて美しい。華麗な黄葉と影絵のような黒馬の色彩のコントラストも印象的である。「里人の我に告ぐらく」と歌い起し、以下「夫は逢ひき」までが里人の告げた内容で、「……と人ぞ告げつる」で締め括っている。「愛し夫は」「夫は逢ひき」の「夫」は、原文表記は

「妻」であるが、夫の意に「孀」の字を用いた例（巻二、一五三・一九四）もあり、ここは反歌の「君」に対応するので「夫」と見て問題はない。里人は、「おまえさんの恋い慕う愛しい夫は、黄葉の散り乱れている神奈備山から、黒馬に乗って、いくつもの川瀬を渡って、しょんぼりとして行く、そんな夫に逢った」と作者（妻）に告げたのである。反歌では、「何も聞かずにそのままにしておけばよかった。何だってあなたのことを人は告げたりしたのだろう。」と、聞いてしまったことを悔い、里人が無情にも我に告げたことを恨む妻自身の心情が吐露されている。

この歌は「相聞」に分類された歌であるが、長歌を読む限り、挽歌の印象が強い。それ故、賀茂真淵『考』以来これを挽歌と見る説が有力である。真淵はこの歌を、挽歌と断定し、葬送の様を里人が死者の旅行きを見たように詠んだのだとして、

秋山の黄葉あはれとうらぶれて入りにし妹は待てど来まさず（巻七、一四〇九）

という挽歌をあげ、

うらぶれてといふは、その死者の入しを見しが如くよめるに、かぎりなきあはれあり、むかし人は此意にたけたり、後の人の理屈もていふごとくおもへるがつたなさよ、

と、理屈ではなく、古代人の心性において理解すべきことを言っている。窪田空穂『評釈』は「挽歌と見るとすべて自然に感じられる歌である」として真淵説を全面的に支持し、

上代の夫妻は別居して暮したのと、その間を秘密にしてゐたなどの関係から、その孰れかが死んだ場合にも、直ちに通知しなかったことは、挽歌に多く見えてゐることで、この歌もそれである。

と言い、「川の瀬を七瀬渡りて」というのは、「葬地への路以外の云ひ方ではない」と断じている。土屋文明『私

注』も、「相聞」としては、「黒馬に乗りて　川の瀬を　七瀬渡りて」は、「いかにうらぶれた姿を現はすとしても、奇異に聞える」と言い、また、新潮日本古典集成本は、「黄葉の散る」「黒馬に乗る」「川の瀬を七瀬渡る」「うらぶる」は挽歌の表現としてふさわしいと指摘する。長・反歌とも挽歌と見るか、長歌のみ挽歌と見るかの違いはあるが、長歌の表現に挽歌の内容を読み取る解釈は、ほぼ定着している。『考』や『評釈』は、長・反歌とも挽歌とし、『私注』は、本来挽歌だった長歌を相聞に「転訛」する際に、相聞にふさわしい反歌を付加したものと推定した。私注説は澤瀉『注釈』の賛同を得て、現在最も通用している説である。

よく言われることであるが、相聞と挽歌は相手が生者か死者かの違いがあるだけで、その発想は殆ど等質といってもいい。生きている相手を恋い求める場合と死んだ人を恋い求める場合とその表現法にはっきりとした違いがあったわけでもない。だからこそ、挽歌（巻十三、三三二九）の一部を殆どそのまま切り出して相聞（巻十三、三三七四）に仕立てることも可能であった。そうではあっても、挽歌には実質としての葬儀があり、恋い求める対象にはもう決して逢えないというその悲しみは、恋の求めて得られない切なさと同じであるはずがない。

当長歌が、本来挽歌であったとすれば、挽歌としてどのような世界をもっていたのか、また、相聞世界とどのように関わるのか、興味深い問題である。本節ではこの見地から聊か考察を加えてみたい。

一

長歌の、「愛し夫」が「黄葉の散りまがひたる神奈備」山に入って行ったという描写は、一首の中で鮮烈な印象を与えている。それが、全体のイメージを決定しているようにさえ見える。神奈備山の黄葉は、同じ巻十三の三二二三・四番歌にも歌われており、黄葉の美しい山であったらしいが、その黄葉の散り乱れる中に紛れるように入って行く人としては、死者以外には考えられない。

万葉集では、黄葉は散り過ぎるものとして「過ぐ」を導く枕詞になり、「黄葉の過ぎにし君が形見とそ来し」（巻一、四七）「黄葉の過ぎて去にきと玉梓の使ひの言へば」（巻二、二〇七）など挽歌に詠まれ、死を意味するが、相聞では「黄葉の過ぐれや君が逢はぬ夜の多き」（巻四、六二三）「黄葉の過ぎかてぬ児」（巻十、二二九七）のように愛情がなくなる意に用いられる。黄葉が散りゆくごとく、人の命も愛情も過ぎゆくものなのである。しかし、枕詞「黄葉の」が愛情の消失の意に用いられた例は右の二例のみで、圧倒的に挽歌の用例が多い。黄葉を散りゆくものとして捉え、過ぎゆくものの象徴として見る感覚は、柿本人麻呂以後一般化したように見える。人麻呂の「軽皇子、安騎の野に宿る時」の歌に、

ま草刈る荒野にはあれど黄葉の過ぎにし君が形見とそ来し（巻一、四七）

と詠まれたのが、枕詞「黄葉」の初出である。黄葉は、記紀歌謡には見えず、額田王の歌（巻一、一六）に初めて見え、当初から漢詩の影響下にあって季節の美として詠まれてきたものであった。黄葉を美として愛でる態度が、黄葉の歌の前提にあるといってよい。黄葉が美であるからこそ、散ることを惜しみ、黄葉の散ることが愛する人の死の象徴にもなり得るのだ。人麻呂は黄葉を愛し、黄葉に託して愛する人との死別或いは生別の悲哀を歌った歌人である。

秋山の黄葉をしげみ惑ひぬる妹を求めむ山路知らずも（巻二、二〇八）

……大舟の　渡の山の　黄葉の　散りのまがひに　妹が袖　さやにも見えず……（巻二、一三五）

右の二首はどちらも人麻呂作で、一首目は挽歌、二首目は相聞である。二首の歌に詠まれた黄葉の景は、いずれも美しく悲しい。前者は、最愛の妻の死を黄葉の山に迷い込んだように詠んだものであるが、黄葉が妻の魂を

からめとったような幻覚がある。同様の感覚は前掲作者未詳の「秋山の黄葉あはれとうらぶれて……」（巻七、一四〇九）という挽歌にも見られる。人麻呂の挽歌も一四〇九の挽歌も、黄葉を寂寥を誘う風物としてではなく、華麗にして悲しい景として死を彩っている。後者は妻との悲別の歌で、散り乱れる黄葉の中に妻の振る袖が見えなくなる悲しみを歌っている。ここでも散る黄葉が妻の姿をからめとり、作者と妻との魂の交流は断たれてしまう。黄葉を愛でるが故に散る黄葉の中に紛れ込んでいくような幻覚をもつのだと思う。当該歌でも、散り乱れる黄葉が魂をからめとっていくような幻覚の上に死者の道行きが描写されているのだと見たい。散る黄葉が死を彩る風景になるのは、人麻呂以後のことで、おそらく人麻呂の影響であろうと思われるが、きわめて挽歌的な表現である。

さて、華麗に散り乱れる黄葉に紛れるように旅人は山に入って行った。その男の姿を見たのは「里人」であり、第三者の眼にこの男の様子が「うらぶれて」見えたのであるが、彼は何故「うらぶれて」行くのか、その理由がよくわからない。「うらぶる」とはどんな場合に用いられるのか、集中の用例でみると、相聞に用いられた例が圧倒的に多い。

君に恋ひうらぶれ居れば敷の野の秋萩しのぎさ雄鹿鳴くも（巻十、二一四三）
君に恋ひしなえうらぶれ我が居れば秋風吹きて月傾きぬ（巻十、二二九八）
うらぶれて物な思ひそ天雲のたゆたふ心我が思はなくに（巻十一、二八一六）

等々、恋のため憂えしおれる意に用いられている。挽歌の確実な例は前掲の「秋山の黄葉あはれとうらぶれて……」という一首だけで、死者のしょんぼりした様子を表わしている。

行く川の過ぎにし人の手折らねばうらぶれ立てり三輪の桧原は（巻七、一一一九）

という歌も挽歌的な意味をもつもので、かつてこの地を通り、桧の小枝を手折りかざした昔の人のことを思って「三輪の桧原」がしょんぼりと立っている様子を表している。ウラブルの語は集中十五例見えるが、鬱屈したりうちひしがれたりしていて、そういう状態を打開しようとする気力もないような心の有り様を表している例が殆どで、「うらぶれて」行動しているのは一四〇九番の挽歌と当該歌だけである。その点でも、一四〇九番歌と当該歌との関係が推測される。ウラブルの語源は、「心詫《ウラワブ》る」とも「心触《ウラフ》る」（心が物に触れて思いを起す意）ともいわれ、類義語にウラサブがある。この方は心サブ（荒れすさぶ）の意で、万葉集に六例見え、その中五例までが挽歌或いは挽歌的な歌に用いられている。

楽浪の国つ御神のうらさびて荒れたる京見れば悲しも（巻一、三三）

近江旧郡を詠んだもので、旧都の荒廃を国つ神の心の荒廃として捉えている。発想は挽歌に等しく、滅びた旧都を悼む心を歌っている。他に次のような挽歌の例がある。

……夕されば　あやに哀しみ　明け来れば　うらさび暮らし　あらたへの　衣の袖は　乾る時もなし（巻二、一五九）

……昼はも　うらさび暮らし　夜はも　息づき明かし　嘆けども　せむすべ知らに　恋ふれども　逢ふよしをなみ……（巻二、二一〇）

……昼は　うらさび暮らし　夜は　息づき明かし……（巻二、二一三）

……君はこのころ　うらさびて　嘆かひいます　世間の　憂けく辛けく　咲く花も　時にうつろふ　うつせみも　常なくありけり……（巻十九、四二一四）

これらの用例を見ると、ウラサブは喪失感からくる寂しくすさんだ気持を表すようである。挽歌以外の用例は

次の、

うらさぶる心さまねしひさかたの天のしぐれの流れあふ見れば　(巻一、八二)

という一例だけで、この歌では時雨の流れあう景は「うらさぶる心」の表象である。荒寥とした景と言い知れぬ寂しさと。決して癒されることのない心の寂しさのようなものがひたひたと伝わってくる。ウラサブの語は相聞に用いられた例が一つもなく、きわめて挽歌的な心情を表わす。挽歌においては、愛する人を亡くして「うらさび暮らす」ことが歌われ、相聞においては、「恋ひうらぶれ」居ることが歌われる。

このように見てくると、ウラブルは、本来、恋のために憔悴し萎れている気持にしっくりすることばではなかったかと思われる。新潮古典集成本等が「うらぶれて」を挽歌らしい表現と指摘しているのは、万葉集の用例から見ると違っている。当該歌においても、「うらぶれて」は恋ゆえのことと理解する方がむしろ自然である。一四〇九番歌のように、「黄葉あはれとうらぶれて……」と死者の様子をウラブルで表すのは、その生気を失った様子をウラブルの語で表したものであろう。一四〇九番歌では、黄葉に寄せる「あはれ」という強い感動と「うらぶれて」という悄気返った気持は明らかに矛盾するものであり、その矛盾は死者を行為の主体としたことによる。本来、「あはれ」も「うらぶれて」も生きている人間の感動であり、心情なのだ。この歌では、死者のイメージが恋いうらぶれた人のイメージと重ねられているのである。一四〇九番歌と当該歌とは同一の発想によっているとみられるので、当該歌における「うらぶれて」の意も同様に解釈できる。死者を恋に破れた人のイメージで捉えたところに、限りなく相聞に近い挽歌が生れたのだと思われる。「うらぶれて」は相聞と挽歌のあいだをつなぐ表現にもなっている。

「この山辺」の「この」は、「里人」と作者の位置を示すもので、或本の「その山辺」では、それが曖昧になる。

長歌本文は「神奈備」の「山辺」を明確に指示したものである。

二

「黒馬に乗りて　川の瀬を　七瀬渡りて」という表現も、意味は明らかではないが、これを挽歌の表現と見る説が多い。真淵が「葬を送る馬あれば、即死者の乗て行を見し如くいへるは哥也」と言ったのをはじめ、「葬地への路以外の云ひ方ではない」（窪田『評釈』）と断言しているものなどもあるが、しかし、それがどのように挽歌らしい表現なのかはあまり説明されていない。久松潜一氏は、「亡くなった者が黒い馬に乗って行くという伝説があったのであろう」と推測し、「亡くなった夫が黒い馬に乗って、川を七つも渡ってうらぶれて行った、というのは、この世の川ではなく、三途の川を指しているようでもある。[1]」と説いている。『私注』が、相聞としては「奇異」に聞こえるが、挽歌とすれば自然に理解されるといったのも同様、いずれも根拠があるわけではなく、印象による推測の域を出るものではない。確かに、「……黒馬に乗りて　川の瀬を　七瀬渡りて　うらぶれて」と読んでくると、三途の川を渡っていく死者の道行きのイメージが浮かんでくる。しかし、そう感じるのは、仏教的他界観が一般に浸透してからの後世的感覚ではないだろうか。その点で、渡辺護氏が「黒馬」をキーワードとして集中の用例を調べ、「黒馬」はすべて恋歌の素材であり、「挽歌的な素材だったという痕跡は認められない」として、右の三句とくに「黒馬に乗りて」という表現が「相聞の部立の中に招き寄せられる要素[2]」になったと言っているのは説得力がある。「黒馬・黒駒」は、

佐保川の小石踏み渡りぬばたまの黒馬の来夜は年にもあらぬか（巻四、五二五）
川の瀬の石踏み渡りぬばたまの黒馬の来夜は常にあらぬかも（巻十三、三三一三）

遠くありて雲居に見ゆる妹が家に早く至らむ歩め黒駒（巻七、一二七一）

など、恋の通い路に用いられている。それ以外の用途で詠まれた例は万葉集には見えない。一首目は、大伴坂上郎女の歌で、黒馬に乗って川を渡って通って来るのは藤原麻呂である。黒馬の語にどことなく憧れがこめられている。二首目は坂上郎女が手本にしたと思われる作者未詳の歌。三首目は柿本人麻呂歌集の「行路」と題する歌で、「妹が家」へとはやる気持が馬に託されている。何故黒馬なのか。万葉集の中では、「黒馬・黒駒」の用例が五例、「赤駒」が十一例見えるが、「黒馬・黒駒」の方が良馬であったらしい。藤原麻呂が「黒馬」に乗って坂上郎女のもとに通っていたことからして、貴族などが好んだ乗用馬だったのであろう。雄略紀十三年九月条には、特に良馬として知られていたらしい「甲斐の黒駒」のことが見える。それに対して「赤駒」は、東歌・防人歌に四例見えること、「赤駒の越ゆる馬柵」（巻四、五三〇）「赤駒が足掻き速けば」（巻十一、二五一〇）「赤駒の腹這ふ田居」（巻二十、四二六〇）などとあることを総合すると、少々気の荒い元気な馬であったらしく庶民の乗用馬として広く利用されたものと思われる。

男ははやる心を馬に託し、女は黒馬に乗って川瀬の石を踏み散らしてやってくる恋人を思いながら、蹄の音に全神経を集中させて待つのである。この句が妻問いの生活という現実をふまえたものとすれば、当歌の川は多分「神奈備山の帯にせる飛鳥の川」（巻十三、三二六六）で、「七瀬渡りて」は、

飛鳥川七瀬の淀に住む鳥も心あれこそ波立てざらめ（巻七、一三六六）

とあるので、明日香川の瀬を渡っていくことを言ったものと理解できる。「黒馬に乗りて　川の瀬を　七瀬渡りて」には、本来そういう妻問いの生活があったはずなのだが、「うらぶれて」に続けると、黒馬までが悄然としてまるで三途の川を渡っていくようなイメージに変わってしまう。黒馬に乗って行く人がうらぶれた様子をして

いたなどということは、相聞としては殆ど現実感がないからである。しかし、だからといって、死者が黒馬に乗って行くという伝説があったという根拠もなく、この黒馬が葬送に使われた馬とも考え難い。記紀歌謡や万葉集の挽歌には、葬送を詠んだと見られる表現は少なくないが、葬送に船が使われることはあっても馬が使われたという徴証は見当らない。例えば、

枚方ゆ　笛吹き上る　近江のや　毛野の若子い　笛吹き上る（継体紀　九八）

という歌謡は、葬送に舟が使われたことから発想されたものであろう。また、

隠り処の　泊瀬の山の　大峰には　幡張り立て　さ小峰には　幡張り立て……（允恭記　八八）

石の上　布留を過ぎて　薦枕　高橋過ぎ　物多に　大宅過ぎ　春日の　春日を過ぎ　妻隠る　小佐保を過ぎ　玉笥には　飯さへ盛り　玉盌に　水さへ盛り　泣き沾ち行くも　影媛あはれ（武烈紀　九四）

など、古代の葬送の様を伝えているが、遺体が馬に乗せられ、遺族がそれに従ってとぼとぼ歩いているとは考えられない。笠金村の志貴皇子挽歌は、大葬列が地獄谷を東に進み、高円山の裾をめぐって野辺送りの火がつづくさまを歌っているが、そのような山道を馬で行くとも考え難い。一般的にも墓は山に築かれることが多く、川や谷を越え、山道をくねくねと歩くことになり、馬を使うことも難しかったと思う。大伴坂上郎女の「尼理願の死去ることを悲嘆して作る歌」に、

……佐保川を　朝川渡り　春日野を　そがひに見つつ　あしひきの　山辺をさして　夕闇と　隠れましぬれ……（巻三、四六〇）

という表現がある。これは、葬列が朝出発し、佐保川を渡り、春日野を背後に見ながら、墓所の築かれる山辺に向かったという葬送の順路を、そのまま死者の冥界への旅行きの道程として見立てたものである。当該歌もこの

ように、葬送の行程を死者の道行きに見立てたものと見ることも可能である。真淵が「葬を送る馬」と言ったのをはじめ、葬送との関連で解釈するのが挽歌説をとるもののむしろ一般的解釈と言ってよい。しかし、現実に葬送に馬が使われたのでなければ、真淵的な解釈は無理であろう。旅人が黒馬に乗って行くという表現に即して考えれば、葬送ではなく妻問いの行路を死者の道行きに重ねたのだと解釈すべきだと思う。遠方から通って来る夫の妻問いの旅をそのまま死者の旅に見立てたゆえに、相聞的色彩が濃くなり、後に「相聞」に分類されるに至ったと考えたい。

例えばこれを「相聞」として解釈しようとすれば、相当複雑にして悲劇的な背景を想定しなければ意味が通りにくい。折口信夫『口訳万葉集』は「此は挽歌ともとれるし、又配流に逢うた人に、妻などの詠んだものと見ても、わかる様である。」と言い、相聞としては「配流」のような悲劇的な特殊事情を想定している。高橋庄次氏は、当該歌は「相聞連謡の物語的展開において、その悲劇性が最も高まる所に、挽歌の一部が効果的に利用されれ」たもので、「余所者の男が遠方から馬に乗って女のもとに通うという物語的設定」があり、そういう「恋の悲劇の終曲」(3)であったという。万葉集の編者がこれを「相聞」に分類したとき、高橋氏の言うような意味付けがあったのかも知れないが、この歌の本質は、やはり挽歌なのだ。黄泉への旅をあたかも妻問いの行路を行くごとく表現したのだと思う。愛する夫を亡くして嘆き悲しんでいる妻に対する「里人」のそれは慰めの表現だったのではなかろうか。

この歌ではたまたま「里人」が旅行く「夫」に逢って「妻」に報告したように歌っているが、実はこれは挽歌の様式に則っていることがわかる。

柿本人麻呂の泣血哀慟歌(巻二、二一〇)においても、亡妻の行方の情報を提供する「人」が登場した。「羽易

の山に　我が恋ふる　妹はいますと　人の言へば」、人麻呂はその「人」の言葉をたよりに亡妻に逢おうとして「岩根さくみて　なづみ来し」が、期待は裏切られ「良けくもそなき」と落胆する。挽歌にはときどき訃報を伝える人（巻十三、三三三三など）や葬を語る人（巻二、二三〇など）が登場する。葬の最終段階は第三者の手に委ねられ、遺族は報告を受ける立場になるのかも知れない。いずれにせよ、葬に共同体の人々が深く関与している実態があって、挽歌に第三者として登場するのだと思われる。

むすび

反歌については、「相聞のままとするのが自然に思はれる」（『私注』）として、長歌を挽歌から相聞に転化する際に付加されたものと見、反歌の「『直香』といふ言葉こそ『生きた彼』を示すものではないか」（『注釈』）という見方が有力である。さらに、渡辺護氏は、反歌の相聞としての眼目が「君が直香」にあり、長歌でうたう黒馬に乗った夫が妻のもとに通って来るその通いの姿そのもの、うつそみの肉体に対する執着が、「君が直香」の本質であると説く。(4)「直香」の集中の用例は全部で六例、そのすべてが「君が直香」か「妹が直香」という形で用いられ、相聞的な感覚で使われることばであることが予想される。笠金村の旅中詠に、

……石上　布留の里に　紐解かず　丸寝をすれば……眠も寝ずに　我はそ恋ふる　妹が直香に　（巻九、一七八七）

とあり、旅先での夜、「妹が直香」が恋しくて眠れない男の恋情がうたわれている。「妹が直香」に恋うとは、「妹に恋ふ」より肉体に対する感覚が強い感じがする。他にも、

……間もおちず　我はそ恋ふる　妹が直香に（巻十三、三二九三）

……刈り薦の　乱れて思ふ　君が直香そ（巻四、六九七）

という例は相聞である。このことばは、大伴池主から大伴家持に対して「はしけやし　君が直香を」（巻十七、四〇〇八）と言った例もあるが、これは同性間に意味を拡大させた使用例と見られ、恋愛的感覚が下地になっていることは言えると思う。『注釈』に「からだぐるみの彼と彼女とを君が直香といひ、妹が直香といふ」と言っている「からだぐるみ」のニュアンスを本来もったことばであったと思われる。次のように挽歌に用いられた例もある。

……狂言か　人の言ひつる　我が心　筑紫の山の　黄葉の　散り過ぎにきと　君が直香を（巻十三、三三三三）

「たわけたことを人が言ったのか、もみじ葉のように散ってしまわれたと、君その人を」という意味になろうか。筑紫の山の黄葉の散る景が死の表現になっていること、それを伝えた第三者が登場すること、「君が直香」の用語など、当該歌と重なる点があり、注目される。この例歌の「君が直香」を諸注「君の様子」と解釈しているものが多いが、「直香」を「様子」と置き換えてしまうと少し意味が違うように思う。タダカのタダは「正」「直」の表記で意味まで表し、カは「香」で「白香」（巻三、三七九）、「麻左香」（巻十四、三四〇二）などのカと同じく、「そのものの精粋・本体」の意とする説が最も有力である。他に「タダカは、その人固有の匂いが原義だが、転じてその人そのもの、の意に用いる」（小学館古典全集本）という説も捨てがたい。つまりは、すべての「直香」の用例を包含する解釈として、本居宣長の「君また妹を、直にさしあてゝいへる言にて、君妹とのみいふも、同じことに聞ゆる也」（『玉かつま』八）というのが、最も妥当な解釈として通用している。その人自身、その人そのものの意である。挽歌の「君が直香」は、生きた君その人をさして、その君が死んだということを君を恋うる側から言っているもので、挽歌ではあっても相聞的感覚を下地にした表現なのだと言えよう。当該歌も同様に解釈できる。つまり、恋の対象としての「生きた彼」その人をさして、その彼が死んだということの悲劇性を強調する効果がもたらされるのである。

「聞かずして　黙もあらましを」とは、「君が直香を」聞かないでおけばよかったということである。「黙もあらましを」は集中当該歌の他に次の二例見える。

なかなかに黙もあらましをあづきなく相見そめても我は恋ふるか（巻十二、二八九九）

なかなかに黙もあらましをなにすとか相見そめけむ遂げざらまくに（巻四、六一二）

後者は大伴家持の作で、前者を改作したものらしい。いずれも相聞で、恋の苦しさのあまり恋をするようになったことを後悔することばである。もちろん、恋ゆえに苦しむことも恋の醍醐味であることを知っていての後悔である。当該歌を相聞とすれば、作者のもとを去って行った男のことを聞いてよけい恋しくなり、聞かなければよかったと後悔していることになる。この歌が「相聞」に分類されたのは、そういう意味に解釈されたからであろうし、この種のことばは恋の表現として相聞であってこそ生きるものであろう。挽歌においては、本人の意志とはかかわりなく、非情にも第三者が死を告げてくるものなので、その第三者のことばそのものを「狂言」か「逆言」として否定しようとするのである。

それでは、当反歌は、『私注』などがいうように、挽歌である長歌を「相聞」に「転化」または「転用」する際に付加された相聞歌なのであろうか。この反歌の結びは「人の告げつる」となっていて、長歌の「人そ告げつる」と呼応する。このように人の告げた内容が重要なモチーフになるのは挽歌の特徴である。「人の告げつる」（巻十九、四二一四）「人そ言ひつる」（巻三、四二〇）「人の言ひつる」（巻十三、三三三四・巻十九・四二一四）などすべて挽歌の用例である。第三者の告げた内容が歌の重要なモチーフになるのは、葬儀の実態をふまえたものと考えられ、長・反歌とも、相聞の装いをした挽歌なのだと思う。

【注】

（1）『万葉秀歌』（昭和五十一年　講談社）

（2）『万葉挽歌の世界』（平成五年　世界思想社）

（3）『万葉集巻十三の研究』（昭和五十七年　桜楓社）

（4）注（2）前掲書

第六節　他界への旅
――万葉挽歌に見る――

はじめに

万葉人は、死者の行く他界をどのようにイメージしていたのだろうか。人は死んで黄泉の国へと旅立つ。黄泉は「死《シニ》し人の往《ユキ》て居《ヲル》国なり」（『古事記伝』）と一般的に理解されている。「黄泉」の字は漢語で、「黄」は中国の五行説では地を表し、黄泉は地下の泉で、地下にある死者の世界をさすとするのが通説である。この漢語を日本語のヨミの翻訳語として採用したわけであるが、その黄泉国が、この地上の世界とどのような位置関係にあり、どう関わっているのかについては種々議論のあるところである。そもそもわれわれが知り得る黄泉国なるものは記紀神話がつくりだしたもので、それは、「天皇氏の神話体系―統治者の統治権の神授性・合宜性の説示をその中核とする神話体系の一の小さい局部を成してゐるにすぎない」(1)のである。つまり、記紀にみる黄泉国観は、独自の存在性を有しておらず、それは、日本民族の冥界についての心象をそのまま語るものではないということである。ここで記紀の黄泉国観を論ずることは本節の目的ではないが、黄泉国を語る特徴的表現に注目してみよう。

その世界は「いなしこめしこめき穢《きたな》き国」(古事記)「いなしこめき汚穢《きたな》き国」(日本書紀)「うじたかれころろきて」(古事記)「膿《うみ》沸き虫流《うじたか》れたり」(日本書紀)「予母都志許売《よもつしこめ》」(古事記)「泉津醜女《よもつしこめ》」(日本書紀)などと表現され、「醜」と「穢」の属性をもっていることを確認しておきたい。「醜」の本義は、決して「醜悪」という否定的な意味だけではなく、むしろ凄味・恐ろしさを含んだ頑強さやそういうものに対する畏怖を表したようであるが、少なくとも記紀の語る「いなしこめき汚穢き国」や「泉津醜女」のシコは、「醜穢の情感」(2)を含んだ語で、黄泉国のイメージを表現していることが認められる。もっとも日本書紀が穢れに満ちた黄泉国を語っているのは古事記の所伝に最も近似した第六の「一書」のみで、日本書紀の正文や他の「一書」の所伝を見るかぎり、黄泉国は必ずしも「いなしこめしこめき穢き国」というイメージはない。

万葉集では、黄泉に関する語は多くはない。「黄泉」を歌に詠みこんだ例としては巻九の挽歌に二首見えるだけである。他に「泉門」(巻五、七九三漢詩)とあるのは黄泉の門を、また「泉路」(巻十六、三八一三左注・巻十七、三九六二題詞)は黄泉への道をさし、これらは懐風藻の大津皇子の詩の「泉路無賓主」(「臨終」)と同じく、知識人の漢籍の教養による表現と見られるものである。歌に用いられたものを見てみよう。

弟の死にけるを哀しびて作る歌一首并せて短歌

……葦原の　瑞穂の国に　家なみや　また帰り来ぬ　遠つ国　黄泉の界に　延ふつたの　己が向き向き　天雲の　別れし行けば　闇夜なす　思ひ迷はひ……(一八〇四　田辺福麻呂歌集)

菟原処女が墓を見る歌一首并せて短歌

……ますらをの　争ふ見れば　生けりとも　逢ふべくあれや　ししくしろ　黄泉に待たむと　隠り沼の　下延へ置きて　うち嘆き　妹が去ぬれば　千沼壮士　その夜夢に見　取り続き　追ひ行きければ　後れたる

菟原壮士い　天仰ぎ　叫びおらび　地を踏み　きかみたけびて　もころ男に　負けてはあらじと　掛き佩きの　小太刀取り佩き　ところつら　尋め行きければ……（一八〇九　高橋虫麻呂歌集）

いずれも死者の行く国として明確に黄泉が詠まれている。福麻呂の歌では、死者が「葦原の瑞穂の国」を離れて「遠つ国黄泉」へと別れて行ったことを歌う。記紀神話の世界観を知識として知り得る位置にいる官吏の歌である。しかし、この歌の黄泉には特別暗いイメージは感じられない。「闇夜なす」は遺族の途方に暮れる状態を形容しているのであって、死者は「己が向き向き」勝手に別れて行ってしまっただけなのである。

虫麻呂の歌の「黄泉に待たむ」は、この世で遂げられない思いを死後の世界に託して自殺する処女のことばとしてある。処女はどのような世界を心に描いて「黄泉に待たむ」と言ったというのか。遺された二人の壮士たちは、それぞれ処女の行った黄泉へと「追ひ」「尋め」行くのである。恋する人を求めて行く世界が、黄泉国神話に見るような「醜女」の住む「いなしこめしこめき穢き国」であるはずはない。このように見てみると、人々の心に描いた黄泉と、記紀神話に語られた黄泉国のイメージには大きな隔たりがあると言わなければならない。実際に万葉人たちは、他界をどうイメージし、どのように他界へおもむいたのであろうか。

一

万葉集の歌には、死者の山行きを表現したものが少なくない。

秋山の黄葉をしげみ惑ひぬる妹を求めむ山路知らずも（巻二、二〇八）

秋山の黄葉あはれとうらぶれて入りにし妹は待てど来まさず（巻七、一四〇九）

一首目は、「柿本朝臣人麻呂、妻死之後、泣血哀慟作歌二首并短歌」（巻二、二〇七～二一二）と題する歌群の一首で、二首目は、作者未詳歌で、人麻呂歌の影響の考えられるものである。どちらも死者の行く他界を美しい幻想の中に描き出し、他界へ行ってしまった死者を連れ戻す術のないことを嘆いている。死者は秋山の黄葉に紛れて、黄葉に心を奪われて山中深く迷い入ってしまった。その山の奥深く越えて行ったところに他界が幻想されているのであろう。しかし、この歌の死者の山行きの表現は、単なる観念を歌ったのではなく死者と黄葉とを一つの情景の中に描く必然性が、人麻呂にはあった。同じ歌群の長歌（二〇七）で、妻の死は「もみち葉の過ぎて去にきと」と表現され、短歌二首は、「秋山の黄葉をしげみ」（二〇八）、「もみち葉の散り行くなへに」（二〇九）と黄葉にちなんで歌われ、妻の死は黄葉の風景と密接に結びついている。それは死者への思いに繋がる実際の風景でもあり、そこから他界のイメージが美的に想像されているのだと思う。

人麻呂の「泣血哀慟作歌二首并短歌」の第二歌群の短歌で、

衾道を引手の山に妹を置きて山路を行けば生けりともなし（巻二、二一二）

と歌っており、現実には人麻呂の妻は「衾道を引手の山」に葬られ、妻の墓所から人麻呂は生きた心地もなく帰ってきたことが知られる。従って二〇八歌の「山路知らずも」の「山路」とは、墓所への道ではなく、他界への道ということであり、それ故次の長歌の表現が切実な意味をもってくるのである。

うつせみと　思ひし時に（一に云ふ、「うつそみと思ひし」）　取り持ちて　我が二人見し　走り出の　堤に立てる　槻の木の　こちごちの枝の　春の葉の　しげきがごとく　思へりし　妹にはあれど　頼めりし　児らにはあれど　世間を　背きしえねば　かぎろひの　もゆる荒野に　白たへの　天領巾隠り　鳥じもの　朝立ちいまして　入日なす　隠りにしかば　我妹子が　形見に置ける　みどり子の　乞ひ泣くごとに　取り与ふるものしなければ　男じもの　わきばさみ持ち　我妹子と　二人我が寝し　枕づく　つま屋の内に　昼はも

うらさび暮らし　夜はも　息づき明かし　嘆けども　せむすべ知らに　恋ふれども　逢ふよしをなみ　大鳥の　羽易の山に　我が恋ふる　妹はいますと　人の言へば　岩根さくみて　なづみ来し　良けくもそなき　うつせみと　思ひし妹が　玉かぎる　ほのかにだにも　見えなく思へば（巻二、二一〇）

この長歌に歌われた「大鳥の　羽易の山」が「衾道を引手の山」と同じく妻の墓所をさすのであれば、「大鳥の　羽易の山に　我が恋ふる　妹はいますと　人の言へば」と、人麻呂がその山の在処を人づてに聞いて「岩根さくみて　なづみ来し」というのは事実ではないことになる。事実を「そのまま歌うのではなく、妻の死を認めず、なお実在を信じてやまない感情に即して」（『全注』）人麻呂はこのように表現したのだという解釈もあるが、これは人麻呂が妻の霊魂の行方を探し求めて苦難の山行きをしたことを言っているのであろう。

長歌の妻の死を表現した部分に「白たへの　天領巾隠り　鳥じもの　朝立ちいまして……」とある。「天領巾」について、『代匠記』は巻十の七夕歌に、

秋風の吹き漂はす白雲は織女の天つ領巾かも（二〇四一）

とあるのを引いて、「白雲」を天領巾と言ったとした。『考』も同歌を引き「天雲」の意に解した。他、『略解』は「葬送の旗」、『檜嬬手』は「柩を覆ふ蓋」、『古義』は「歩障」、『攷証』は「天女の領巾」、『講義』は「天女の羽衣」、『全註釈』は「火葬の煙」、『全訳注』（中西進）は「大空の領巾」等々、諸説入り乱れている。『全釋』に「白雲とする契沖・真淵の説は、想像と実際の物との間に区別を立てないもので、著しい誤解であり……」として「葬送の旗」のことだと断じている。「想像」か「実際」かということでは、ここは「想像」と「実際」とがないまぜになっているのだと思う。白雲を天領巾に見立てたにせよ、白い葬送の旗を天領巾に見立てたにせよ、実際から発想された詩的想像による表現に違いない。妻の死を美しい幻想のもとに表現したもので、人麻呂の心

象では、妻の霊魂は白い鳥のイメージで捉えられているのではないかと思う。『注釈』は、「かぎろひの」と言い、「鳥じもの」と言い、「すべて自然物の中に描かれて」いるので「白雲の彼方に、という程の意にとってよい」としている。二〇四一歌で、「白雲」を「天つ領巾」に見立てた例があることや、巻十三の挽歌に、

つのさはふ磐余の山に白たへにかかれる雲は皇子かも（三三二五）

のような例があることなどから、「真っ白な領巾のような白雲に隠れて、ひらひらと鳥のように朝立って行かれて」のように解釈したい。この表現は、後半部の「大鳥の羽易の山」の解釈とも関連する。

「羽易の山」については、

春日なる羽易の山ゆ佐保の内へ鳴き行くなるは誰呼子鳥（巻十、一八二七）

とあり、人麻呂歌の「羽易の山」も春日の地にある山だとする説が多い。澤瀉『注釈』は、

人麻呂集に最も多く詠まれてゐるのは泊瀬、三輪、巻向のあたりで、人麻呂は泊瀬、三輪の山麓近いところに住んでゐたと思はれ、その同棲した妻の墓を春日の地に求めるといふ事はあまりにも不自然である。

として、春日説を退け、

大和に住む蜂矢宣朗、大浜厳比古の両君が、藤原宮阯のあたりから見ると三輪山のうしろに竜王山や巻向山が、春日山の場合と同様に両翼をなしてゐる事を見出して私に実地について示された。私はその実景に接していよいよ竜王山の一部を羽易の山とも云つたと考へるに至つたのである。

と述べている。『全注』も大浜厳比古氏の三輪山の一翼としての竜王山説を支持している。(3) つまり、「羽易の山」は、固有名詞ではなく、鳥の翼の如き形をなす山容からきた名称ということである。人麻呂歌では、「衾道を引手の山」が固有名詞で、「大鳥の羽易の山」はその山容からきた別称ということになる。しかしなぜ同じ山をさ

すのに長歌の方が別称を用いたのか。人麻呂は意図的に長歌と短歌とで同じ山の名称を言い換えたのだと思う。人麻呂の心象では妻の霊魂は白い鳥のイメージで捉えられて、その妻の行く他界の山は、鳥が大きな翼を広げたように美しい山でなければならなかったのであろう。「大鳥の羽易の山」とは人麻呂の心象の他界でもあったのだと思う。「衾道を引手の山」は現実の妻の墓所のある山であり、「大鳥の羽易の山」は他界に至る山をイメージした表現とみたい。「うつせみと思ひし妹」という表現は、すでに「うつせみの人」としての妻を求め得ないことを認識しているのであり、「玉かぎる　ほのかにだにも　見えなく」は、「うつせみの」人ならぬ妻の霊魂の行方を追ってきた者の表現に違いない。集中、「玉かぎる」が「ほのか」(原文「髣髴」)にかかる例は、二一〇歌以外に二例ある。

玉かぎるほのかに見えて別れなばもとなや恋ひむ逢ふ時までは(巻八、一五二六)

朝影に我が身はなりぬ玉かぎるほのかに見えて去にし児故に(巻十二、三〇八五)

三〇八五と同型の歌が巻十一にも「玉かきる」(二三九四)として載っていた。いずれもぼんやりと姿が見えて去っていくはかなく不確かなものを表している。小学館古典全集本に、日本霊異記上巻・二話の、正体を見破られて去って行く狐女房の姿を見て夫が詠んだ歌に、

恋は皆我が上に落ちぬたまかぎるはろかに見えて去にし子ゆゑに

とあるのを引き、これに近いことを指摘している。二一〇歌では、たとえぼんやりと見えて消えて行くのだとしてももう一度逢いたいという思いが歌われているのであろう。

「大鳥の羽易の山に……」という表現も想像と現実がないまぜになっているといえる。人麻呂は実際に「岩根さくみてなづみ来し」、岩を踏みわけて難儀してやってきたのであり、そこは確かに妻の墓所であったにちがい

ないのだ。ところが、二一〇歌の末尾は「玉かぎるほのかにだにも見えなく思へば」と、霊魂の姿を求めるような観念がうたわれている。これを、同じ歌の「或本」歌（二一三）の末尾「うつそみと思ひし妹が灰にていませば」という表現と比較して見た場合、後者が極めてリアルに現実を歌っていることが読みとれる。つまり、二一〇歌は、愛する妻の他界への旅立ちを美しい幻想のうちに描き出したもので、人麻呂の他界のイメージが窺われる。「大鳥の羽易の山」は詩的イメージとしては、白雲の彼方、はるか遠くの山なのである。墓所のある「衾道を引手の山」と詠む意識とは明確な区別があると言わなければならない。

二

万葉人はどのように他界へおもむくのであろうか。巻十三に、

里人の　我に告ぐらく　汝が恋ふる　愛し夫は　もみち葉の　散りまがひたる　神奈備の　この山辺から
〈或る本に云ふ、「その」山辺〉ぬばたまの　黒馬に乗りて　川の瀬を　七瀬渡りて　うらぶれて　夫は逢ひき
と　人そ告げつる（三三〇三）

という謎めいた歌が見える。「相聞」に収められた歌であるが、内容は諸注が指摘するように明らかに挽歌である。渡辺護氏は、歌詞中の「黒馬」の語に着目し、この語が相聞の素材であることから「黒馬にの乗りて」という表現が「相聞の部立の中に招き寄せられる要素」[4]になったと指摘している。「うらぶれて」の語も万葉の用例で見るかぎり、本来、「恋のために憔悴し萎れている気持」[5]にしっくりする言葉であったようだ。相聞的要素の強い挽歌と言えるだろう。

歌詞の「夫は逢ひき」という表現は、普通の言い方では「夫に逢ひき」となるが、ここでは、「魔的・霊的な

ものとの出逢い(6)」、「神的な存在との出会い(7)」を表し、「夫」が霊的存在であることを暗示するものでもある。「里人」は、死者の道行きに偶然出会ったことを伝えたのである。死者が、美しい黄葉の散り乱れる神奈備山の麓から黒馬に乗って山行き川行きしおしおと行ったと。いかにも三途の川を渡って行く死者の道行きを歌ったように見えるが、実際に即して見ると、この歌の川は恐らく「神奈備山の帯にせる飛鳥の川」(巻十三、三二六六)で、「七瀬渡りて」は、

飛鳥川七瀬の淀に住む鳥も心あれこそ波立てざらめ (巻七、一三六六)

とあるので、明日香川の瀬を渡って行くことを言ったものと理解できる。死者の生前の生活、おそらくは黒馬に乗って明日香川を渡って妻問いをした生活、あるいは葬送か、そういう現実をふまえて他界への旅が詩的に表現されている。

人を他界へと導く風景が描き出されているのは人麻呂の二〇八歌や一四〇九歌と同様である。大伴家持は「忽ちに枉疾に沈み、殆と泉路に臨む」ときに、

世間は数なきものか春花の散りのまがひに死ぬべき思へば (巻十七、三九六三)

と、死を誘う落花の風景を詠んでいる。人は何かに魂を奪われて時ならずも死んで行く。山の墓所に葬ったことを、死者自らの意志で山に入っていったように表現している歌が多いのはそう思っていたからかも知れない。

……佐保川を　朝川渡り　春日野を　そがひに見つつ　あしひきの　山辺をさして　夕闇と　隠りましぬれ

…… (巻三、四六〇)

……あしひきの　山路をさして　入日なす　隠りにしかば…… (巻三、四六六)

……山背の　相楽山の　山のまに　行き過ぎぬれば　言はむすべ　せむすべ知らに　……　我妹子が　入り

にし山を　よすかとぞ思ふ（巻三、四八一）

このような表現は、死者本人の意志によって山に入って行くのだという意識を表している。例えば四六六歌は、現実には葬列が朝出発し、佐保川を渡り、春日野を背後に見ながら、墓所の築かれる山辺に向かったという葬送の順路を、そのまま死者の他界への旅行きの道程として見立てたものである。それを死者本人の意志による行動としているのである。それが本人の意志であるから、死なれた者は引き留められなかったことを悔やむのである。

かからむとかねて知りせば大御舟泊てし泊まりに標結はましを（巻二、一五一）

出でて行く道知らませばあらかじめ妹を留めむ塞も置かましを（巻三、四六八）

他界への道のりは遠い。「神奈備の　この山辺から　ぬばたまの　黒馬に乗りて　川の瀬を、七瀬渡りて　うらぶれて」はるばると旅行くのである。これを葬送の行路だと言ってしまえばそれまでだが、この表現には他界への長い道程をしおしおと旅行くものの姿が印象づけられている。巻十三の「挽歌」に、水死者を詠んだ歌がある。

玉桙の　道に出で立ち　あしひきの　野行き山行き　にはたづみ　川行き渡り　いさなとり　海路に出でて

……（三三三九）

三三三五にも殆ど同じ表現がみられるが、死出の旅は「野行き山行き……川行き渡り」というイメージでとらえられている。

他界は、山の彼方に、あるいは川を渡って海の彼方にあると信じられていた。死者の川渡りは、古代後期には三途川と重ねられ「渡り川」ということばで歌に現れてくる。[8] そして死者の行く他界は、生者は行くことができないが、そこには現世と同じような生活があると考えられていた。高橋虫麻呂の菟原処女を詠んだ挽歌で、処女が「黄泉に待たむ」というのはそれを意味している。

むすび

上述のように見てくると、次の挽歌も従来の解釈とは違ってくることになろう。

山吹の立ちよそひたる山清水汲みに行かめど道の知らなく（巻二、一五八）

「十市皇女薨時、高市皇子尊御作歌三首」の中の一首である。『童蒙抄』以来、「山吹の立ちよそひたる山清水」という表現は、山吹の花の黄と山清水（泉）とで黄泉を暗示しているという解釈が大勢を占めてきた。しかしこの歌には、そういう穿った解釈を拒否するような真率な響きがある。茂吉『万葉秀歌』は、

作者は山清水のほとりに山吹の美しく咲いてゐるさまを一つの写象として念頭に浮べてゐるので、謂はば十市皇女と関連した一つの象徴なのである。

と言っている。その通りであろう。山中他界の観念から「亡きひとのあくがれ行きし幻想的な世界」（『注釈』）を山吹の咲く山に求めたのであるが、それは「死者のイメージに密着した詩的形象」[9]でもある。人麻呂の「秋山の黄葉を茂み……」や巻十三の「もみち葉の　散りまがひたる　神奈備の……」のような表現も、詠まれている情景が死者の生前のありようと密接に関連していた。この歌の表現は必ず「十市皇女と関連した一つの象徴」でなければならない。それはどういうことであろうか。

死者の霊の行きとどまる幽冥界を山中に考えた旧慣をふまえているだろう。別言すれば、山上・山中の井泉や池沼は、祭を享ける神霊の降下するところであり、これによってその神霊を迎える人々の霊魂の更新されるところでもあるとする考えにみちびかれ、その間の観想とかかわるのが、「山吹の」の歌であろう。[10]

と説いているのは、この歌の背後にある観念としては正しいかも知れないが、歌の表現の意味を必ずしも言い得てはいない。「死者の霊の行きとどまる幽冥界を、山吹の咲く山の清水の情景と重ねて思い描く心的必然が作者にはあったのだと考えるべきであろう。[11] 十市皇女の死は、山吹の花の美しく咲いている山の清水を汲みに山中に入って行ったようにとらえられているのだと思う。だから、自分も皇女の行ったその山の清水を汲みに行こうと思うけれど道がわからないと歌っているのであろう。死者の生前の生活、あるいは葬送の風景など、現実から想像される風景の彼方に他界はある。死者には他界で新しい生活をするために越えて行かねばならない山や川があったのである。その越えて行ったところが万葉人となってのヨミであったと思う。万葉人のみならず、源氏物語にも、

死出の山越えにし人をしたふとて跡を見つつもなほまどふかな（「幻」）

と見え、死者の山行きは古代日本人の他界観に深く根を下ろしているといえる。

【注】

（1）松村武雄『日本神話の研究』第二巻（昭和三十年　培風館）
（2）注（1）前掲書
（3）「大鳥の羽易山」（『万葉』四十六　昭和三十八年一月）
（4）『万葉挽歌の世界』（平成五年　世界思想社）
（5）拙稿「『うらぶれて』行く人」（『作新国文』十　平成十年十二月）本章第五節
（6）森朝男『古代和歌と祝祭』（昭和六十三年　有精堂）
（7）中川ゆかり「出会いの表現」（『万葉』百十九　昭和五十九年十月）
（8）大久間喜一郎「川を渡る女」（『国学院雑誌』六十八-九　昭和四十二年十月）

（9）青木生子『万葉挽歌論』（昭和五十九年　塙書房）

（10）尾崎暢殃「山清水考」（『上代文学』七十二　平成六年四月）

（11）拙稿「十市皇女挽歌」（『作新学院女子短期大学紀要』十八　平成六年十一月）本章第三節

付篇
歌人論

第一節　斉明天皇

――その歌人的性格について――

はじめに

初期万葉時代における斉明天皇を果して歌人として認め得るか否か、その歌人的性格を論ずるにあたって、まずその点が問題にされなければならないであろう。日本書紀・万葉集を通じて、斉明天皇御製と断定して異論のない歌は、現段階では一首もない。きわめて不確実な歌人なのである。しかし、この時代の和歌史において、斉明天皇は大きくその存在を主張しているかに見える。いったい、斉明天皇は、いかように歌とかかわり、歌人であるとすれば、いかなる歌人であったのであろうか。

万葉集に斉明天皇御製となる可能性のある歌は次の通りである。

A　天皇、宇智の野に遊猟する時に、中皇命、間人連老に献らしむる歌（巻一、三～四）

B　額田王の歌　未だ詳らかならず（巻二、七）

C　額田王の歌（巻一、八）

D　中皇命、紀の温泉に往く時の御歌（巻一、一〇〜一二）

E　岡本天皇の御製一首　并せて短歌（巻四、四八五〜四八七）

F　岡本天皇の御製歌一首（巻九、一五一一）

澤瀉久孝氏の「斉明天皇御製攷」(1)は、右のA〜Fのすべてを斉明天皇の実作と認め、斉明天皇を大きなすぐれた歌人として扱い、斉明に万葉歌人としてのはじめての誕生を見たもので、賛否いずれにせよ論議をまきおこした画期的な論であった。澤瀉説の対極にあるのが、斉明天皇の実作を一首も認めない立場であろう。

右に掲げた歌の中、B・C・Dは、題詞にいう作者と左注に引く類聚歌林のいう作者がくい違っており、類聚歌林がいずれも作者を天皇と伝えている点で共通している。そこで、題詞が実作者を、類聚歌林が形式作者を伝えたものと見る代作説が唱えられ、現在最も有力な説となっている。本節でもこれに従いたい。Aについては、題詞の「中皇命」が献歌主体、「間人連老」が代作者（実作者）とする説が有力であり、従ってよいと考える。E・Fは「岡本天皇」とだけ記され、その呼称では舒明・斉明のいずれを指すか明確ではなく、Eの左注でも疑問を投じているが、Eは歌詞中に「君」とあり、内容も女歌であるところから、斉明を指すと考えるのが普通である。Fについては、稲岡耕二氏が(2)「単に『岡本天皇』と言った場合に、当時の人々には、舒明天皇がまず意識されたに違いない」ことを論じ、これを舒明天皇と考えたのに従う。現在の学説では、A・B・C・D・Fの歌を斉明の実作とする説は見当らず、結局万葉集中に斉明御製となり得る歌はEのみということになる。

他に日本書紀、斉明紀四年五月条に三首（一一六〜一一八）、同十月条に三首（一一九〜一二一）が、斉明天皇の作歌として伝えられている。万葉集に伝えられたものよりは実作の可能性の高い歌であるが、これら六首についても代作説が唱えられており、ただちに斉明の実作とは断定できないのである。

本節では、万葉集のEの歌（三首）と日本書紀の六首が、斉明の実作か否かを検討しつつ、斉明天皇の歌人的性格を考察してみたい。作歌年代のはっきりしている日本書紀の六首から検討を加えてみよう。

一

斉明紀四年五月と十月に次のような記録が見える。

（Ⅰ）五月に、皇孫建王《みまごたけるのみこ》、年八歳にして薨《う》せましぬ。今城谷《いまきのたに》の上に、殯《もがり》を起《た》てて収む。天皇、本《もと》より皇孫の有順《みさをか》なるを以ちて器重《ことにあが》めたまふ。故《かれ》、哀に忍びず傷慟《いたみまと》ひたまふこと極めて甚なり。群臣《まへつきみたち》に詔して曰はく、「万歳千秋《よろづとせせんしう》の後に、要《かなら》ず朕《わ》が陵《みささぎ》に合葬《あわせはふ》れ」とのたまふ。廼《すなは》ち作歌《みうたよみ》して曰はく、

今城なる　小丘《をむれ》が上に　雲だにも　著《しる》くし立たば　何か歎かむ　其一（一一六）
射《い》ゆ鹿猪《しし》を　認《つな》ぐ川上《かはへ》の　若草の　若くありきと　吾が思はなくに　其二（一一七）
飛鳥川　漲《みなぎら》ひつつ　行く水の　間《あひだ》も無くも　思ほゆるかも　其三（一一八）

とのたまふ。天皇、時々に唱ひたまひて悲哭《みね》したまふ。

（Ⅱ）冬十月の庚戌の朔にして甲子に、紀温湯《きのゆ》に幸《いでま》す。天皇、皇孫建王を憶《おも》ほしいでて、愴爾《いた》み悲泣《かなし》びたまふ。乃ち口号《こうがう》して曰はく、

山越えて　海渡るとも　おもしろき　今城の内は　忘らゆましじ　其一（一一九）
水門《みなと》の　潮《うしほ》のくだり　海《うな》くだり　後《うしろ》も暗《くれ》に　置きて行かむ　其二（一二〇）
愛《うつく》しき　吾が若き子を　置きてか行かむ　其三（一二一）

とのたまひ、秦大蔵造万里《はだのおほくらのみやつこまろ》に詔して曰はく、「斯の歌を伝へて、世に忘らしむること忽《なか》れ」とのたまふ。

右に見える六首については、折口信夫氏[3]の万里代作説以来、相磯貞三[4]・中西進[5]・山本健吉[6]・橋本達雄[7]の各氏によって代作説が唱えられ、今日ではむしろ代作説の方が有力であるかに見える。代作説の強みは、記紀歌謡から初期万葉へと続く宮廷歌における代作の系譜の中に、右の六首をも組み入れて説く点にあろう。代作というものは、本来、公儀の宮廷歌においてなされるものであると思う。その意味では、前掲A・B・C・Dが代作であり、巻一、一七・一八が代作であることも、歌の場から言ってむしろ当然とも言えるし、歌の内容も公儀性をもっている。しかし、斉明朝になると、中皇命や額田王のような巫女性を備えていてなお才藻豊かな特殊な代作歌人だけではなく、中大兄大皇子の「三山歌」（巻一、一三～一五）や斉明天皇への挽歌（紀一二三）を見ても、天皇及び皇族たちが自らが歌を作りはじめている。また、それらの歌のあり方を見る時、歌というものが、個人の心情や意識の中にあらたな意味をもって入りこんできことがうかがわれる。そういったことをふまえた上で、右の六首が代作であるか否か、また、いかなる場で詠まれ、いかなる抒情の姿を示しているかを見てみなければならない。

（II）の記録の末尾に名の見える秦大蔵造万里は、「斯の歌を伝へて……」と天皇の命を受けるが、これを文字通り解釈すれば、万里は斉明の「口号」した歌の記録・管理を命ぜられたことになる。ところが、この記事に先だつ孝徳大化五年三月条に、

皇太子、造媛徂逝《みう》せぬと聞しめして、愴然《い》傷怛《た》み哀泣《かなし》びたまふこと極甚し。是に野中川原史満《のなかのかはらのふびとみつ》、進みて歌を奉る。歌して曰く、

山川に　鴛鴦《をし》二つ居て　偶《たぐ》ひよく　偶《たぐ》へる妹《いも》を　誰か率《ゐ》にけむ　其一（一一三）
本毎《もとごと》に　花は咲けども　何とかも　愛《うつく》し妹が　また咲き出来ぬ　其二（一一四）

といふ。皇太子、慨然《な》頽歎《げ》き褒美《ほ》めて曰はく、「善きかも、悲しきかも」とのたまひ、乃ち御琴を授けて唱

はしめたまひ、絹《きぬ》四《よ》疋・布《ぬの》二十端《たん》・綿二裏《かます》を賜ふ。

という記事が見え、この時の野中川原史満の献歌が内実は代作であることから、斉明紀の万里も代作者なのだと類推するのが代作説である。山本健吉氏(8)が、

これも実は、万里に代作させ、記録にも残して、永く伝へよと命じたものと想像されるし、それは前の三首にもかかるものであらう。単なる諷誦者、あるいは筆録者に過ぎない者にしては、わざわざ史に名前を止められてゐるのが、大袈裟に過ぎる。

と説き、当時の天皇や貴人たちは代作してもらうのが一般的だったと述べているのが、その代表的な見解である。これに対して稲岡耕二氏(9)は、

満も万里も帰化人の氏族の出であり、満は琴を賜わって唱ったと記されているし、万里の属する秦氏には、秦酒公の伝誦歌がある。万里が代作をしたとする条件は、ある程度備わっていると見ることができよう。

と、一応代作の可能性を認めた上で、

だが、それならば、なぜ万里の歌も満の歌のように、万里作として記録されなかったのか。逆に言えば、代作が一般化していたのならば、なぜ満の歌の方だけ「進みて歌を奉りき」と記されたのかが問題となろう。

と指摘し、代作説を否定している。稲岡氏の指摘した点は当然問題にされるべきことであった。日本書紀は、孝徳紀の満の立場と、斉明紀の万里の立場とを区別して記録しているのであるから、記録通り理解してよいと思われる。

満は、中大兄に代作を命じられたわけではなく、自ら進んで献歌したのであり、それは中大兄の心中を汲んでの行為であった。このような場合に、悲しみを託す挽歌というものを日本人はまだ持っていなかった。従ってこ

の歌は、公的儀礼にかかわる場で要請されたものではなく、中大兄の私的な悲しみの場で、側近の満が歌をもってなぐさめたものと考えられる。満の詠んだ二首の歌のもつ抒情性は、そうした私的な悲しみの場のものとしてふさわしいと思う。造媛に関する物語の展開上からは、満が代作したとするよりも、むしろ中大兄自身が歌ったとした方が、造媛の父を無実の罪で死に追いやった自分の罪を悔悟し、妃の死を悲しむ中大兄の心情がより効果的に伝えられたように思うが、満の代作のことは、事実を脚色せずに記したものであろう。当時、宮廷歌において代作が一般的であったとは言え、挽歌の類の代作は決して一般的であったとは言えない。悲しみを歌う挽歌自体が、この帰化人の満によってはじめて誕生したのだから。だからこそ満の名は史に登場したのでもある。

斉明紀の六首は、挽歌を作ることがまだ一般化していない、挽歌としては未成熟な歌の姿を示しているし、公的儀礼の場を想定させない抒情の姿を示しているように思う。この点については後述するが、挽歌がいまだ定着するに至らない時期に、他の宮廷歌と同様に公的儀礼の場でその制作が要請され、代作されるということは考えられないことのように思う。公的儀礼の場とかかわって挽歌が作られるのは天智天皇の殯宮の時を嚆矢とすべきであろう。斉明紀七年に中大兄の詠んだ挽歌（紀一二三）があるが、これには代作者らしい人の存在はなく、これを代作だと主張する説も見当らない。挽歌に関する書紀の記録は事実を伝えていると思う。そして、孝徳・斉明紀に集中的にあらわれる挽歌の記録は、それが、当時まだ新鮮な主題であり、これまで歌うことを知らなかった死の悲しみを歌いはじめた人々の関心の深さを物語っているように思われる。斉明天皇の「斯の歌を伝へて……」ということばにうかがわれる愛着の深さは、ただ皇孫への愛着のゆえだけではないように思われるし、この歌の記録・管理責任者の明記も、はじまったばかりの挽歌への新鮮な関心があったためと見られなくもない。

二

代作か否かを検討する際、もう一つ重要なことは、孝徳紀の満の歌と斉明紀の六首とは、歌の質の面でどうかという点であろう。すでに指摘されているように、帰化人氏族である満の歌は、日本の伝統的歌謡世界との交渉はあまり見られず、漢詩文の世界を濃厚に反映した異国情緒の豊かな作品である。[10] そこには新鮮で美しい悲哀の世界の形象がある。造形された悲哀の世界の美しさとでもいうべきものがある。これに対して斉明紀の歌はどうであろうか。斉明紀の六首については、稲岡耕二氏の鋭く詳しい分析があり、[11] この六首についての抒情詩論としては最も的を射た説得力のある論と思う。すでに論じたことがあり、[12] ここではなるべく重複を避けて述べることにする。前掲（I）群の三首は、それぞれに万葉集の相聞歌に類想類型歌が指摘され、紛れもなく日本の伝統的な歌謡的基盤の中からその抒情の方法を見出した歌の姿をもっている。

一一六の類歌として挙げられている中で特に近似する発想内容の歌として、

雲だにも著くし立たば心遣り見つつも居らむ直に逢ふまでに（巻十一、二四五二　人麻呂歌集）

直に逢はば逢ひかつましじ石川に雲立ち渡れ見つつ偲はむ（巻二、二二五　依網娘子）

という歌があり、稲岡耕二氏は、[13]

先に掲げた人麻呂歌集歌（二四五二）や依網娘子の歌のように、「見つつ偲はむ」とか「見つつも居らむ」とまで言わないで、単に「しるくし立たば何か嘆かむ」とだけ言っているのは、説明的でなく感情の圧縮を思わせる。言葉の側から言えば、それだけ多くの負荷に堪えていると言えるし、作歌の主体の側については、感情の奔騰を一気に流しやったという激しさが感ぜられもする。

と言っている。人麻呂歌集歌や依網娘子の歌における「雲」が観念的に響くので一層「見つつ偲はむ」「見つつ居らむ」の句が説明的に感じられるのに対して、一一六の場合は、上句の「今城なる小丘が上に」という確かな叙景的視点に支えられて、「雲」が具象的な実感をもって下句の感情を導いている。持って行き場のない嘆きが「雲」への「哀切な訴え」となっているのである。

一一八の歌は、上句・下句とも類型が多い。にもかかわらず、上句の序詞の詩的映像は美しく鮮烈である。それは「漲ひ」の一語が効いているからで、激しく波うつような盛んな水流の状態を「漲ふ」ということばでとらえた独創性[14]が、この序詞を観念序となることから救っているといえよう。一首は、心にあふれてくる激しい追慕の情と、眼前の飛鳥川の水の景とが響き合い、充実した詩的形象をなしている。言うまでもなく斉明天皇の宮殿は飛鳥川流域にあって、この川を朝夕ながめていたものと思われる。

一一七の歌は、「射ゆ鹿猪を認ぐ川辺の若草の」までが序詞であり、万葉集にほとんど同じ序詞をもつ類歌(巻十六、三八七四)が見え、狩猟生活を背景に成立したと思われるきわめて特殊な素材をもった序詞である。万葉集の歌の序詞は「野外での逢いびきのカーペット[15]」のイメージをつくりあげているのであるが、この歌の場合は、射られた鹿によって踏みしだかれた若草のイメージが、八歳で病死した建王の幼い脆さへと転化されている[16]。稲岡氏[17]は、「『射ゆ鹿』というイメージも、傷ましいものとして独自のかげりを帯びてくる」と言っている。特異な序詞に心をとめ、それを自己の表現の世界のものとして、独自のイメージをつくりあげ得たのは、この序詞と作歌主体とのそれだけ激しい出会いと結びつきがあったためと考えられる。土橋寛氏や益田勝実氏の説くように、この序詞を「既存の歌詞の不用意な借用」(土橋『全注釈』)と見なせばまた別であるが、右のような解釈の上に立てば、代作者のよくできるところのものではなく、作歌主体の感情がおのずから出会った序詞であったと思われる。

（Ⅰ）群の歌を評して青木生子氏[18]は、

部分的な類型性を超えて、内面に統一された抒情の張りを以て、個の悲しみの実感が滲みわたっている。

と述べているが、上述のような解釈の上からうなずけるものである。それは、三年後の斉明七年、中大兄皇子が母斉明天皇の喪中に歌った、

君が目の　恋しきからに　泊てて居て　かくや恋ひむも　君が目を欲り（一二三）

という歌にも通じる。「君が目を欲り」は、万葉集の相聞歌に多く用いられる慣用句であり、この歌もやはり歌謡的基盤を背後にもつ歌である。歌謡的世界の発想によりながら、そこを抜き出てひたすらな哀慕の情を歌い、「澄明な美しさ」をもつ一首の抒情の世界を形成している。これを中大兄の実作と認めることに問題はないように思うが、相前後してほとんど同質の抒情的な挽歌が詠まれているのは、時代がそこまで進んだことを思わせる。

（Ⅱ）群の歌は、牟妻温泉への旅の中で歌われたものであり、（Ⅰ）群の歌よりさらに純化された抒情が見られる。

一一九においては、旅の中のおもしろいはずの風物は、作者にとってはただ眼前を通り過ぎていく景でしかなく、思いはひたすらに「おもしろき今城の内」に向かっている。「おもしろき」は『時代別国語大辞典　上代編』によると「おもに外形的な事象に向かって用いられる」ことばで、ここでは「今城の内」への作者の印象を表わしているものと思われる。作者が心に呼びもどし、鮮明に描くことのできる、「皇孫と女帝との、明るく楽しい思い出の土地[19]」の印象である。明るく楽しい追憶の世界の風景は、「忘らゆましじ」と認識される時、一瞬にして暗い悲しみのかげを帯びてくる。そのかげは次の一二〇の歌を呼び起こしている。

一二〇は、六首の建王挽歌中の絶唱とも言うべき歌で、おのずからなる抒情の一つの到達点を示す歌といえるであろう。「水門の潮のくだり海くだり」は、旅行く作者の眼前の景であり状態であり、その激しい潮の流れはまた作者の激しい慟哭の思いであり、そして「渦巻き流れる海潮の深い色は建王のゆく黄泉を暗示」[20]する。修辞論的には、この上三句は序詞として「後も暗に」の句を導くといえるが、この場合上三句は「後も暗」の感情内容のすべてを象徴している。あたかも今、幼い建王が渦巻き流れる暗い海道の果てに下って行くのを見るような、そういう幻視の中で暗澹たる不安を抱いている作者の気持が「後も暗に」の句にこめられている。そして自分が庇護してやらなければならない幼い子を、暗い黄泉へひとり放って行く作者の悲しみは、一二一の片歌形式で補足的に繰り返される。抒情内容としてほぼ完璧な挽歌的世界を持っているといえるが、韻律的にも、西郷信綱氏[21]が、

ミナトノ、ウシホノクダリ、ウナクダリ、ウシロモクレニ、……の頭韻をふくむ韻律の流れは美しくて烈しく、悲哀の暗のなかに引きこんで行く。

と指摘するように、この歌の韻律の流れは、そのまま作者の激しい流れとして響く。

対象たる実景と作者の心情とが響き合い、実景はそのまま比喩に転化しつつ主情の表出がなされる。そこに一つのリズムが生じる。作歌主体の心情の流れが一つの詩的リズムをつくり出しているのである。

一連の建王挽歌は、或いは歌謡的基盤に支えられながらも個の表現を志向しており、全体的に悲しみの切実さゆえにおのずから吐露された抒情の世界をもっているといえるであろう。これを帰化人による代作とみる方がむしろ不自然ではなかろうか。斉明の実作と認めてよいと思われる。

三

斉明天皇の歌について、前に公的儀礼の場を想定させない歌であること、挽歌としては未成熟な歌の姿を示していることを言ったが、この二点について少しく検討してみたい。

(Ⅰ)群の歌の作歌事情を伝える記事の中に「今城谷の上に殯を起てて収む。」とか「群臣に詔して曰はく」とか、いかにも殯宮儀礼の場を思わせる記述が見える。しかし、この歌々が殯宮儀礼の場で歌われたという保証はどこにもないのである。この記事は、建王の死と殯宮儀礼を伝えることに主眼があるのではなく、斉明天皇の悲傷とその挽歌を伝えることに主眼があり、建王の殯のことは、歌の場の設定というよりも、歌の動機付けという意味に理解される。

「今城谷の上」に殯をたてたとあるが、一一六の「今城なる小丘が上」という表現から推すと、作者は、建王の殯宮のある「今城谷」にいるのではなく、殯宮の地をはるかにのぞむ地にいると思われる。「今城」から離れた地にいるからこそ「今城なる」であろうし、そこをみはるかしているから「小丘が上に立つ雲」という表現が成り立つ。また、一一八では飛鳥川が詠まれており、「漲ひつつ行く水」という確かな詩的創造性のある叙景表現は、この序詞が単なる観念の序詞であることを拒否している。とすれば、飛鳥川流域にあった斉明天皇の宮殿のあたりを作者の位置と考えるべきであろう。「今城」の地が、どこであるかは定かではないが、『大和志』によると吉野郡大淀町今木の地で、そこに建王の墓があり、「法具良冢」というとある。山路平四郎氏[22]は、

イマキの地は、現、大淀町・高取町の西辺を流れる曽我川上流の地域の呼称と思われ、その名称はおそらく、川に臨んだ景勝の丘上に構築された宮殿から起こったものであろう。

と推定している。いずれにせよ、飛鳥川流域にあった斉明の宮殿からは離れた地に違いない。居駒永幸氏は、[23]

（Ⅰ）群の歌が、万葉集に多くの類型表現をもつ歌であることについて、

そこに独自の悲傷歌の世界を創造し得なかった反面で、恋の歌の慣用的な表現を建王の死に対する悲しみに転化することによって、人々との共感的な抒情世界を獲得することが可能になったとも言えるのである。

と言い、その歌の場については、

群臣が参加する儀礼の場であるがゆえに、建王の死に対する悲しみは天皇一人のものではなく、その悲しみを群臣と共有し、共感する場であった……。こうした場での作歌唱詠である以上、衝撃的であるはずの孫の死に対する祖母の感情は、そのままの形では表出され得なかったと考えるべきであろう。

と述べている。居駒氏は、類型表現となった理由を殯宮儀礼の場と関連させているのであるが、上述のように、（Ⅰ）群の歌は、殯宮儀礼が行なわれたと思われる「今城」を離れた場所で歌われているので、その論は成り立たないように思う。また、斉明朝という時代に「独自の悲傷歌の世界を創造し得なかった」としても、それが場の規制によるものと必ずしも言えないのではないか。確かに当時の人々は、まだ共同発想的共感的な世界に生きていたであろう。しかし、斉明歌が成し遂げようとしたものは、そうした共同発想的世界から抜き出て、個の感情を表白しようとするところにあったのではないか。一一六の結句「何か嘆かむ」、一一七の「吾が思はなくに」、一一八の「思ほゆるかも」に集中される思いは、作歌主体としての作者の内奥から突き上げてくる思いであろう。作者は、共感的世界に埋没しきれない自己の心情表出の欲求によって、新しい表現の世界を創造しようとしたのである。これらの歌が、相聞的民謡性を帯びているのは挽歌という新しい主題分野がもつべき独自のことばの世界をまだつかみ得ていない未熟さによるものであろうし、個人的な抒情の表現法をまだつかみ得てい

ない未熟さによるものであろう。天皇であれば、純粋に私的な場ということはあり得ないと思うが、少なくとも殯宮儀礼のような公的儀礼の場で誦詠したものではないと思う。歌のもつ抒情性もそうした公的儀礼の場を離れたところでこそ可能であったのだと考えたい。このことは中大兄の歌についても言えることで、喪船の碇泊中、亡き天皇を「哀慕」して歌ったというその歌は、民謡的共同発想的基盤に支えられながら、公的儀礼の場を全く感じさせない純粋な個人的哀慕の情で統一されているのである。

斉明天皇は、公的儀礼の場で誦詠するような歌は一首も作らなかったのではないかと思う。はじめに見たように、斉明天皇の周辺には、すぐれた代作歌人がいて、公的な儀礼の場では、代作歌人が立派に天皇にかわって歌ってくれる。その典型的な例が、八番歌であろう。天皇自身は、皇極紀に、

天皇、南渕の河上に幸して、跪きて四方を拝み、天を仰ぎて祈りたまふ。即ち雷なりて大雨ふる。遂に雨ふること五日、天下を溥く潤す。是に、天下の百姓、万歳を称して曰さく、「至徳します天皇なり」とまうす。

と書かれているような巫女王的性格を有し、政治的には影のうすいロボット的存在であったことが一般的に言われている。そうであればなおのこと、八番歌の場のように、国家を挙げての遠征の軍団を指揮するような場では、巫女王の力を存分に発揮すべき国家的使命を果すはずではなかったか。実際には、額田王が天皇にかわってその任を果している。宮廷における公的儀礼の場では、そうした代作が伝統的に行われていたからであろう。私は、斉明天皇の歌人としての誕生を、そうした代作の伝統からはみ出したところに見たいのである。天皇は代作の行われる公的儀礼の場を離れた場でのみ、真正の歌人たり得たのだと考える。巫女王的性格を有した斉明天皇が、その巫女王的使命をもって歌詠をなしたと仮定するなら、呪的世界を超えられなかったのでないだろうか。

八番歌の左注に引く類聚歌林の記録を見てみよう。公的儀礼の歌は額田王に任せて、斉明天皇は全く私的な世

界で歌を詠んだらしい。

天皇、昔日《むかし》の猶《なほ》し存《のこ》れる物を御覧《みそこなは》して、当時《そのとき》に忽《たちま》ちに感愛《めで》の情を起こしたまふ。所以《このゆゑ》に因りて歌詠《みうた》を製《つく》り
て哀傷したまふ。

新羅遠征のために筑紫に進軍する旅の中で、軍船が伊予の熟田津の石湯の行宮に碇泊した際、斉明天皇が、夫帝とともに来たときの風物が昔ながらに残っているのを見てなつかしみ、歌を作って哀傷したというものである。物語的脚色も感じられる記述ではあるが、こうした事実があったであろうことは、類聚歌林にいう舒明天皇の伊予温湯宮への行幸のことは日本書紀にも見えること、また『仙覚抄』が引く逸文伊予風土記に斉明御製と伝える「みきたつにはててみれば」という歌の断片から確かめられると思う。これが事実であれば、斉明は熟田津で挽歌を詠んだことになる。その挽歌は、夫帝亡き後二十年を経てのものであり、儀礼的な歌ではなく、思い出の風物をながめて哀傷した抒情的な挽歌であったろうと推測される。建王挽歌を詠んだ三年後のことである。風物をながめ、そこに自己の心をみつめて、挽歌を詠むというこの作歌姿勢は、斉明の歌に一貫してある傾向のように思う。そしてそれは、儀礼の場から解放された個人の感性の世界の獲得へのひとつの方法であったと思う。

四

万葉集で斉明天皇御製となり得る歌は、次の三首である。

岡本天皇の御製一首　并せて短歌

神代より　生《あ》れ継ぎ来れば　人さはに　国には満ちて　あぢ群《むら》の　通ひは行けど　我が恋ふる　君にしあら
ねば昼は　日の暮るるまで　夜《よる》は　夜《よ》の明くる極《きは》み　思ひつつ　眠《い》も寝かてにと　明かしつらくも　長きこ

の夜を（巻四、四八五）

反歌

山のはにあぢ群さわき行くなれどわれはさぶしゑ君にしあらねば（四八六）

近江道《あふみぢ》の鳥籠《とこ》の山なる不知哉川《いさやがは》日《け》のころごろは恋ひつつもあらむ（四八七）

四八五の長歌は、巻十三の次の長歌と類歌関係にあることが指摘されている。

敷島の　大和の国に　人さはに　満ちてあれども　藤波の　思ひもとほり　若草の　思ひ付きにし　君が目に　恋ひや明かさむ　長きこの夜を（十三・三二四八）

二つの長歌の前後関係ははっきりしないが、四八五がある伝承歌との交渉によって、それを骨格にして作られたものであることは認められると思う。中西進氏(24)は、巻七・十・十一・十二・十三といった作者未詳の巻の歌との類歌関係を指摘し、

もしこれら作者未詳歌群が民謡的基盤に立つものとすれば、斉明天皇の万葉歌もその一つで、巻四という相聞歌集を撰するに当って巻頭に「岡本天皇御製」として据えられた伝誦的流布歌であったろう。

と言っている。遠藤庄治氏(25)も別の観点から、四八五〜四八七が伝承歌であることを述べ、伊藤博氏(26)は「いわく因縁のある物語的な歌」だったことを説く。この長反歌は、斉明天皇に仮託されたいわくのある歌であるという見方は三氏に共通している。それとは別に、曽倉岑氏(27)は用語の検討を通して斉明御製であることを否定している。曽倉氏は四八五の歌詞中に「神代」「生る」「人多に国には満ちて」の用語、表現が宮廷的かつ男子官人的であることを述べ、

今ここにこの長歌の成立時期を明示することはできないが早くとも人麻呂の時期、すなわち第二期、「生る」

の例外的用法等からみると、おそらく記紀成立後、すなわち第三期以降ではないかと思われる。と結論している。曽倉氏の指摘する個々の用語、表現が、斉明朝にあり得ない新しさかどうかという点にはなお多少の疑問は残る。しかし、「神代より　生れ継ぎ来れば　人さはに　国には満ちて」という表現になってくると、表現として新しさを感じないわけにはいかない。「神代」の語も、中大兄が「三山歌」（巻一、一三）において、「いにしへ」「うつせみ」と対比的な時間意識の中で歌ったのと意味合いが違うようで、「五百万　千万神の　神代より　言ひ継ぎ来る」（巻十三、三二二七）という表現におけるのと同次元の記紀神話的観念がうかがえると思う。「生る」の語は、曽倉氏が指摘する通り、万葉集ではきわめて特殊な用語である。「神出現」（柳田国男）「神的示現」（西郷信綱氏）を意味する語であると言うが、当該歌を除くと人麻呂の「ひじりの御代ゆ　生れましし　神のことごと」（巻一、二九）の用例が最も早いもので、記紀神話的観念の芽生えとともに使用されるようになった語かとも思われる。そして、「神代より　生れ継ぎ来れば」の句になると、確実に宮廷社会だけの表現といえる。「人さはに　国には満ちて」の表現については、当該歌と類歌関係にある「人さはに　満ちてあれども」の表現の作者が女性と見られ、これと伝承歌との交渉を考えると、必ずしも第二期、三期の男性官人専有のものとは言えないと思うが、宮廷的な表現ではある。この場合はむしろ「神代より……」の続きで歌われて宮廷的な新しい表現になっていると見るべきであろう。

曽倉氏の考証は、この長歌が新しく宮廷圏の人によって準備され意識されて作られたものであることを明らかにしたと思う。少なくともこの長歌を伝承歌とする見方は否定されなければならないであろう。

新しいという点で、稲岡耕二氏(28)の指摘する「昼は」「夜は」という順序による時間観念もあげられる。稲岡氏は、「昼」を先に「夜」を後に歌うところが額田王の「……夜はも　夜のことごと　昼はも　日のことごと……」

(巻二、一五五)とは異なり、一日が日没から始まるとする古代的観念を払拭した性格をうかがわせる、と言い、時間観念については、「天武・持統朝はその過渡期で天智朝以前は古式の表現をとっていたと考えて良かろう」と説いている。そうであれば、この長歌の用語の新しさと合わせ考えて、人麻呂以後の成立と見るのが妥当と思われる。

稲岡氏は別稿でこの長歌の古さをも指摘している。(29) 長歌の末尾が五・七・七・七になっているのは、額田王歌(巻一、一六)と同型であり、歌体として古いものであることを思わせること、また、「昼は　日の暮るるまで　夜は　夜の明くる極み」という対句は、後の歌では「昼はも」「夜はも」と、「も」を補足して、定型に近く歌われるようになること、すなわち「昼は」「夜は」は、「昼はも」「夜はも」に対して破格であり、より古い形と考えられることである。

つまりこの長歌は、用語・表現の上では人麻呂以後と思われる新しさをもち、形体上では斉明朝と見れば見られる古さをもつということになる。これをどう考えればよいのであろうか。

ところでこの四八五～四八七の歌の新旧を言う場合、長歌のみを問題にして反歌には言及されていない。曽倉説も「少なくとも長歌が斉明自作でも改作でもない」後人の仮託と考えているのである。ということは反歌の斉明自作の可能性を否定しているわけではないようである。「岡本天皇の御製」三首の中、長歌には新しさを感じながらも、「岡本天皇」実作であることを積極的に主張したくなるのは、四八六の反歌によるところが大きいのではないかと思われる。四八六の歌のどこに斉明実作を否定しなければならないような要素があるであろうか。同じ「岡本天皇の御製歌」(巻八、一五一一　この場合は舒明天皇)と題する歌の抒情性と全く同質のものをそこに認めることに躊躇はないと思う。ところが、四八六は素材内容が長歌と密接な関連があり、いかにも長歌の反歌らしく見える。それゆえに、どうしても長歌の性格に左右され規定される。四八六を長歌から切り離し、独立した歌として解釈してみたらどうであろうか。阪下圭八氏(30)が、

四八六には独立性がつよく、むしろ一首の短歌としてみた方がその抒情性をよくくみとれると思うと言っているのは、四八五と四八六の歌の抒情の質の違いを感じとっての見解であると思うが、同感である。四八五と四八六を別個に成立した歌と見たい。

岡本天皇御製として四八六の歌があり、後に何らかのいわくがあって四八五の歌が四八六の表現に符号するように、古体を装って巧みに作られ、その際四八七の歌も添加されて、恋の歌物語風に仕立てられた、と考えられないであろうか。四八七の反歌は、四八五・四八六の長反歌と一体のものとして見ようとすると齟齬感があり、つけたり的な感じがする。しかし、歌のあり方や抒情内容からみると、四八五の長歌とは対応するのである。四八七は、次の、

犬上の鳥籠の山なる不知哉川いさとを聞こせ我が名告らすな（巻十一、二七一〇）

という民謡と類歌関係にあり、伝承歌の単なる替え歌にすぎないような歌である。意味は、「先のことはいざ知らずここしばらくは恋い慕いながら生きていよう」（小学館古典全集本）というようなことで、秋の長夜を恋のために悶々と嘆きくらすと歌う長歌の心の発展的心境といえる。ところが、四八五も四八七も伝承歌を骨格にしているのはいいが、一般流布歌的等質性を超えてはおらず、個人の恋の抒情とはなりえていない。後の人が伝承歌を土台に仕立てたのだと思う。そう考えれば、長歌の歌い出しの儀礼めいた大袈裟な表現、宮廷官人的口ぶり、観念的抽象的内容、型にはまった没個性的な歌い方にも納得がいく。

また、四八六の上三句「山のはに　あぢ群さわき　行くなれど」の表現は、これをどのように解釈しても、あ

じ鴨の群行する景は実景描写にちがいなく、一つの景色と自己の心との詩的出会いがあって生まれた表現といえる。四八五の場合は、その同じ景は枕詞として観念化されている。万葉集中「あぢ群」を詠んだ歌は当該歌を除いて五例あり、その中「あぢ群騒き」は、鴨君足人（巻二、二五七・二六〇）、大伴家持（巻十七、三九九一）がすべて実景として使用し、「あぢ群の」は、人麻呂歌集（巻七、一二九九）が実景、大伴家持（巻二十、四三六〇）が枕詞として用いたものである。こうした用例から推して、「あぢ群」は実景としては詠まれていたが、それを観念化して枕詞とする用法は一般的ではなかったと考えられる。冬の渡り鳥として人の目をひき、実景として歌に詠まれたものであろう。四八六の「あぢ群」が実景であるのに対して、四八五が枕詞であるのは、これが新しく作られた歌という可能性が一層強くなる。

稲岡耕二氏[31]によると、反歌史は天智朝以降にはじまる。天智朝以前の長反歌は、後代の作であったり（巻一、五〜六）、本来長反歌として成立したものではない例であったり（巻一、三〜四、同一三〜一五）、問題のあるものばかりだと言われる。当該歌が長反歌として成立するのは、長歌の表現から人麻呂以後とされるので、反歌史にも合致すると思う。

五

次に四八六の歌を解釈してみよう。

古来この歌には二つの解釈が行われている。一つは上三句を比喩として、山の端にあぢ鴨の群が騒ぎ行くように大勢の人々がにぎやかに行くけれど、と解する説。これはいうまでもなく長歌を前提とした解釈である。一つは上三句を実景として解する説である。いずれの説にも難点が指摘されていて、未だ決着がついていない。比喩説の難点は、「山のはに」の句がいかにも実景らしく、比喩としては不必要な句であるという点にある。この難点は決定的なことに思われる。阪下圭八氏[32]が、

「山の端」自体はたしかに「山の陵線」というべきものなのだが、万葉人にとって時を問わず用いられたのではなかった。陽が沈み月がいさよい出るころの、あるいは明け方、月がかたぶくときの、とりわけくっきりと目に映じてくるそれが「山の端」であったはずである。

と述べているのは、重要なことだと思う。万葉集に「山のは」を詠んだ歌は他に八首あり、その全部が月と関連して詠まれている。唯一月の出ないのがこの歌であるが、「山のは」が目に映じてくる時刻は他の八首と同じであろう。そしてこの「山のはに」の句は、一首全体の情調をつくっているのである。「山のは」の指示する時間的印象は、おのずから「われはさぶしゑ」の心情を呼びおこす。君の不在ゆえの寂しさは夕刻になってきわまる、というところにこの歌の抒情の意味するものがあるように思う。ともあれ、「山のはに」の句は一つの風景を指示するだけでなく、ある時刻をも指示している。そうであれば実景と解する以外にないのではなかろうか。

実景説の難点は、澤瀉久孝氏が詳しく述べているが、実景とした場合、結句の「君にしあらねば」との照応で、鴨が君ではないので、という滑稽なことになってしまう(『注釈』)という点にある。そのために、結句を「君はあらねば」と訓みかえたり[33]、原歌の結句が「君しあらねば」または「君いまさずて」とあったことを想定する説[34]が出されているが、そのように合理化するのはやはり避けるべきであろう。こうした比喩か実景かといった二者択一的解釈に対して、西郷信綱氏[35]は、

実景であるかのごとくで然も一瞬比喩的に飛躍し、鴨と君を結びつけたところに、この歌の妙味は存するのではあるまいか。

という見解を出している。実景における「あぢ群」がただちに「君」に転化する、すなわちここにある比喩は詩的暗喩であると説く点で阪下圭八氏も同じ見解である。実景がそのまま比喩的に飛躍するという表現のしかたでは、前章で述べた建王挽歌「水門の潮のくだり海くだり」(一二〇)にも共通するものがある。この非論理的、詩的飛躍こそが初期万葉の一つの詩の表現なのだと思う。「あぢ群」は長歌の比喩のように「人々」におきかえられるのではなく、「あぢ群」と「君」との間で「詩的同化」を遂げるのである。「あぢ群」がなぜ「君」と結びつくのか、それは窪田空穂『評釈』で「味は冬の鳥であり、冬、山の端へ群れて飛ぶのは、多分塒を求める為であらうから、冬の夕方の最もさみしい時刻である」と言っているのをふまえて、阪下氏が、

あぢ群の騒ぎからその帰巣の団欒が想われる刹那、思念はわれにかえり、そこに「君」のいない空白がにわかに身をつつむのである。

と解したような意味づけで説明し得るかも知れない。しかし、「帰巣の団欒」まで言うのは、かえってこの歌の味わいを損ってしまう。上句の情景と下句の心情とは「ど」という〝暗転〟の助詞をはさんでわかれる。上句の情景に作者が感じているものは、さびしい風景の中にあるあたたかい、なつかしさのようなものではなかろうか。あぢ群の騒ぎはあたたかいなつかしさを呼び、その気分は必然的に「君」への連想を呼ぶ。その瞬間、気分は「さぶし」へ暗転するのである。そして、「君ではなかったのだ」という認識がやってくる。「われはさぶしゑ君にしあらねば」の倒置は、このままの順序で理解した方がいい。感情が先に襲ってくるのである。このような抒情のあり方は、舒明天皇の、

夕されば小倉の山に鳴く鹿は今夜は鳴かず寝ねにけらしも(巻八、一五一一)

という歌に通うものである。なつかしく優しい情緒が鹿たちの世界を包み、それが結句で微妙に人間へと転移し

ていく。「人間が鹿たちの言葉を理解し、彼らと同胞のように相交わってくらしていた古代人のみの、よくうたいえた抒情[36]」であり、後の人が作為して歌えるものではない。四八六に歌の世界も、基本的には、こうした理解の上に立ってきるべきものと思われる。

「さぶし」の語は、雑歌・相聞・挽歌にわたって集中二十一例見えるが、人麻呂関係歌では挽歌（巻二、二一八・巻三、四三四・巻九、一七八八）と挽歌的雑歌（巻一、二九）に限って用いられ、この中、二九・四三四は「或云」で「悲し」と「さぶし」がおきかえられている例である。憶良の「日本挽歌」（巻五、七九五）や家持の死に頻した時の歌（巻十七、三九六二）等にも出てくるが、喪失感からくるうつうつとした楽しまない心の状態をいうようである。この歌も、独立した一首で見れば、挽歌的心情であろうと思われる。夕刻にきわまる「さぶし」の心境は、現実の恋ゆえのものではない。それは待つべき人を失ってなお忘れることのできない孤独な心におこってくる感情であろう。一連の歌を挽歌と見る説は、従来から出されている。[37]しかし、四八五の長歌は「長きこの夜を」とあるので相聞と見るべきであるし、四八七も明らかに相聞である。この四八六のみが、異質の抒情性をもち、挽歌として見た方が理解できると思う。小野寺静子氏[38]が、「亡き舒明を対象に、舒明崩御と同じ季節の冬にうたいあげた挽歌」と考えたのに賛同したい。斉明が晩年まで亡き夫君との思い出に生きていた部分があったことは、八番歌の左注が語っている。

むすび

斉明天皇の実作として、日本書紀の六首と万葉集の一首を認めたのであるが、これらはすべて短歌（片歌一首も含めて）であり、直接儀礼とはかかわらない場で、自己の心情を詠んだものであった。従来、斉明天皇といえば、公的性格の強い巫女王的なイメージがつきまとい、それが歌人としての斉明の性格をも印象づけていたように思う。しかし、その映像は、歌人としての斉明の実像ではない。初期万葉における斉明朝は、和歌がようやく個性的な息吹きをもって詠まれはじめた時代である。女性代作歌人の活躍が目立つのもこの時代である、斉明は、政治家としては無力な影のうすい天皇であったかも知れないが、側近に優れた代作歌人を育み、この時代の和歌を推進させた功績は大きいと思う。額田王の、

秋の野のみ草刈り葺き宿れりし宇治のみやこの仮盧し思ほゆ（巻一、七）

という歌は、皇極（斉明）天皇の心を代弁した代作とも、献歌したものとも言われるが、いずれにせよ、女帝と額田王との心情の交流がほのぼのと感じられるものであり、そうした関係からこの女帝の周辺に優れた歌人が育まれることもうなずける。

巫女王的性格を本来的にもっていた斉明天皇は、しかし、巫女王としての歌は歌わなかった。巫女王的性格は斉明の公的性格であったと思う。公的儀礼の場では歌を詠む必要がなかったのである。従って歌の世界においては、もっぱら自己の世界に身をおくことができた。天皇という立場で詠んだ歌は一首もない。斉明の表現の世界は、すべて悲しみと孤独にみちている。建王挽歌における斉明を評して、西郷信綱氏(39)は次のように述べている。

この暗い星のもとに生れた孫の死がなぜ女帝にこれほど大きい悲しみを与えたのか、ちょっと測りかねるが、それがもし、烈しい政治抗争裡に二度もロボットにかつぎ出され、「狂心」とまでそしられた老女帝の、どこに持ってゆき場もない「不安と動揺にみちた生活の歎き」（吉野氏）の露呈であるといいうるならば――多分そうなのだが――、この挽歌のひびきの秘密も納得されるというものではなかろうか。嵐のなかに泣き叫ぶリア王がもはや王ではなく真実の人間そのものを露呈しているように、この挽歌の主体としての斉明も女

帝から人間へ、つまり孫の死をいたむ良き祖母へと進歩しているのであり、こうした人間的進歩が許容された点に、まだ全き機構化をとげきらぬ当時の天皇制の一つの歴史的特質はあったと思う。

斉明天皇の歌人的誕生の秘密に迫って示唆に富む。小野寺静子氏[40]は、

斉明に特徴的なのは、いわゆる肉親との死別が後から後から記述され続けることである。そして、斉明の悲しみの様が描かれることである。……

斉明は幾多もの死に遭遇し、衝撃を受け、死別の悲しみを抱くことの多かった天皇として伝えられる数少い天皇だったのではなかろうか。

と言い、斉明天皇を「挽歌歌人」と規定している。幾多の死に遭遇したというだけなら、それは動乱の初期万葉時代を生きた宮廷人たちに共通した体験だったろう。そうした中で、斉明のみが死を契期に歌人的誕生を遂げ、挽歌という主題を歌い続けたのである。しからば、斉明は「挽歌歌人」だったのであろうか。「挽歌歌人」という場合、われわれは公的使命を負った、人麻呂のような立場の「挽歌歌人」を想像するのではないだろうか。斉明は公的立場では一首も歌を詠んでいない。不幸な孫の死に際して、あるいは亡き夫との思い出のなかで、いずれも愛する者の立場から歌を作っている。死を通してのみ愛する気持を表現し得たのである。死を通して斉明は自己の抒情の方法を見出していったのである。

大化改新事件が典型的に語っているように、次々と断行される中大兄皇子の苛酷な政策と政治路線の中にあって、天皇としていかんともしがたい無力感と疎外感を抱き続けたであろう斉明の、満たされない悲しみにみちた孤独な境地は西郷氏が言うように、最も愛する者の死によって逆噴射し奔騰したのだと思う。しかし、それだけでは斉明が表現の世界をもつ歌人たり得たことの説明にはならないであろう。政治の主体的な場から疎外された

天皇は、土木事業に狂奔しただけではない。建王挽歌（一一六・一一七・一一八）からうかがえるように古歌謡に親しみ、「知能顧問《ブレーン》」としての帰化人族と親しく接し、公的な場における歌人を育んでいく。そうした文化的な行為は、斉明の歌人的誕生の基盤になっていったものと思われる。帰化人族によってはじめて挽歌が作られ、死を悲しむ抒情の方法が示されると、それをまっさきに試みる姿勢は、この時代の和歌推進者の意欲をうかがわせる。もちろん、斉明が作歌主体として挽歌という主題に遭遇したことが重要なのであることはいうまでもない。

天皇として斉明と一人の人間としての斉明とのはざまで、悲しみと孤独にみちた晩年をおくったと思われる斉明は歌うことによって表現の世界の中ではじめて一人の人間になりきれたのではないかと思う。斉明の歌の特質は、歌謡的属目風景を超えた叙景的視点が見られる点にある。自然と響き合う感受性の豊かさが、一つの創造をなしとげている。自然に親しみ、自然と交流し、その調和の中に安らぎを感じていた舒明天皇の歌（巻八、一五一一）の世界における自然、素朴な古代的共感的自然は、斉明歌にも土壌としてある。しかし、斉明歌においては、自然は死という激しい感情体験によって、自己の悲しみを認識する対象としてあらたにとらえられていくのである。そして、共感的関係が崩れようとする痛みの中で、自己の表現の世界を構築していくのである。挽歌の主題を通して、自己の抒情の方法を見出したのだといえる。それは必ずしも挽歌でなければならぬものではない。八番歌の左注にいう斉明が夫帝を偲んで歌ったという歌、あるいは、四八六のような歌は、対象の死の悲しみよりは、追憶の世界に生きている愛の思いが、現実のさびしさや孤独感をつのらせるという、むしろ相聞的抒情の世界に近いものであろうと思われるのである。いうならば、斉明天皇は、初期万葉時代において、自己の心情表現の世界を志向し歌ったはじめての〝抒情歌人〟なのではないかと思う。

【注】

（1）『国語国文』十七‐八　昭和二十三年八月
（2）「舒明天皇・斉明天皇（その一）」（『解釈と鑑賞』三十五‐十三　昭和四十五年十一月）
（3）「万葉集講義」（『折口信夫全集』第九巻）
（4）『記紀歌謡全註解』
（5）「近江朝作家素描」（『万葉集の比較文学的研究』昭和三十年　桜楓社）
（6）『柿本人麻呂』（昭和三十八年　新潮社）
（7）「初期万葉と額田王」（『万葉宮廷人の研究』昭和五十年　笠間書院）
（8）注（6）に同じ。
（9）「舒明天皇・斉明天皇（その五）」（『解釈と鑑賞』三十六‐三　昭和四十六年三月）
（10）一一三については、詩経の「関雎」との関係を説く「厚顔抄」「稜威言別」以来の通説に対して、漢詩文の世界の「孤鴛鴦」のイメージを歌ったものとする身崎壽氏の新説（「野中川原史満の歌一首―孝徳紀歌謡一一三の表現をめぐって―」『言語と文芸』七十九　昭和四十九年十一月）がある。一一四については、山路平四郎氏『記紀歌謡評釈』、湯川久光氏「挽歌試論―比較文学的視座から孝徳紀歌謡二首をめぐって―」（『文学・語学』八十六　昭和五十四年十二月）、拙稿「孝徳・斉明紀の挽歌における詩の成立の問題」（『万葉とその伝統』昭和五十五年　桜楓社）が、それぞれ漢詩との関係を説き、大久保正氏『日本書紀歌謡全訳注』も漢詩の影響を認めている。
（11）「舒明天皇・斉明天皇（その四）」（『解釈と鑑賞』三十六‐二　昭和四十六年二月）・「舒明天皇・斉明天皇（その五）」（『解釈と鑑賞』三十六‐三　昭和四十六年三月）
（12）注（10）拙稿、本書第一章第二節
（13）注（11）、稲岡論文（その四）に同じ。
（14）「漲ふ」については、注（12）の拙稿に詳しく述べている。
（15）益田勝実『記紀歌謡』（昭和四十七年　筑摩書房）

(16) 注(12)に同じ。
(17) 注(13)に同じ。
(18) 「挽歌の発生」(『日本女子大学国語国文学論究』一 昭和四十二年六月
(19) 注(11)、稲岡論文(その五)に同じ。
(20) 田辺幸雄『初期万葉の世界』(昭和三十二年 塙書房)
(21) 『万葉私記』(昭和四十五年 未来社)
(22) 『記紀歌謡評釈』
(23) 「斉明紀建王悲傷歌の場と表現—二つの歌群の異質性をめぐって—」(『上代文学』四十七 昭五十六年十一月)
(24) 注(5)に同じ。
(25) 「初期万葉における天皇歌の問題」(『万葉集II』日本文学研究資料叢書 昭和四十五年 有精堂)
(26) 「遊宴の花」(『万葉集の歌人と作品 上』昭和五十年 塙書房)
(27) 「万葉集巻四『岡本天皇御製一首』—長歌の成立時期について—」(『青山語文』八 昭五十三年三月)
(28) 「万葉集の詩と歴史 反歌史と天智朝」(『国文学』二十三-五 昭五十三年四月)
(29) 「舒明天皇・斉明天皇(その六)」(『解釈と鑑賞』三十六-四 昭四十六年四月)
(30) 「斉明天皇」(『初期万葉』昭和五十三年 平凡社)
(31) 「反歌史溯源」(『古代史論叢』上巻 昭和五十三年 吉川弘文館)
(32) 注(30)に同じ。
(33) 折口信夫『口訳万葉集』
(34) 澤瀉久孝『万葉集注釈』巻第四
(35) 注(21)に同じ。
(36) 注(21)に同じ。
(37) 武田祐吉『万葉集全註釈』、注(25)の遠藤庄治論文

(38) 「万葉女流歌人―斉明天皇論―」(『札幌大学教養部札幌女子短期大学部紀要』十三　昭和五十三年九月)
(39) 注(21)に同じ。
(40) 注(38)に同じ。

第二節　中皇命、紀の温泉に往く時の御歌

——代作説をめぐって——

はじめに

万葉集巻一、「後岡本宮御宇天皇代」（斉明天皇代）の標題の下に、次の歌が収められている。

中皇命、紀の温泉に往く時の御歌

君が代も我が代も知るや磐代の岡の草根をいざ結びてな（一〇）
我が背子は仮廬作らす草《かや》なくは小松が下の草《くさ》を刈らさね（一一）
我が欲りし野島は見せつ底深き阿胡根の浦の玉そ拾はぬ　或は頭に云ふ「我が欲りし子島は見しを」（一二）

右、山上憶良大夫の類聚歌林に検すに、曰く、「天皇の御製歌云々」といふ。

右の三首は、題詞にしめす作者が中皇命であり、左注所引の類聚歌林の伝える作者が斉明天皇であり、それぞれ伝える作者を異にしている。類聚歌林が題詞に対して異なる作者を伝える歌は、他に額田王の七・八・一七・一八番歌があり、いずれも類聚歌林が天皇御製（あるいは皇太子の御歌）と伝えるものである。このような作者異

伝をもつ歌は、初期万葉の中皇命・題田王という天皇周辺の女性の作に限ることから、伊藤博[1]・中西進[2]・橋本達雄[3]氏らによって、代作説が唱えられ、代作歌人の系統的研究の上に、初期万葉の和歌史が展望され、多くの支持を得てきた。代作説によれば、題詞は実作者を、左注は形式作者を伝えたということになり、極めて合理的に説明がつく。代作歌人論は、初期万葉の謎に包まれた作者の問題を解く一つの大きな仮説であるのだが、一首一首の歌を細く見ていくとき、いくつかの疑問につきあたる。神野志隆光氏が、専門的代作歌人を古代的呪的性格とともにとらえようとする論は、

　歌のありかたについては呪祝という点を中心におさえるにとどまるか、せいぜい呪祝的性格からの変質を見ることにおわるであろう。

と指摘[4]したような難点も確かにあると思われる。が、それだけではなく、呪祝的性格が代作歌であることの証のように言われることに[5]、私は疑問を感じているのである。本節においてもこの疑問から出発するものである。

冒頭に掲げた三首は、呪祝的性格と私的抒情的性格とを含みもった歌と見られるが、そのような歌の性格が、中皇命という歌人のありかたとどのようにかかわるのかということを考察し、その上で代作の問題を考えてみたいと思う。

一

題詞「中皇命、紀の温泉に往く時の御歌」は、一般に直前の九番歌「紀の温泉に幸す時に、額田王の作る歌」と同じく、斉明四年十月の行幸時を示すと理解されている。行幸時であれば、「往」ではなく「幸」とすべきところであるが、同じような記し方は、一七・一八番歌の「額田王、近江の国に下る時に作る歌」という題詞にも

見られるので、「往」の字をもって行幸時を否定する根拠にはならないであろう。一七・一八番歌の場合は、左注所引の類聚歌林に「都を近江の国に遷す時」とあり、歌の内容から見ても、通説通り遷都の折のものと推定してまちがいないと思うが、題詞は、額田王個人の旅行の時を示すような記しかたであり、歌の作者を主体にした題詞の記しかたもあったことが認められるであろう。

ところで、中皇命という呼称は、この歌の他、舒明朝の三・四番歌の「天皇、宇智の野に遊猟する時に、中皇命、間人連老に献らしむる歌」という題詞に見えるのみで、他には見えない呼称である。この二つの題詞に見える中皇命は、同一人物であるか否か、また誰をさすのかといった問題は、いまだ未解決の万葉集の難問の一つである。旧注以来諸説入り乱れているが、従来の研究史は、たびたび諸氏によって整理され、詳しく紹介され、展望されてきたので(6)、ここでは省きたいと思う。先学のあとを辿ってみると、現在最も支持されている賀茂真淵の『万葉考』以来の間人皇女説が無難であり、他に確証となるものが出ない限り、間人皇女に比定して考えたい。舒明・斉明朝の中皇命をいずれも間人皇女と見て不都合はないと思われる。舒明天皇と斉明天皇は、間人皇女にとって、父帝であり母帝であり、その両朝にのみ中皇命という尊貴の女性の呼称が見えるということ、また、舒明天皇、斉明天皇、兄の中大兄皇子(天智天皇)、弟の大海人皇子(天武天皇)など、この親子は、万葉集の歌の作者として登場し、万葉集と深いかかわりをもつが、間人皇女のみ名が見えないのは不思議であることなども、中皇命を間人皇女とすれば納得がいく。何よりも、三・四番歌の題詞に見える間人連老との関係を考える場合、間人皇女に落ち着くと思う。

二

一首目の歌は、既に言い尽くされていることだが、草や木の枝を結ぶことによって、行路の安全や長寿を祈るという古代人の呪願を歌ったものである。同じ磐代で詠まれた有間皇子の「自傷歌」に、

磐代の浜松が枝を引き結びま幸くあらばまたかへり見む（巻二、一四一）

とあるのも、この呪法によって自らの運命を結びこめ命の無事を祈ったものである。大伴家持の、

たまきはる命は知らず松が枝を結ぶ心は長くとそ思ふ（巻六、一〇四三）

八千種の花はうつろふ常磐なる松のさ枝を我は結ばな（巻二十、四五〇一）

という歌には、その呪術信仰が明瞭に示されている。緑の草や松は、人の齢、寿命を支配するものと考えられていたのである。「君が代」「我が代」の「代」は、澤瀉『注釈』の言う「御世」の意味ではなく、年齢、寿命と解すべきであろう。「代」の原文「齒」について、稲岡耕二氏は、

記紀万葉の例を通じ、歯の字を御世の意に宛てたものはなく、その意味でも、十番歌の歯は、年齢と解するのが穏かである。

と述べている。(7)

「君が代」の「君」は、中大兄皇子を指すと考えるのが一般的であるが、土屋文明『私注』は、（一〇）の歌の「君」と（一二）の歌の「わが背子」とは従来同一者を指すものとして解釈されて来たものであるが、作者中皇命即ち間人皇后を中にして、「君」をすでに齢を重ねられた御母斉明天皇と考へ、「わが背子」を以て中大兄皇太子と考へれば、一層深く作歌動機を理解することが出来て、感銘はいよいよ切実にな

るやうに思はれる。

と述べて「君」は斉明天皇としている。「君」は、一般に女から男に対する尊称であり、ここも「君」は男とみるのが無難であるが、斉明紀の中大兄皇子が母斉明天皇を哀慕してうたった歌に、

君が目の恋しきからに泊てて居てかくや恋ひむも君が目を欲り（紀一二三）

とあり、母であり天皇である斉明を「君」と呼んでいるので、「君」の一般的用法だけから斉明天皇説を否定することはできない。『私注』の説も捨てがたく思われるのである。しかし、この時すでに六十歳を越えていたと思われる斉明の齢を呪祝する歌としては、「君が代も我が代も知るや」の句は軽やかすぎるのではないだろうか。『私注』が、この句と、続く一一番歌の「小松が下の草を刈らさね」という句に、「直に作者の心裡を感じ得る」と言い、伊藤左千夫の、

此の二首（一〇、一一）は、御年極めて若くあらせられる御兄弟の、飯事遊びの歌と思ふ

という評言を引いて、「その歌に対する理解の深さを知ることが出来よう」と言っているのは、この歌に遊びの気分を感じてのことであろうと思われる。武田祐吉『全註釈』にも、

磐代の岡は、特に霊験ある地とされていたのであろう。その岡のほとりの草葉を結んで、我等の運命を祝おうとする。しかしそれはごく軽い意味での、旅行中のある夕べなどの出来事であろう。君と共に旅行される親しい情愛をよくあらわしている。

というように、呪祝行為そのものにそれほどの儀礼性を認めていない。どこか遊びの気分の漂う軽やかさがこの歌に認められるのならば、母斉明天皇に対する歌とするより、兄である中大兄皇子に対するものと見た方がわかりやすい。もっとも、斉明天皇に対する歌と考えていちじるしく不都合というのではないが。それよりも、この

ような歌が斉明天皇の立場から歌われたとする方がもっとわかりにくい。代作説に立てば、中皇命が斉明天皇の立場に立って、中大兄皇子に対して歌いかけられた歌ということになるのである。

松を結ぶという呪祝の行為にそれほどの儀礼性は認められないとしても、この歌が呪祝を目的にした歌であるという事実は動かない。その行為が軽やかな楽しい気分の中で行なわれたというだけのことである。「君」を呪祝しようとする気持がまずあって、「我」の行為もあるのである。「いざ結びてな」の誘いは、君の無事を祈る者の親愛の情のあらわれたことばとしてひびく。この歌が、呪祝を目的にしながら呪歌になっていないのは、作者のそうした心情が表現として見えるからである。このような歌が、斉明から中大兄に向って歌われるなど考えにくいことで、むしろ立場が逆だと思う。中皇命から中大兄に対する歌と見れば、この歌の情感などもふさわしく感じられると思う。

三

二首目の歌は、一首目以上に旅のはずんだ気分のあらわれた歌である。旅の宿りのための仮廬を作っている「我が背子」に対して、親しく呼びかけたもので、「我が背子は」の初句と「草を刈らさね」の結句とがひびきあって、この作者独特の気分が漂う。斎藤茂吉『秀歌』(8)に、

中皇命は不明だが、歌はうら若い高貴の女性の御語気のやうで、その単純素朴のうちにいひがたい香気のするものである。

といい、五味智英『古代和歌』(9)でも、

単純で何といふ事もないやうに見えるが、女性らしい優しさと穏かな明るさとの感じられる好もしい歌であ

る。

と評している。「我が背子は」と親しく呼びかけながら、「仮廬作らす」「草を刈らさね」と敬語を用いた語気に、作者と対者との関係もうかがえるように思う。斉明天皇の立場から息子である中大兄に対して歌いかけたというよりも、間人皇女が尊敬と親愛の情を注いでいる兄の中大兄に歌いかけた語気としてふさわしいように思う。中大兄皇子と間人皇女との間柄は、結婚説(10)が出るほど親密な関係であったことは周知のことであろう。

このように見てみると、一一番歌は、全く私的な発想で旅の一コマを詠んだ歌のように見える。ところが一方に、この歌に一〇番歌同様呪祝の意味を見る解釈もある。古くは、『燈』が、

小松にあやかりて、ともにおひさきも久しからむと、これ又長寿をねがふうへにのみして、詞をつけさせ給へるなり。

という底意を読みとったもので、『古義』もこの説を継承している。新しくは、『全注』が、

松は聖木として珍重された。永遠性を持つ松の枝の下に蔽われているかやを、それ故に霊威があると見たのであろう。

といい、

生命力の充実を祈る前歌を承けて、仮廬の霊威、ひいては「我が背子」を中心とする一行の幸運を予祝し、さらに次の歌へとつないでいる。

という説明をしている。確かに「小松が下」という指示のことばは、今、仮廬を作っている所の周辺に適当なカヤがなくて、別の所のカヤが目につき、それがたまたま「小松が下」であったということではないであろう。適当なカヤであれば、桜の木の下でも何でもよかったわけではない。ただそれだけのことであれば、中皇命が歌を

もって指示するほどのことではないと思う。やはり、「小松が下の草」は、呪祝された「草」でなければならないと思うが、それならば、「草なくは」の句は不要に思われる。「草なくは」とはどういうことであろうか。旅の中で仮廬を作るに際して、呪祝の神事がとり行なわれたであろうことは想像に難くない。屋根や壁を葺く材料もカヤであれば何でもよいわけではなく、祝福されるべき仮廬にふさわしいカヤを求めて、それがなかなか得がたいものであったとすれば、「草なくは」の句が意味をもってくる。しかし、この歌は、あらかじめ予定された儀礼の折に歌われたものではなく、仮廬作りの営みの中で自然に歌われたものであろう。五味智英『古代和歌』[11]に、

旅先の新鮮な気持はする事なす事すべてに日常性を払った快さを与へるものであるが、殊に楽しい温泉旅行の途次の弾んだ気持で、平生住み慣れた家と違つた粗末な仮屋を作る時など、人々の振舞ひもさぞいそ〳〵と明るかつた事であらう。「仮廬作らす」と「草を苅」るとはその状景を偲ばせ、「小松が下」は風景を具体的に示して一首に生気を加へてゐる。この景とこの営みとの中にあつて、作者の心も生々として居た事であらう。

といっているような気分が、この歌の呪性をおさえているように思われる。

四

三首目の歌は、いかにも遊行の旅らしい趣のように見える。上句は、見たいと望んでいた野島は見せてくれた、の意味で、下句の「玉そ拾はぬ」とは、まだ玉（真珠）を拾っていないから玉を求めたいということであるらしい。旅先で玉を拾う歌は、集中に例が多いが、その多くは、家苞にするためのもので、家人（妻）のために玉を拾うというのが中心になっている。やはり、紀伊国行幸の時に玉を拾うことを歌う歌が、巻九に次のように見え

る。

岡本宮に天下治めたまふ天皇の紀伊国に幸しし時の歌二首

イ妹がため我玉拾ふ沖辺なる玉寄せ持ち来沖つ白波（一六六五）

大宝元年辛丑の冬十月、太上天皇・大行天皇、紀伊国に幸しし時の歌十三首

ロ妹がため我玉求む沖辺なる白玉寄せ来沖つ白波（一六六七）

イの歌の題詞「岡本天皇」は、舒明天皇を指すとも考えられるが、舒明朝に紀伊国行幸があったという記録はないので、斉明天皇のことであろう。ロの歌の題詞は、大宝元年九月十八日から十月十日までの持統上皇と文武天皇の行幸の時をさしている。

斉明・文武両朝の紀伊国行幸歌の冒頭に玉を拾う殆ど同じ歌が収められているのだが、これをどう考えたらよいであろうか。ロはイの「別伝」（窪田空穂『評釈』）と見るべきか、「前の歌を知って居た者が、同じ紀伊行幸従駕に際して再び取り用ゐた」（『私注』）と見るべきか。北野達氏(12)は、玉を拾う歌が行幸従駕の歌に少なくないことから、行幸地で玉を拾うことは「私的行為として行なわれたのではなく、公的行事として執り行なわれた」ことを推定し、イ・ロの歌は、「行幸時の典型となるべき歌であったに相違ない」と述べている。公的行事化していたとまで言えるかどうかは疑問であるが、玉を拾うことに何らかの公的あるいは呪的意味があり、それを歌に詠むことに意味があったと思われる。イ・ロの歌は、前の行幸で歌われた古歌が次の行幸の時にも歌われたことを物語っているとすれば、玉を拾う歌に特別の意味があったと想像できる。『私注』に、イ歌の「玉拾ふ」がロで「玉求む」としたのは「民謡的通俗化」であると言っている。中皇命の歌に対して「或は頭に云ふ」として「我が欲りし子島は見しを」という別伝が記されているのも、中皇命の歌が地名をかえてくり返し歌われたことによ

る異伝ではなかろうか。中皇命の歌の「見せつ」が「見しを」になったのは、やはり歌の民謡的通俗化といえよう。このように、旅の中で玉を拾う歌がくり返し歌われるのはなぜであろうか。

次に万葉集における旅の歌と玉を拾う歌の意義について考えてみたい。行幸従駕の歌も含めて、万葉集の旅の歌は、地名をよみこむ（叙景的要素をもつ）歌と、家郷や家人（妻）を恋い偲ぶ（相聞的要素をもつ）歌とに大別できる。前者も後者も呪術的発想を根元にもつものであるが、特に後者は、恋い偲ぶ対象である家人（妻）のありかたと表裏の関係にあるといえる。旅人は家人を恋い偲び、旅人を待つ家人は、

ま幸くて妹が斎はば沖つ波千重に立つとも障りあらめやも（巻十五、三五八三）

というように「斎ふ」すなわち禁忌を守り斎戒して待つのであり、それによって旅人の安全が保証される。また、家人は、山や峠や坂を越えて行く旅人（夫）を偲ぶ。これは、夫が妻を偲ぶ歌と対をなす形で収められていることがある。右に掲げたイの歌に対して、家郷の妻が歌ったと思われる次の、

朝霧に濡れにし衣干さずして一人か君が山路越ゆらむ（巻九、一六六六）

という歌が同じ題詞の下に並べられている。このような夫婦間の唱和は、旅の歌の一つのパターンであって、相聞歌の表現をとり抒情的に歌っているが、次の巻二十の防人歌における唱和と根本的に同じ呪的発想をもつものである。

足柄のみ坂に立して袖振らば家なる妹はさやに見もかも（四四二三）

色深く背なが衣は染めましをみ坂給らばまさやかに見む（四四二四）

山の峠や坂は異郷の神の支配する境であり、そこを越える時は旅人にとって身が危険にさらされる時であり、だからこそ、不可視の領域においてなお互いに「見る」ことを通して魂の交流をはかろうとするのである。そうす

ることによって旅人の安全が確保されると信ずるからである。旅人と家人との呪術的な結合の上にこうした歌は成り立っているといえよう。

玉を拾う歌も、基本的に旅人と家人とのこの結合があってこそ、意味をもっていたにちがいない。

父母え斎ひて待たね筑紫なる水漬く白玉取りて来までに（巻二十、四三四〇）

というように、斎戒して自分を待ってくれた家人への家苞として玉は求められるのである。これは貝であることもあるが（巻七、一一四五・一一九六など）、まずは玉が求められたものと見てよいであろう。旅先で玉を拾うことについて、諸注多く、旅の興として装飾用に拾うというような解釈をしているが、それにしては、旅人の玉を拾うことへの執着が強すぎるような気がする。

住吉の名児の浜辺に馬立てて玉拾ひしく常忘らえず（巻七、一一五三）
雨は降る仮廬は造る何時の間に吾児の潮干に玉は拾はむ（同、一一五四）
妹がため玉を拾ふと紀伊の国の湯羅の岬にこの日暮らしつ（同、一二二〇）

右の二首目の歌などは、雨が降ったり忙しかったりで玉を拾う暇がないことを焦っているようで、玉を拾うことは旅のついでに行なわれるのではなく、それは目的の一つにさえなっている。巻十三に、

紀伊の国の　浜に寄るといふ　鮑玉　拾はむと言ひて　妹の山　背の山越えて　行きし君　何時来まさむと　玉桙の　道に出で立ち　夕占を　我が問ひしかば　夕占の　我に告らく　吾妹子や　汝が待つ君は　沖つ波　来寄る白玉　辺つ波の　寄する白玉　求むとそ　君が来まさぬ　拾ふとそ　君は来まさぬ……（三三一八）

とある歌は、紀伊国に玉を拾いに行くと言って旅に出た夫を待つ妻の歌である。玉を拾う目的で旅に出たように歌っているが、それは表現のしかたであって、必ずしもそれだけが目的の旅とは言えない。しかし目的化してい

たことがうかがえる。

玉は美しいだけではなくその呪力が信じられていたことは言うまでもない。玉は魂の表象であり、生命力そのものである。それゆえ魂ふりの呪物となり、あるいは、長命をもたらす呪物として信仰された。深い海底からうち寄せられる玉は、「海神の手に巻き持てる」（巻七、一三〇一）玉であり、神秘の霊力にみちていたのである。北野達氏は、紀伊国は「常世の波のおし寄せる東端の国」という印象でとらえられていたとして、玉が特に紀伊国行幸の折に歌われる場合、それは、「常世からうち寄せる玉」であったと言っている。[13] ともあれ、紀伊国を旅する者が特に玉を拾うことを強く望んだことは認められるようである。

一般に旅人が玉を拾うのは、魂ふりの呪物として、あるいは、長命をもたらす呪物としての玉の属性への信仰によるのではないかと思う。玉を拾うことによって、旅人自身の魂ふりをし長命を願うと同時に、家人（妻）を偲びながら拾い、それを家苞にすることによって、家人の身をも呪祝するのである。旅の間の「斎ふ」行為の原始的姿は、『魏志倭人伝』に見えるが、それは「喪人」のごとくであったという。[14] それほどではなかったにしろ、「櫛も見じ屋内も掃かじ」（巻十九、四二六三）と潔斎する姿は『魏志倭人伝』の記述を想起させるものがある。玉は、そういう家人の魂ふりの呪物としての意義があったのだと思う。旅の歌に散見する玉を拾う歌は、そうした意義においてとらえられるべきであろう。

中皇命の玉を拾う歌も基本的に右に述べたような意義においてとらえたい。こうした旅において、玉を拾うことが慣例となっていたからこそ、「まだ玉を拾っていませんわ」と相手に暗に「阿胡根の浦」へ連れて行ってくれるよう望むような口調でうたいかけたのだと思われる。それはむしろ、旅の一行を次の行動へとうながすことばであったともいえる。

「底深き阿胡根の浦」という表現は、実状を歌ったものかどうかは別として、「底深き」に作者の主観が感じられる。『代匠記』に、

底ノ深サニ、帰ルサノ家ツトニスヘキ、真珠ヲエヒロヒ給ハヌガ、残多オホサル、トナリ。

としているが、底が深くて拾えないというのは飛躍がありすぎる。真珠はもともと深い海底にあるもので、「海の底沈く白玉」（巻七、一三一七）「海の底沖つ白玉」（同、一三二三）は、「海神の手に巻き持てる玉」（同、一三〇一）であって、海神の秘蔵する玉がはるばる波にうち寄せられて来たのを拾うのである。「底深き」とは、むしろ玉の神秘性を強調する意識が働いているのだと思う。

三首目の歌は全く私的興趣によって歌われた歌ではなく、一首目、二首目同様、人々を一つの行為へと誘う意味をもっている。その歌は、呪的発想を根元にもち、深いところで呪的世界と結びあっている。しかし、その呪性は、前面には出ていない。むしろ、茂吉『秀歌』に、

この歌も若い女性の口吻で、純真澄み透るほどな快いひびきを持つてゐる。……これがあへて此種の韻文のみでなく、普通の談話にもかういふ尊い香気があつたものであらうか。

と言っているような「女性の口吻」や「普通の談話」を感ぜしめる。稲岡耕二氏も「女性らしい甘えが漂う」会話調を指摘している。[15] そして、「十番歌以降の三首に見られる心のはずみや甘い香気、あるいは会話調というべきもの」こそが、「この三首の歌の生命とも感ぜられる」と述べている。私もそのような見方に賛同したい。

むすび

三首の歌の呪的発想は作歌主体のありかたと、表現のしかたは作者の立っている状況とかかわっていると思わ

れる。例えば、西郷信綱氏が、一首目について、

やはり祝福の歌である事実は注目しなければなるまい。むろんこれらは（三・四・一〇番歌…筆者注）、たんなる儀礼的な作である以上に、もっとパーソナルな親愛感を以てうたわれている

と言った[16]その「祝福の歌である事実」は作歌主体の巫女性を意味するであろうし、「たんなる儀礼的な歌である以上に」というところに作者のおかれている状況、立場を見なければならない。これらが「君（我が背子）」と「我」との二人だけの世界で歌われたものではなく、旅の集団を背景としているにもかかわらず、私的な表現をとり得る立場に作者は立っている。

こうした歌のありかたや作者のありかたは、天智天皇挽歌群（巻二、一四七〜一五五）の中の倭大后に似ている。倭大后が巫女性を最も発揮したのは、

天の原振り放け見れば大君の御寿は長く天足らしたり（一四七）

という歌においてであるが、瀕死の天皇の魂ふりが皇后の役目であったとすれば、一四七の歌は〝職掌〟からうたわれた儀礼歌ということになる。「大君」という呼称もそれを裏付ける。ところが、その後の挽歌（一四八・一四九・一五三）は一変して妻の立場から歌われる。その場合も、何らかの集団の場にあって、倭大后の巫女性は濃厚で呪的発想によって歌われるのであるが、「直に逢はぬかも」（一四八）「忘らえぬかも」（一四九）「若草の夫の思ふ鳥立つ」（一五三）というように抒情され、表現の上では妻としての挽歌になっているのである。この時、額田王（一五一、一五五）が一貫して臣下の立場から〝職掌〟を思わせる表現をしているのと対照的である。中皇命の三首は、倭姫大后の一四八・一四九・一五三の歌の立場に近く〝職掌〟的なものを感じさせない。歌の中にいかに呪性を認めたところで、それは中皇命の〝職掌〟を決定するものにはなっていないのである。歌の呪性は、

中皇命が誰であれ、斉明天皇になりかわって歌う立場から発現されたものではないと言わなければならない。

仮りに三首の呪祝的性格に〝職掌〟的な重要な意義を認めたとしても、例えば『全注』に、

神の声を聞く中皇命が「小松が下の草」と指摘したとき、その発言によって、小松の下の草はとくに生命力が強く霊威に満ちていると信じられたはずであり、また、中皇命がそう宣言しただけで、「小松が下の草」は神聖を帯びたのである。

と言っているようなことであれば、「神の声を聞く中皇命」自身の発言であることに意義があることにならないだろうか。代作という場合、その発言は斉明天皇の発言と信じられたはずであるから、矛盾を感じるのである。

更に言えば、三首の歌における呪祝性は、天皇の立場から歌われなければならない性質のものではないであろう。天皇の名のもとに発せられなければならない性質の内容は認められないのではないかと思う。

中皇命が巫女性をもった尊貴の女性であったことと、この三首の作者たり得たこととは確かに無関係ではないと思われる。三首の歌が何らかの呪祝性をもち、人の行為をうながす形で歌われているという事実は、中皇命による発言が尊いものとして受容される背景があったからだと考えられる。その前提があればこそ、「いざ結びてな」「草を刈らさね」という優しい響きではあるが、自信にみちたことばが発せられたのだと思う。しかしそれは、天皇あるいは皇太子に命じられてとか〝職掌〟としてとかではなく、きわめて自然に歌い出されたものであったであろう。歌は「甘い香気」を漂わせ、親愛をこめてのびのびとうたわれている。皇太子に対してそのような態度をとり得る女性として考えられるのは、妃の倭姫王か、妹であり先帝の皇后でもあった間人皇女しか考えられないと思うが、そのどちらであっても（ここでは間人皇女説に従うが）、歌の私的表現がそのまま二人だけの私的世界を示すものにはならない。

歌における呪祝的性格はその歌が代作であることの根拠には必ずしもならない。そのことは、額田王の作歌についてもあてはまると思われるものがある。額田王の歌で作者異伝のあるものすなわち代作説のあるものは、七・八・一七・一八番歌であるが、私は、少なくとも、七番と一七・一八番は代作ではないと考えている。その中、呪的性格が問題になるのは一七・一八番歌である。一九番歌も関係するので、それらを掲げておこう。

　額田王、近江国に下る時に作る歌、井戸王即ち和ふる歌

味酒　三輪の山　あをによし　奈良の山の　山のまに　い隠るまで　道の隅　い積もるまでに　つばらにも
見つつ行かむを　しばしばも　見放けむ山を　心なく　雲の　隠さふべしや（一七）

　反歌

三輪山を然も隠すか雲だにも心あらなも隠さふべしや（一八）

　右二首の歌は、山上憶良大夫の類聚歌林に曰く、「都を近江国に遷す時に、三輪山を御覧す御歌なりといふ。日本書紀に曰く、六年丙寅の春三月、辛酉の朔の己卯、都を近江に遷す」といふ。

綜麻かたの林の先のさ野榛の衣に付くなす目に付く我が背（一九）

　右の一首の歌は、今案ふるに、和ふる歌に似ず。ただし、旧本この次に載せたり。故以に猶し載す。

これらの歌についての享受史は、谷馨『額田王』(17)に詳しい。特に伊藤左千夫『新釈』(18)以来、歌人たちの間でこれらの歌に寓意を認め、大海人皇子との別離を嘆く歌であるとする解釈が流行した。谷氏はそうした解釈を排除し、三輪山の古い伝承や宮廷との関係をふまえ、

　この遷都に際して、旧都を去らんとして望見すれば、密雲低く三輪山を蔽い、恰も神霊譴《いか》るが如きものを思わせる時、胸中一抹の不安を感ぜざるはなかったであろうと考える。この時、君をはじめとして諸卿群臣等

しく祭祀乃び咒歌あるべきを期したであろう。その咒歌の作者として、王が選ばれたのであろう。と推定し、応詔の咒歌であり、君意を代弁した歌であるとした。応詔によって君意を代弁したとする説は、その後、左注に「御覧す御歌そ」と中大兄の作であることを伝えていることから、もっと明瞭に中大兄に対する代作歌とする説へ展開していく。今日、この歌が、近江遷都の折の儀礼歌であることは通説になっているが、額田王がどのような立場で歌ったかについてなお問題がある。儀礼歌であれば、当然三輪山と宮廷との関係の中で詠まれたと考えられるが、額田王が中大兄の立場で歌ったとすれば、「井戸王即ち和ふる歌」の「目に付く我が背」をどう解釈できるであろうか。そこで、森朝男氏の新説が注目されてくる。森氏は、

額田王歌が、三輪山の国魂祭祀を基盤に発想されたものであったとするなら、三輪山へ語りかけ、「見つつ行かむ」「見放けむ山」と自己の意志を表白するこの歌の歌い手は、いわば巫女的位置に自己を置いていることになる、といえよう。

として[19]、井戸王の歌においては、この「巫女的位置」をもっと明確にして、古事記の三輪山伝説の中の活玉依毘売に身をなしての作だったと説いている。記紀の伝説によれば、三輪山の神と結婚をし、三輪山を直接祭るのは活玉依毘売（記）や倭迹々日百襲姫（紀）の名であらわされている巫女である。井戸王が、「目に付く我が背」と呼びかけているのは、作者が三輪山の神の花嫁の立場に立っているからである。三輪山の神はよく祟りをなす激しい神であり、その激しさは、倭迹々日百襲姫を死に至らしめるところにも現われている。額田王の歌の激情的声調は、その三輪山の神の激しさと対応するようでもある。伊藤左千夫はじめ歌人たちが大海人皇子との仲を引き裂かれて近江へ下る悲痛の情といったのも、ある意味では真実をついていると言えなくもない。「恰も生きた人間にむかって物言ふごとき態度」（『秀歌』）は巫女的伝統の上にあらわれたものであったとも言えよう。

三輪山の歌は、中大兄皇子の応詔によって詠んだ歌と思われるが、中大兄に対する代作とは言えないのではなかろうか。作歌主体は巫女的立場に身をおいた女性でなければならないと思うのである。額田王が巫女だというのではない。巫女的立場に立って人間的契機によって歌われているというべきであろう。ともあれ、巫女的立場に立って額田王自身が主体となって歌ったのだとしても、宮廷祭祀は十分に実行されたことになる。宮廷祭祀は担い手が誰であっても、天皇が行なう祭祀なのだから。

このように考えてくると、それではなぜ作者についての異伝があるのかという問題につき当たる。左注に引く「類聚歌林」の説には一つの法則性が見られる。それは作者を天皇（あるいは皇太子）とする点である。中西進氏は、

額田王・中皇命という同時代の、同立場の人間の作に同様な左注がつくという事、そしてそれはこれ以外にない事は、実は重大な事ではないか。

と言い[20]、題詞はすべて実作者、左注はすべて形式作者を伝えたものと考えた。伊藤博[21]・橋本達雄氏[22]においても同様の考え方である。そのためにやや無理があると思われる七番歌や一〇〜一二番の中皇命の歌も代作に加えられていった。七番歌などは、歌の内容から見ると天皇への代作である必然性は全くないといえるものである。そうした歌をも左注に示す異伝によって、代作の論理に組み入れられていった。しかし、代作論は、一首一首の歌を見ていくと、相当に無理もあるように思われるのである。右に掲げた歌の他、孝徳紀の野中川原史満の献歌（紀一一三〜四）が代作の形になっていることの類推から、斉明紀四年五月と十月の斉明天皇の御製六首（紀一一六〜八・一一九〜一二一）をも秦大蔵造万里による代作だとするのも無理があると思われる例である[23]。こうした代作論に対して既に問題提起がなされている。神野志隆光氏は、

代わって作るというようなありかたがどのように可能なのかを根本的に問うことが必要ではないか。として、(24)自他の歌が明確な区別なしに共有されるような歌のありよう、「歌の共有」という視点からこの問題を見ることを提起している。また、小西淳夫氏は、万葉集そのものが実作者の名を伝え、形式作者の名を伝えなかった理由が説明されなければならないとして、その理由を類聚歌林の編集意図に求めようとしている。(25)すなわち、天皇家中心の極めて公的な歌集として編まれたのが類聚歌林であり、そこでは、特に代作ということでなくとも、天皇周辺の人物の歌が敢えて御製とされることもあり得たのではないか。

と考えたのである。神野志氏の「歌の共有」という視点は、作者異伝の問題について一つの可能な視点を示した点で注目される。従来の代作説においても、実作者と形式作者は一つの歌を共有しているのだといえばいえるであろう。額田王の八番歌について、茂吉が、

集団的に心が融合し、大御心をも含め奉った全体的なひびきとしてこの表現があるのである。(『秀歌』)

といった評があてはまるのだとしたら、作者は集団や天皇と魂を共有した状態でうたっているわけで、そうした場合、近代的な意味での代作という概念とはほど遠いものであろう。その意味で代作ではなく「歌の共有」というのであれば極めてよくわかる。また歌謡的歌のレベルでは代作の概念では考えられないことも当然であろう。

しかし、当面の中皇命・額田王の歌について、一貫して天皇作の異伝があることを重視すれば、小西氏の言うように類聚歌林の性格がやはり問題にされなければならない。類聚歌林の公的性格については、すでに代作論者の側から言及されてきたことである。その公的性格ゆえに、実作者を示さず形式作者が記されたのだと。

本来、代作というものは、形式作者が真の歌い手であると信じなければならないであろう。古代において、代作が一般的であったとすれば、一方に実作者が伝わり、一方に形式作者が伝わるというようなことが、なぜおこ

るのであろうか。それが天皇に対する代作であれば、実作者をあえて伝えるということは、公儀性に反することであろう。にもかかわらず万葉集のもとになった「旧本」が、一貫して実作者を示したとするなら、それはきわめて近代的文学態度といえる。

作者異伝のある歌は、みなその歌の制作背景に天皇が存在するわけであるから、御製として伝わることもあり得ることである。万葉集には御製として伝わった伝承歌は少なくないが、逆に御製が別の作者名で伝わることは殆ど考えられないであろう。類聚歌林が、すでに御製の伝承をもっていた歌を御製として記録したとは考えられないであろうか。

中皇命や額田王の歌における作者異伝の問題は、一首一首の歌を検討しながら、あらためて検討しなおしてみる必要を感じ、中皇命の歌三首を手がかりにして、一つの仮説を試みたのである。

【注】

(1)「代作の傾向」(『国語国文』三十六-十二 昭和三十二年十二月、後『万葉集の歌人と作品 上』昭和五十年四月 塙書房)
(2)「近代朝作家素描」(『万葉集の比較文学的研究』昭和三十八年 桜楓社)
(3)「初期万葉と額田王」(『万葉宮廷歌人の研究』昭和五十年 笠間書院)
(4)「中皇命と宇智野の歌」(『万葉集を学ぶ』第一集 昭和五十二年 有斐閣)
(5)代作論者の中で、中西進氏は、代作歌人を「詞人」と称し、公的儀礼性を認めるが、呪歌的解釈は否定し、「万葉歌には何ら神事の片鱗を示さない」といっている(「額田王論」注(2)前掲書)。しかし、代作論はもともと折口信夫の「みこともち」の論(「万葉集講義」の「代作歌」の段。『全集』第九巻)から出ていることもあって、歌の呪歌性は代作説の重要な論拠となっている。

（6）山崎馨「中皇命は誰か?」（『講座日本文学の争点』上代編　昭和四十四年　明治書院）・中西進「中皇命とは誰か」（『解釈と鑑賞』三十四-二　昭和四十四年二月）、稲岡耕二「中皇命（その一）」（『解釈と鑑賞』三十六-七　昭和四十六年六月）、曽倉岑「中皇命序説」（『万葉の争点』昭和五十七年　笠間書院）、神野志隆光「中皇命」（『国文学』三十-十三　昭和六十年十一月）など。

（7）「中皇命（その三）」（『解釈と鑑賞』三十六-九　昭和四十六年八月）

（8）『万葉秀歌』（昭和十四年　岩波書店）

（9）『古代和歌』（昭和三十六年　至文堂）

（10）吉永登「間人皇女—天智天皇の即位をはばむもの—」（『万葉　文学と歴史のあいだ』昭和四十二年　創元社）

（11）注（9）前掲書

（12）「行幸と玉—紀伊国行幸歌を中心に—」（『国学院大学　文学研究科論集』七　昭和五十四年十二月）

（13）注（9）に同じ。

（14）「其の行来・渡海、中国に詣るには、恒に一人をして頭を梳らず、蟣蝨を去らず、衣服垢汚、肉を食わず、婦人を近づけず、喪人の如くせしむ。」（岩波文庫本）と見える。これは、旅行者の一人が代表して斎戒する行為を記しているのだが、万葉集に多数見えるのは、家人が「斎ふ」歌であり、これと同じには見られないが、「斎ふ」行為の輪郭はつかめる。

（15）注（7）に同じ。

（16）『万葉私記』（昭和四十五年　未来社）

（17）『額田王』（昭和三十五年　早稲田大学出版部）

（18）『万葉集新釈』

（19）「遷都—近江遷都と三輪山哀別歌—」（『万葉の虚構』昭和五十二年　雄山閣）

（20）注（2）に同じ。

(21) 注(1)に同じ。
(22) 注(3)に同じ。
(23) 斉明紀の六首の代作説批判は拙稿「孝徳・斉明紀の挽歌における詩の成立の問題—類歌性をめぐって—」(『万葉とその伝統』昭和五十五年六月　桜楓社、本書第一章第二節)・「斉明天皇—その歌人的性格について—」(『作新学院女子短期大学紀要』七　昭和五十八年十二月、本章第二節)で試みた。
(24) 注(6)の論文。詳しくは注(4)の論文に述べられている。
(25) 『初期万葉』(昭和五十四年　早稲田大学出版部)

第三節　吹芡刀自の歌

――十市皇女の人間像――

はじめに

十市皇女、伊勢の神宮に参る赴く時に、波多の横山の巌を見て、吹芡刀自の作る歌

河上《かはのへ》のゆつ岩群に草生さず常にもがもな常処女《とこをとめ》にて（巻一、二二）

吹芡刀自は未だ詳らかならず。ただし、紀に曰く、「天皇の四年乙亥の春二月、乙亥の朔の丁亥、十市皇女・阿閉皇女、伊勢神宮に参る赴きます」といふ。

万葉集に収める右の一首は、十市皇女が伊勢神宮に「参赴」の時、吹芡刀自が詠んだ歌であり、それは、左注に引く日本書紀の記事にある通り、天武四（六七五）年二月のことと見られる。吹芡刀自はこの時の同行者と見られ、年齢その他不詳、十市皇女（天武天皇と額田王の女、大友皇子妃、葛野王の母）は二十五～三十歳位、左注に見える阿閉皇女（天智天皇の女、草壁皇子妃、後の元明天皇）は十五歳位と推定される。

当歌は、特殊なことばを用い、一種独特の響きがあり、その内容にも特殊なものがあって、万葉集の中でも印

象の強い一首である。まずことばについては、「ゆつ岩群」の語が古事記神話と祝詞の中に見える語で、集中では孤例であること、「常処女」の語も他に用例を見出せないことなどが挙げられる。内容について言えば、「岩」に「草むさ」ない状態を歌うことに、特殊な発想が見られ、不変の若さなり「をとめ」であることを希求またはことほぐ歌は他に例を見ない。そして、当歌の眼目であるところの「常にもがもな常処女にて」の句の意味するものが、十市皇女へのことほぎであるとすれば、十市皇女を「常処女」と見ることの不可解さがあり、なぜこのような歌が歌われなければならなかったのか、そのあたりのことも謎めいて興味をひく。

本節はそうした観点から考察を進めたいと思う。

一

題詞に、「波多」の「横山」の「巌」を「見」て作った歌とあるので、旅先における「見る」歌の類で、この場合「見る」目的物は「ゆつ岩群」であることは明らかである。ユ・ユツは神霊の宿るものにつき、この語のつくことばは神事と関係が深い。ユ・ユツを冠する語は、集中、「ゆ種」（巻七、一一一〇・巻十五、三六〇三）「ゆ小竹」（巻十、二三三六）などあり、記紀では「ゆつ爪櫛」「ゆつ楓」「ゆつ真椿」等々その用例の殆どが神話の中に見える。「岩群」にユツを冠するのは、歌い手の特殊な意識が働いていることになり、「ゆつ岩群」の語の含み持つ意味が、一首の意味と深くかかわってくることが予想できる。「ゆつ岩群」がどのような意識と結びついていた語か、用例で見てみたい。

① 是に、伊耶那岐命、御佩かしせる十拳の剱を抜きて、其の子迦具土神の頸を斬りき。爾くして、其の御刀の前に著ける血、湯津石村に走り就きて、成れる神の名は、石析神。次に、根析神。次に、石筒之男神。次に、

御刀の本に著ける血も亦、湯津石村に走り就きて、成れる神の名は、甕速日神。次に、樋速日神。次に、建御雷之男神。亦の名は、建布都神。亦の名は、豊布都神。

（古事記上巻）

② ……くし磐間門の命・豊磐間門の命と御名は白して、辞竟へまつらば、四方の御門に湯都磐村の如く塞りまして、

（祝詞・祈念祭）

③ ……くし磐間門の命・豊磐間門の命と御名は白して、辞竟へまつらば、四方の御門に湯都磐村の如く塞りまして、

（祝詞・六月月次）

④ くし磐牖・豊磐牖の命と御名を申す事は、四方内外の御門に、湯津磐村の如く塞りまして……

（祝詞・御門祭）

⑤ 皇御孫の命と、称辞竟へまつる、大八衢に湯津磐村の如く塞ります、皇神等の前に申さく、「八衢ひこ・八衢ひめ・くなどと御名は申して、辞竟へまつらくは、……横山の如く置き足はして進るうづの幣帛を、平けく聞こしめして、八衢に湯津磐村の如く塞りまして、皇御孫の命を堅磐に常磐に斎ひまつり、茂し御世に幸はへまつりたまへ」と申す。

（祝詞・道饗祭）

⑥ 天皇が御命に坐せ、御寿を手長の御寿と湯津磐村の如く常磐に堅磐に、茂し御世に幸はへたまひ、……

（祝詞・伊勢大神宮、六月月次）

⑦ 天皇が御命に坐せ、御寿を手長の御寿と湯津磐村の如く常磐に堅磐に、茂し御世に幸はへたまひ、……

（祝詞・伊勢大神宮、神嘗祭）

①の古事記の「湯津石村」二例は、日本書紀では「五百箇磐石」と記されている。武田祐吉(1)・澤瀉久孝氏(2)が説くように、ユツは「神聖な」の意、イホツは「数の多い」意を表し、それぞれ別語と見られるので、①のユツが、

日本書紀でイホツと記されているのは、両者の解釈の相違と思われる。深谷礼子氏も、上代の文献（祝詞を含む）に見えるユツ・イホツの用例を検討し、ユツ・イホツを冠した語は、イハムラに冠する場合以外は、それぞれ種類を異にしており、両者を混用した例がなく、ユツは「神事に関してのみ用いられる特殊用語である」としている。[3] 祝詞の用例がすべてユツとなっているので、ユツイハムラが本来のもので、神事に関する用語であることが確認できる。

古事記の例では、カグツチの神の血が「湯津石村に走り就きて」神が化成するという話になっている。ユツイハムラは神生成又は神再生の場として捉えることができると思う。

②〜⑤の例は、「湯津磐村の如く塞りまして」とあり、「塞る」状態の比喩となっている。御門や道の神が、魔物の侵入を防ぎ守ることの比喩になっているのであるが、ユツイハムラに魔物を寄せつけない霊力があることからの表現であろう。「岩」には神が宿り不変にして堅固な性格をもつことは、神話の「石長比売」伝承が語っているが、万葉集の「玉かぎる磐垣淵の隠り」（巻二、二〇七、巻十一・二五〇九・二七〇〇）や「磐垣沼の水隠り」（巻十一、二七〇七）などの表現は、神霊の隠る空間を暗示する。「岩群」は岩石の群のことで「磐垣」と同じ意味を持つものであろう。多田元氏が、

「イハ」が「塞る」ことはとりもなおさずそこに「隠る」空間を作ることである。「天岩屋戸」は神祭りの場であり、「隠る」空間は神の居所である。それ故に、祝詞の「ユツイハムラ」に譬えられる叙述はそれぞれ神の居所を示しているのである。

と述べているように、[4] そこが「神の居所」であれば、魔物の侵入を防ぐ砦ともなる。

⑥⑦の用例は、「御寿」が「常磐に堅磐に」永くあることの比喩としたもので、多田氏は、「『イハ』が連想的

に『ユツイハムラ』を呼び込んだものと考えられる。」としているが、「常磐に堅磐に」(「堅磐に常磐に」)は「皇御孫」「御世」「御寿」などの長久・安泰を祝う祝詞の常套句であり、その常套句にユツイハムラという付加価値がつけられたものと解すべきではなかろうか。この二例が、直接に「御寿」を祝う詞章となっている点が注意せられる。「皇御孫」の「御寿」の長久性は、常に新しい命として再生されることによってのみ保証されるのである。ユツイハムラのようにとは、そういうことだと思う。

用例で見る限り、ユツイハムラは神生成或いは再生の場であり、神霊の隠る所である。そして、神事の場以外では見出せない語である。そうであれば、当歌の「ゆつ岩群」も単なる景物ではなく、神事の場が要請したことばであったと見るべきであろう。そして、歌の作者である吹芡刀自という女性は、そうしたことばと接する立場、神事に関わる立場にいた女性と推測することができると思う。

二

さて、そこで上三句の意味を考えてみたい。万葉集に、

市原王、宴に父安貴王を禱く歌一首

春草は後はうつろふ巌なす常磐にいませ尊き我が君(巻六、九八八)

と歌われているように、人の長寿安泰を祈った作は多い。右は、「巌」に寄せて命をことほいだ歌である。さらに「奥山の岩に苔生し」(巻六、九六二)「石枕苔生すまでに」(巻十三、三二二七)のように長久・永続性を強化する表現として「岩」に「苔むす」状態が歌われる。当歌のように「草むさ」ない状態が歌われた例は他に見出せない。それゆえ澤瀉『注釈』は、この歌は万葉集に多く詠まれている「長寿安泰」を願うものではないとして、上

三句を、

岩には苔など生じて古めかしく神さびた感のあるものであるが、ここの岩は草も生えず若々しい感であるが、

そのやうに——と次の句へつゞくのである。

と解し、「いつまでも変わらぬ若さ」の比喩と見た。これに対して比護隆界氏は、「苔むす」ことを歌った例歌をあげ、「自然は変化する。だがこの『ユイツハムラ』は、『クサム』さないのだ。変化しないのである」と言い、三句目までを「若さ」の意を含まぬ「不変」の比喩と解した。(5) つまり氏は、苔むす―変化、草むさず―不変、という理解にたっているのであるが、「苔むす」ことは、「変化する」ことに意味があるのではないと思う。比護氏が例歌の一つとしてあげた古今集の、

わが君は千代に八千代にさゞれ石のいはほとなりて苔のむすまで（賀歌）

という歌に代表される「苔むす」は、長久・永続性を意味する。逆の「草むさず」とは、不変の意ではない。不変の意は「岩」そのものにあるのであり、「岩」に付加価値がつけられてユツイハムラとなっているのである。「岩」は「苔むす」ものであるが、ここはユツイハムラだから「草むさ」ないのである。「草むさ」ないのは、ユツイハムラが神霊が再生される呪物だからであろう。

それ故、「ゆつ岩群に草むさず」とは、常変わらず若々しくみずみずしいの意になり、再生のイメージが纏わる。単なる矚目の景ではなく、神事の場において捉えられた呪的景物として詠まれたのだと思われる。

伊勢「参赴」の途中、川のほとりでの神事と言えば、それは「禊」以外に考えられない。上三句の情景が清冽な水を印象づけているのも「禊」の場を暗示している。「見る」歌とは、見ることによって対象物の霊力を感染させようとするものである。「禊」をし、「ゆつ岩群」を見ることによって、みずみずしい生命力を得、新たな

「をとめ」として再生をはかろうとしたものではなかろうか。

ところで、題詞に示されている地名「波多」は、『和名抄』に見える伊勢国一志郡の「八太鉢多」の地で、『延喜式』にも「波多神社」と見える。「波多」については問題ないようであるが、その「横山」の地の比定については、古来論議されて未だ解決を見ない。多くの先学が実地踏査を重ねて議論してきたことに、その労もとらずに口を挟むことは憚られるが、私は、「横山」は実際の山名なのだろうかという疑問を抱いている。「横山」とは、「同じ位の高さの山が連なってゐるので[6]」とか「重なり合った丘陵[7]」と言われているように、山形からきた呼び名とされている。しかし、それは必ずしも実際の山名ではなく、歌の場の要請による「見立て」とは考えられないだろうか。祝詞において「横山」は、神に奉る諸々の幣帛の豊富なことを比喩する語であり、常套語として頻繁に見える。当歌の作者が、祝詞などの神事のことばを使用していることを考慮すれば、「波多」の丘陵を幣帛の山「横山」に見立てたというような推測も成り立つように思われる。

三

次に下句についてであるが、「常処女」は、上三句を承けていることになるので、不変性と神聖なみずみずしさという性質が含まれていると思われる。現在の注釈書は、この語を「永遠（永久）のおとめ」（私注・注釈・小学館全集本など）「永久に若い少女」（全註釈）「永久に若い女子」（岩波大系本）などと訳している。「常処女」の語をそのまま口訳に使用しているものもある（新潮古典集成本・全注など）。「常」は、『全注』に、

時間の持続性を表す類義語「常《つね》」がほとんど複合名詞を作らないのに対し、「常《とこ》」は好んでそれを作るのが特色。

と説くように、集中にトコの付く複合語は、「常夏」「常花」「常初花」「常葉」「常宮」「常闇」「常滑」などの例がある。トコは一般に「永久不変であること」（『時代別国語大辞典上代編』）と言うが、土橋寛氏は、「トコは、永久の意と不変の意とがあ」ると言い、[8]曽倉岑氏は、集中のトコのつく複合名詞の例を検討し、

若干の問題はなお残るかも知れないが、「常」に名詞の付く形の場合、名詞で示された事物が「常」即ち不変であると言うことができよう。

としている。[9]永久と不変を厳密に分けることは困難であり、どちらに重点が置かれるかということであろう。「常処女」の場合はおとめであることが不変ということであるらしい。それにしても、「不変の処女」とはどんな女性をいうのか、具体的イメージが摑めない。「常にもがもな」とは、「常処女」として常にあってほしい、ということだと思われるが、永久に「常処女」であってほしいとはどういうことであろうか。若い女性のままであってほしいというのとは意味が違うと思う。

古事記雄略天皇条に、次のような伝承が記されている。

天皇、吉野宮に幸行しし時、吉野川の浜に童女《をとめ》有り。其の形姿美麗し。故、是の童女に婚ひて、宮に還り坐しき。後に、更に亦吉野に幸行しし時に、其の童女が其処に遇へるを留めて、大御呉床を立てて、其の御呉床に坐して、御琴を弾きて、其の嬢子《をとめ》に儛を為しめき。爾くして、其の嬢子が好く儛ひしに因りて、御歌を作りき。其の歌に曰はく、

呉床座の神の御手もち弾く琴に儛する女《をみな》常世にもがも（記九六）

右の所伝とよく似た話が『年中行事秘抄』所引の「本朝月令」に天武天皇の話として伝えられている。その中でこのおとめのことを「疑如二高唐神女一」と記している。土橋寛氏は、この話が宋玉の高唐賦をモデルにして構

想されていることを指摘し、右の雄略記の話も、神仙譚的脚色がなされていると説いている。(10) そうであれば、「僊する女」を「神女」のイメージで捉えた表現が「常世にもがも」の句となったものであろう。「常世人」であってほしいという願いなのである。「常処女」の語にも、「常世人」の観念が投影されているのではないかと思われる。「常処女」とは、「常世人」としての「処女」ということであり、「常処女」なる語が他に全く例がないのは、吹芡刀自の造語であるのかも知れない。

そこで、「処女」とはどんな女性を意味しているのか検討してみたい。万葉集に「処女」の他、「未通女」「嬬嬬」「少女」「童女」「娘子」「丁女」等の表記が見られ、一般的に、「成年に達した若い女子」(『時代別国語大辞典上代編』)をさすとされている。万葉集の「をとめ」を概括的に捉えればそういう意味になる。これを広義の「をとめ」とすれば、狭義の「をとめ」の存在もあることを確認したい。例えば右の雄略記に出てくる「童女」は天皇と結婚し、その後も「童女」「嬢子」と記され五節の舞姫の起源にもなっている。源氏物語においても舞姫は「乙女」と呼ばれている。そうした特殊な「をとめ」は舞姫に限らないと思われる。澤瀉『注釈』で「『をとめ』とは必ずしも未婚者に限らない」ことを認めた上で、

「処女」の文字は集中十七例を数える。そのうち十例は葦屋《あしのや》菟名日《うなひ》処女の場合に関して用ゐられてゐる事が注意せられる。菟名日をとめは二人の男に云ひ寄られ、そのいづれにも従ひかねて入水した女であり、その文字通りの処女の伝説に関した作に「処女」の用字例の大半が占められてゐるといふ事は、万葉人の用字意識を認むべきでないかと思ふ。

と述べていることは注目すべきであろう。つまり、ある特定の女性を対象にした「をとめ」の用法があり、「処女」の用字意識の中に特殊な「をとめ」観が認められるのではないかということである。澤瀉氏の見解に対して

は、比護隆界氏の批判があり、比護氏に賛同する曽倉岑氏の意見、さらに比護・曽倉氏の見解を批判し、澤瀉説を敷衍させた多田氏の意見がある。「処女」をどう定義するかは、当歌の場合は重要なことである。現実に十市皇女は、未亡人であり、一児の母であるわけで、その十市皇女を「処女」と見做し得るかどうかは、一首の解釈に関わってくると思われるからである。

まず比護氏の意見は次のようなものである。

菟原処女に関する歌は、巻九、巻十九に収められている。しかしそれより早い撰定歌巻の巻一において、「海（部）処女」に使われ、又菟原処女以外の用例も、多く海処女に関するものである点が注意を引く。此等海処女に関わる歌は、人麻呂が「羈旅歌八首」（巻三、二四九～二五六）の中で、「泉郎」に示した孤独な共感の詩心とは無縁のものであり、況んや「処女」字に特別な意味を持たせたものではない。又、海未通女等が、旅人と交渉をもったであろうことは、「巻九、一七二六～一七二七」によっても明らかである。即ち用字上から、「処女」を男性と交渉のない女性と考えることには無理があり、刀自の歌もその例に洩れない[11]。

つまり、「処女」字と男性との交渉の有無は無関係とするのであるが、曽倉氏は、それを認めた上で、「をとめ」の年齢の範囲を、後宮職員令に、

凡諸氏々別貢レ女。皆限二年卅以下十三以上一。

とある規定を適用し、「十三歳から三十歳を中心に、多少の幅や例外を含んだものが、宮廷人の『をとめ』の範囲とみてよいのではないか」とした[12]。しかし、この規定は令義解に言う「宮人謂。婦人仕官者之惣号也」の出仕年令を指していると考えられ、「宮人」がすべて「をとめ」であったとは考え難い。それに、当面問題にしなければならないのは、「処女」字をあてる意識の問題である。

比護氏が「未通女」字が字義通りではないとする根拠として掲げた歌は、

丹比真人の歌一首

難波潟潮干に出でて玉藻刈る海未通女ども汝が名告らさぬ（巻九、一七二六）

和ふる歌一首

あさりする人とを見ませ草枕旅行く人に我が名は告らじ（同、一七二七）

というものであるが、多田氏は、比護説を批判し、次のように述べている。

特に「和歌」について『古義』以来戯れの意識が読みとられており、同行人の答えか、丹比真人自身が両歌を作ったかは決定し難いにしても、事実の上で求婚したものとは考え難い。むしろその戯れの中に「をとめ」の語は息づいており、「未通女」の用字が生きているのではなかろうか。「海をとめ」が旅の景物として詠み込まれ、その「処女」性が直接歌に表れてこないにしても、「をとめ」に「未通女」・「処女」を当て続ける表記意識は、むしろこのような戯れの意識の中から逆に浮かび上がってくるものと言えよう。(13)

多田氏の所説にまず賛意を表したい。「処女」字を当てた大半が菟原処女に関するものであり、「未通女」字の大半が「海をとめ」であるということは、むしろ積極的にその表記意識を認めるべきだと思う。集中の「海をとめ」二十例中、「童女」「嬬嬬」字が各一例・仮名書六例・「処女」三例・「未通女」九例という状況を見れば、旅人たちが、「海をとめ」を特殊な意識で見ていたことが窺えるであろう。例えば、旅する男の歌に、

……阿胡の海の　荒磯の上に　浜菜摘む　海部処女らが　うながせる　領巾も照るがに　手に巻ける　玉もゆららに　白たへの　袖振る見えつ……（巻十三、三二四三）

と憧れをこめて歌われている「海をとめ」の姿は、巫女の面影を彷彿とさせる。その他「玉藻刈る海未通女ど

も」「あさりする海未通女ら」「海未通女塩焼く煙」「海処女潜き取る」等、「海をとめ」たちの仕事する風景が多く歌われているが、その姿を海神に奉仕する巫女の印象でとらえていた可能性もある。

潮満たばいかにせむとか海神の神が手渡る海部未通女ども（巻七、一二一六）

という歌は、海神の支配する海で自在にふるまう「海をとめ」への畏怖に近い気持が表われている。旅人にとって、「海神の持てる白玉」（巻七、一三〇二）を「潜き取る」ような海人たちの世界は神秘なものに映ったのであろう。それ故か、「海をとめ」は、虚構の世界で仙女と重なることもある。

松浦の仙媛の歌に和ふる一首

君を待つ松浦の浦の越等売らは常世の国の阿麻越等売かも（巻五、八六五）

「常世の国の海をとめ」と歌う意識と「海をとめ」を「海未通女」「海処女」と表記する意識とは無縁のものとは思われない。「海未通女」「海処女」が、実際にその字義通りであったか否かは問題ではないのである。そのような表記意識の中に、万葉人の「海をとめ」観があったと見るべきであろう。

また、同じおとめ伝説でも、真間手児名の場合は「娘子」字が当てられている。菟原処女に一貫して「処女」字を当てているのは、菟原処女に特別の意識が働いたことによるのではなかろうか。真間手児名を詠んだ歌（巻九、一八〇七）には、素朴な田舎のおとめとしての服飾容姿が印象的に描かれているのに対して、菟原処女については、深窓のおとめとして、「隠りて居れば」誰も直接に見た者がいないらしく、容姿の描写もない。人前に姿を見せず、深く隠っているおとめと言えば、まるで神女の如くである。神女に対するようなイメージが「処女」字を当てさせたのではないかと思う。柿本人麻呂の、

未通女らが袖布留山の瑞垣の久しき時ゆ思ひき我は（巻四、五〇一）

という歌の「未通女」は、人麻呂歌集では「処女」字を用いており、景としての「処女」には、石上神宮に奉仕する巫女の姿が投影されている。また、「神風の伊勢処女ども」（巻一、八一）の「処女」にも神聖観念がまつわる。

藤原の大宮仕へ生《あ》れつくや処女がともはともしきろかも（巻一、五三）

という歌の「生れつく」は、神聖な状態で仕える意で、この「処女」は神聖なおとめすなわちアレヲトメであろう。[14] こうした例は、対象となる女性の性格に神聖性が含まれているものである。

そもそも、若い女性と巫女とは、「放り髪」（巻七、一二四四他）という髪形をしていて、その姿に共通点があった。一般の女性は、成人後あるいは結婚後、「結髪」にするが、巫女は「放り髪」のままである。天武十一年四月の詔に「今より以後、男女悉に髪結げよ」（天武紀）と見え、同十三年閏四月の詔では、四十歳以上の女性と「巫祝」の類をこの規定の例外としている。天武紀の詔は、従来からの慣習を法令化したものであろう。ヤマトタケルが熊曽征伐に際し、「童女の髪の如其の結はせる御髪を梳り垂れ、其の姨の御衣御裳を服して」童女の姿に変装した（景行記）のは、新室寿きの巫女の姿に変身したことを意味する。

古事記に見える「をとめ」は「童女」「嬢子」「嬢女」「美人」等の字が当てられているが、その殆どが神女または巫女の性格を持つ特殊な女性であり、その姿も一般女性とは区別されるものであったと思われる。[15]

折口信夫氏によれば、ヲトメのヲトは「復活する・元に戻る」の義で、神事に奉仕する男子・女子がヲトコ・ヲトメであり、「神役の資格を得て、初めてをとめ」となると言う。[16] これに従えば、「をとめ」の本義は神役に奉仕する女性ということになる。万葉集の「をとめ」にもそうした「をとめ」像を投影したものが少なくないことは、前述した通りであるが、万葉人たちが景として「をとめ」を詠む場合は、その実際的な年齢や処女性を必ずしも意識していたわけではなく、その性格や姿に巫女的な神聖性を見ていたのではなかろうか。「処女」とは、その性格にしろ、姿にしろ、神聖観念の伴うものであった。

当歌の「処女」は上句の意味を承け、神に奉仕する女性を意味し、「常処女」とは、神に奉仕する「をとめ」を常世人のイメージで捉えたことばであると思う。

四

「常処女」を上述のように捉えることができるとすれば、当歌の「常処女」は、そう詠まれるべきはずの女性でなければならないであろう。「常処女」の語の指し示す対象については説が岐かれている。澤瀉注釈は、「処女」を字義通りに解釈して、当歌は、十市皇女を対象にしたとすれば不自然で、作者の吹芡刀自みずからの願いを歌ったものとし、日本古典全集本もこれに従った。澤瀉氏は、吹芡刀自を「童女として宮仕えしてゐた人」と見たのであるが、その根拠として、「吾児乃刀自緒」(巻四、七二三)と「愛児の刀自」(巻十六、三八八〇)の例をあげ、「刀自」を「若い未婚の女性にも愛称として用ゐた」と考えている。これに対しては、曽倉氏の、巻十六の例は澤瀉氏自身「かはいゝおかみさん」と口訳していて確証にはならないこと、巻四の例は坂上郎女が「自分の不在中一家の(女性の)中心たるべき娘のことを、ユーモアをこめて」言った例で、これも未婚者に用いた確証とはなし得ないとする批判が的を射ており、「刀自」は、年齢にはよらず、一家の主婦に対する敬称と見るべきであろう。曽倉氏は、更に、「他人の命をことほぐ歌は万葉集以前にも第一期にも、第二期にもあ」るが、これに対して自分の命をことほぐ歌は「第二期以前にその確実な例を発見することができなかった」として、澤瀉氏の作者みずからをことほいだものとする説を否定し、同時に、新潮日本古典集成本等の「吹芡刀自が十市皇女の立場で歌ったもの」とする代作説をも否定し、吹芡刀自が十市皇女のためにことほいだ歌とした。歌の対象については比護氏も同じ結論に達しているが、(17)「常処女にもがも」を未亡人としての十市皇女の生き方に関わらせて「いつまでも堅固なる女性であれかし」と願った歌と解した点(18)については曽倉氏の批判を免れ得なかった。

さて、多田氏は「常処女」を「常変わらず神仕えする女性」と考えた結果、吹芡刀自も十市皇女もそれにあてはまらないとして、「伊勢参赴」によって示される自明の人物即ち斎宮大来皇女を対象に、吹芡刀自が十市皇女に代わってことほいだ歌とした。(19)確かに大来皇女は「常処女」にふさわしい女性ではある。上三句の情景のもつ神聖にしてみずみずしい感じも、十五歳の若き斎宮のイメージを喚起させるものがある。

しかし、「伊勢参赴」の途中、一行の中にいない斎宮の身の上をことほぐようなことがありえたであろうか。題詞にも歌にも、そういったことを推測させることばは一切見えない。

そもそも、「見る」ことによるタマフリは、霊力のある対象物を「見る」ことが重要なのである。当歌の場合では、「ゆつ岩群」を見た者がその霊力と感応し得ることになる。この歌がまず「見る」歌であることを考慮すれば、その場に不在の斎宮を比定することは難しいと思う。(20)

「常処女」なることばが最もふさわしいのは斎宮ということになるためか、折口信夫氏は、当歌の題詞を「十市皇女、伊勢神宮に斎宮として下らせられた時」のように改変している。(21)十市皇女斎宮（予定）説は、古く『僻案抄』に見え、北山茂夫氏の論にも説かれているが、(22)明確な根拠があるわけではない。大来皇女は、天武天皇即位の年に伊勢斎宮に任命され、泊瀬で約六ヶ月の潔斎を経て、天武三年十月に伊勢に参入している。当歌の詠まれた約四ヶ月前のことである。十市皇女を伊勢斎宮に予定する理由はどこにも見当らないのである。

「常処女」の示す女性に大来皇女を比定することは承認できず、十市皇女斎宮（予定）説も承認できない。そこで次に、十市皇女は現実に「をとめ」の資格を失っているからこそ「神に奉仕することの可能な人格に再生しなければなら」ず、そのために吹芡刀自の「言葉による潔斎」を受けたという影山尚之氏の説[23]が浮上してくる。影山氏の説は、当歌の「処女」に神聖観念が伴うことを確認した上で、十市皇女は現実に「処女」ではないにもかかわらず、「処女」と歌われていることを合理的に説明したものと言える。そこには伊勢神宮に参拝する女性は未婚女性でなければならないという前提があると思われるが、後述するように、未婚は必要不可欠の条件ではないのである。「神に奉仕することの可能な人格」とは、既婚未婚を問うことではなく、巫女性を備えた人格ということになろう。職業的巫女でない限り、既婚であることは問題にはならないことは、神功皇后や斉明天皇が〝巫女王〟であったことからも類推できる。その意味で十市皇女は適格者なのだと思う。

十市皇女については、その身分境遇ははっきりしているが、人物については殆ど不明である。しばらく十市皇女の人間像を探ってみよう。

十市皇女の死について、日本書紀天武七年四月条に、

夏四月の丁亥の朔に、斎宮に幸さむとして卜ふ。癸巳、卜に食へり。仍りて平旦時を取りて、警蹕既に動き、百寮列を成し、乗輿蓋を命して、未だ出行すに及らざるに、十市皇女、卒然に病発り、宮中に薨ります。此に由りて、鹵簿既に停りて、幸行すこと得ず。遂に神祇を祭りたまはず。己亥に、新宮の西庁の柱に霹靂す。庚子に、十市皇女を赤穂に葬る。天皇、臨して、恩を降して発哀したまふ。

と記されている。天皇は同年春に「天神地祇を祠らむとして」、倉梯川の河上に斎宮を建てた。その斎宮へまさに出御しようとした時、十市皇女が宮中で急死した。よって天皇の出御は中止となり、「遂に神祇を祭りたまはず」という結果になった。『僻案抄』の十市皇女斎宮予定説もこの記事から推測したものであるが、それは飛躍し過ぎとしても、北山茂夫氏が、この時父帝の命により、「十市皇女は、倉梯川の河上の斎宮に赴くことになっ

ていた。」と解釈しているのは妥当と思う。[24]紀の文脈では、倉梯の斎宮への出御と十市皇女の死とは関連あるものと読み取るのが自然だと思われるからである。神祇を祭る際、天皇みずから出向くことは珍しい。天武五年夏の旱魃の時は「使を四方に遣し、幣帛を捧げて、諸の神祇に祈らし」めている。右の天武七年の記事では天皇みずから祭ることになっていた趣であるが、そうだとすれば、よほど重要な神事なのであろう。十市皇女が天皇を補佐して神祇を祭る役目を負っていた、それ故に出御直前の十市の急死は不吉という以上に神事そのものの執行を不可能にしたのではなかろうか。[25]十市皇女がこの時天皇に同行することになっていたとすれば、天武朝における十市皇女は、神事の重要な役目を負わされていたことになる。天武天皇は、伊勢神宮をはじめ、神祇を祭ることに非常に力をそそいだ天皇であり、斎宮制度もこの時代に確立したと言われる。そうであれば、祭祀を司る高級巫女が必要であったはずで、その任に当たるべく十市皇女が選ばれたものであろう。

当歌の「伊勢参赴」も、正史に記録されていることから勅命によるものに違いない。その目的は不明であるが、岩波大系本日本書紀頭注に、

壬申の乱の際の神宮の協力に対する報賽の意味をもつものであろう。

とあるのが事実に近いと思う。そうでないとしても、阿閉皇女まで伴った伊勢下向の勅命が下るくらいであるから、十市皇女は、壬申の乱の敵将の妃という立場を完全に払拭し、天武朝の祭祀の中枢に迎え入れられたことになる。常識的には考えられないことであるが、その非常識とも思える処遇に十市皇女の本性が見え隠れしているのではないかと思う。つまり、父天武にとって十市皇女の巫術が必要だったということであり、巫女性こそが十市皇女の本性であったということである。

誰であれ天皇の許可なくして伊勢神宮に参拝することはできない。十市皇女の参宮は、天皇の名代としてのも

のに違いないが、この役目も皇女であれば誰でもいいというわけではなかった。十市皇女の死後、天武紀朱鳥元（六八六）年四月条に、

> 丙申に、多紀皇女・山背姫王・石川夫人を伊勢神宮に遣す。

と見える。この時の多紀皇女は、山背姫王（不詳）と石川夫人（天武の妻）を伴って参宮し、その後文武二（六九八）年九月に伊勢斎宮として派遣され、大宝元（七〇一）年二月に泉皇女と交替するまで斎宮の任に就いていたらしい（『続日本紀』）。多紀皇女は、斎宮退下後、志貴皇子と結婚して、春日王を生んでいる（万葉集巻四、六六九の題詞注）。更にその後、慶雲三（七〇六）年十二月、神宮に派遣された。三度目である。その時多紀皇女は、春日王の母であり、三十三～五歳にはなっていたと推定される。

多紀皇女が、実人生上の事情が変わっても伊勢に派遣されているのは、この皇女が巫術に優れていたからではなかろうか。神を祭るということは、並々のことではなかった。日本書紀崇神天皇六年条に、

> 是より先に、天照大神・倭大国魂二神を並びに、天皇の大殿の内に祭る。然るに其の神の勢を畏り、共に住みたまふこと安からず。故、天照大神を以ちて、豊鍬入姫命に託け、倭の笠縫邑に祭り、仍りて磯堅城の神籬を立つ。神籬、此には比莽呂岐と云ふ。亦日本大国魂神を以ちて渟名城入姫命に託け祭らしむ。然るに渟名城入姫、髪落ち体痩せて祭ること能はず。

と記す。「髪落ち体痩みて」巫女の任に耐えられなかった女性もいたということであるから、選ばれて神祭をする女性は特殊な能力を持っていたことになる。それ故に、奈良朝の「巫蠱魘魅」の罪に問われて廃后になった前斎宮井上内親王（続日本紀光仁宝亀三年三月条）のような悲劇も時々起こることになる。巫女は巫蠱にもなり得るのである。巫術が効力を発揮すると信じられたからこそ、巫鬼道は大逆罪になり得るわけで、奈良朝末期、誣告は

政治的策謀の陰湿な手段にもなった。

ともあれ、十市皇女が神祭の能力を持っていたことが、伊勢神宮に派遣された最大の理由であろう。同行者として若い阿閉皇女もいたが、天皇の名代として参拝の任を負っていたのは十市皇女であったはずである。十市皇女は、恐らくは天智天皇の政略により、大友皇子の妃となったものであるが、額田王の血を引く娘として巫祝の能力を供えていたとしても不思議ではない。

後世の宇治拾遺物語や扶桑略記、水鏡などに伝える壬申の乱の時の十市皇女の動静は、案外当時実際に囁かれていた噂だったのかも知れない。壬申の乱の後、十市皇女が天武朝の祭祀の中枢に身をおくことになったことから推すと、乱時十市が父皇子と密かに連絡をとっていたという話がまことしやかに囁かれても不思議ではないからである。十市皇女の伝には、壬申の乱の時の動静を語るものと乱後の狂気性を語るものとがあるが、それはともかくとしても、乱後次第に心を破られていったことは、想像に難くない。十市皇女自殺説は殆ど通説と言ってよい。

むすび

秦恒平氏の小説『秘色』は、十市皇女の人間像を描いて興味深い。その中で、氏は、日本書紀、万葉集をはじめ、広く後世の史料や説話に見える十市皇女の伝をも援用しつつ、鋭い感性で十市皇女の本質を追求し、十市を「誣咒の少女」と言い、「真榊のような皇女」と表現している。その面影は、十市皇女に手向けられた万葉集の次の三首からも浮かんでくる。

十市皇女の薨ぜし時に、高市皇子尊の作らす歌三首

みもろの三輪の神杉　已具耳矣自得見監乍共　寝ねぬ夜ぞ多き（巻二、一五六）

三輪山の山辺まそ木綿短木綿かくのみゆゑに長くと思ひき（同、一五七）

山吹の立ちよそひたる山清水汲みに行かめど道の知らなく（同、一五八）

異母兄の高市皇子がどういう事情でこの挽歌を作ったかはわからないが、深い哀しみの中に十市皇女への抑えがたい思慕の情が読み取れる歌である。十市皇女は夫の大友皇子を壬申の乱で失って後、高市皇子と結婚したという説[26]もこの三首の歌を根拠にしているが、この三首の歌は、むしろそれを否定するような響きがあるように思われる。一首目の「三輪の神杉」は「三輪の祝が斎ふ杉手触れし罪か」（巻四、七一二）と歌われているように神のよりましとして手に触れてはならない神聖物であった。三、四句の訓が定まらないのではっきりとは言えないが、十市皇女への思慕を募らせながらも神おとめのような皇女ゆえに触れ得なかった思いがこめられているのではなかろうか。

二首目も、十市を失った嘆きが、「三輪山の山麓に大神を祭る為の麻のしで」（『注釈』）に寄せて歌われている。二首までも三輪の神に関わる神聖な景物に寄せて抒情されているのは、十市皇女と三輪の神との関係を暗示しているのかも知れない。母の額田王も近江への遷都の時、神事の場において三輪山への惜別歌（巻一、一七～一八）を詠んでいる。三輪の神との並々ならぬ関係がこの母子にはあったことが想像される。

三首目は、上三句の清冽で美しい情景は黄泉を暗示しつつ十市皇女の面影を鮮やかに印象づけている。これら三首の歌から浮かんでくる十市皇女のイメージは、年齢や子の母ということを超えて、神聖にして侵すべからざる、美しくも凛とした神おとめの面影である。

秦恒平氏は、当歌については、「皇女の異常な清颯の気凛を、今もありありと喚び醒ます」と言い、次のように述べている。

仮にも大友皇子の妃として表むき葛野王を儲けた十市皇女を、伊勢神宮に送る途中、「河上のゆついわむらに草むさず」と謡って、いつまでもいつまでも処女でいらして下さいと吹黄刀自が叫ぶように呼びかけた歌は、的確に皇女が常世人として神に仕えた巫女であった事を語っている事、またそうでなければ理解に耐えない奇妙な響きをもつ事を、私は考えていたのである。(『秘色』)

この解釈が、今の私には最も説得力をもつ。桜井満氏が、下二句を、

いつまでもあってほしいものです。神に仕える永遠のおとめで。

と口訳しているのも、十市皇女の巫女性を認めてのことであろうか。(27)

吹芡刀自の歌は、おそらくは参宮のための禊をする場で、次第に心を破られていく十市皇女のために、渾身の祈りをこめてことほいだものであろう。いつまでも変わらぬ神おとめであってほしいと。その姿も恐らく「放り髪」の巫女の姿であったと思う。神楽歌に、

霜八度置けど枯れせぬ榊葉の立ち栄ゆべき神の巫女《きね》かも

という、神楽を舞う巫女を賛美した歌がある。刀自の歌も発想はこの歌と同類かと思われるが、寿歌は、この神楽歌のようにめでたい時にばかり歌われるとは限らない。天智天皇の重体の時、倭大后が、

天の原振り放け見れば大君の御寿は長く天足らしたり（巻二、一四七）

と歌ったように、願うべきことが危機に瀕した時にこそ、渾身の祈りをこめて歌われる。吹芡刀自は十市皇女の命の内部に起こりつつある危機を察知していたのかも知れない。十市皇女自身の歌が万葉集に一首も残されていないのも、風雅の世界に身をおくことのなかった十市皇女の運命を語っているような気がする。

【注】

（1）『増訂万葉集全註釈』三
（2）『万葉集注釈』巻第一
（3）「『ゆつ』・『いほつ』考」（『美夫君志』五　昭和三十七年七月）
（4）「『常処女にて』考」（『大久間喜一郎博士古稀記念　古代伝承論』昭和六十二年　桜楓社）
（5）「額田王攷」（『万葉集研究』第八集　昭和五十四年　塙書房）
（6）森本治吉「波多の横山の巌研究」（『上代文学』六　昭和三十年十月）
（7）土屋文明『万葉集私注』一
（8）『古代歌謡全注釈　古事記編』
（9）「吹芡刀自の寿歌」（『万葉集研究』第十一集　昭和五十八年　塙書房）
（10）注（8）に同じ。
（11）注（5）に同じ。
（12）注（9）に同じ。
（13）注（4）に同じ。
（14）土橋寛『あれをとめ』考」（『万葉』五十　昭和三十九年一月）
（15）古事記における「をとめ」については、拙稿「古事記に見る『をとめ』像」（『作新国文』三　平成五年七月参照）
（16）『折口信夫全集』第一巻　古代研究（国文学篇）
（17）注（9）に同じ。
（18）注（5）に同じ。
（19）注（4）に同じ。
（20）伊藤博氏（「題詞の権威」『万葉』五十　昭和三十九年一月）は、「―を見る歌」を第一「自然を見てそれを讃える歌」、第二「旅の自然を通して家郷を偲ぶ歌」、第三「死人や墓などを見て哀傷する歌」の三つに大別し、吹芡刀自の歌は第二に分類されるとしている。題詞の型としてはその通りであるが、当歌は「偲ぶ歌」の類には入らないと思う。「偲ぶ歌」は偲ぶ対象（妻・家郷）と「見る者」（歌い手）とが交感関係にあることが前提であろう。

(21)『折口信夫全集』第四巻「口訳万葉集」（上）

(22)『天武朝』（昭和五十三年　中央公論社）

(23)「吹芡刀自の歌」（『園田国文』九　昭和六十三年三月）

(24) 注(22)に同じ。

(25) 日本書紀に「斎宮」の記録は、他に垂仁紀・神功紀・天武紀に三箇所見え、それぞれ倭姫命、神功皇后・大来皇女が巫の役をつとめている。天武紀七年の場合も、実際には女性である十市皇女が巫に予定されていた可能性がある。

(26)『代匠記』（精撰本）をはじめ、井上通泰『万葉集新考』、土屋文明『万葉集私注』等。

(27)『万葉集（上）』（旺文社文庫）

塚本澄子　著作目録

【研究論文】

「馬酔木歌考（一）」
北大古代文学会『古代文学会報』六号　昭和四十五年七月

「額田王――その挽歌の性格について――」
北大古代文学会『研究論集』II　昭和四十七年八月

「泊瀬歌謡の性格」
『野田教授退官記念日本文学新見　研究と資料』笠間書院　昭和五十一年三月

「挽歌発生前史における葬歌の意義」（本書第一章第一節）
北海道大学国文学会『国語国文研究』第五十七号　昭和五十二年二月

「孝徳・斉明紀の挽歌における詩の成立の問題――類歌性をめぐって――」（本書第一章第二節）
大久保正編『万葉とその伝統』桜楓社　昭和五十五年六月

「万葉集相聞歌における〝見る〟歌の発想」
作新学院女子短期大学『作新学院女子短期大学紀要』第六号　昭和五十六年十二月

「斉明天皇――その歌人的性格について――」（本書 付篇第一節）
作新学院女子短期大学『作新学院女子短期大学紀要』第七号　昭和五十八年十二月

「倭大后の挽歌の世界――『玉かづら』の解釈をめぐって――」（本書第二章第一節）
作新学院女子短期大学『作新学院女子短期大学紀要』第九号　昭和六十年十二月

「万葉集における『影』と『面影』——倭大后の挽歌の『影』の意味——」（本書第二章第二節）
作新学院女子短期大学『作新学院女子短期大学紀要』第十号　昭和六十一年十二月

「中皇命、紀の温泉に往く時の御歌——代作説をめぐって——」（本書　付篇第二節）
作新学院女子短期大学『作新学院女子短期大学紀要』第十一号　昭和六十二年十二月

「『女の挽歌』存疑——天智天皇挽歌群をめぐって——」
作新学院女子短期大学『作新学院女子短期大学紀要』第十二号　昭和六十三年十二月

「都意識と大宮人」
作新学院女子短期大学『作新学院女子短期大学紀要』第十四号　平成二年十一月

「蒲生野の贈答歌」
作新学院女子短期大学国文学会『作新国文』第二号　平成二年十二月

「吹芡刀自の歌——十市皇女の人間像——」（本書　付篇第三節）
作新学院女子短期大学『作新学院女子短期大学紀要』第十五号　平成三年十一月

「古事記に見る『をとめ』像」
作新学院女子短期大学国文学会『作新国文』第三号　平成三年十二月

「上代文学に見る桜——『うるはしきをとめ』の物語——」
作新学院女子短期大学国文学会『作新国文』第五号　平成五年七月

「十市皇女挽歌——『山吹の立ちよそひたる山清水』——」（本書第二章第三節）
作新学院女子短期大学『作新学院女子短期大学紀要』第十八号　平成六年十一月

「柿本人麻呂の死の表現——『黄葉』によせる思い——」（本書第二章第四節）
作新学院女子短期大学国文学会『作新国文』第七号　平成七年十二月

「小野小町説話の基層」
作新学院女子短期大学国文学会『作新国文』第八号　平成八年十二月

「『うらぶれて』行く人――三三〇三・四番歌をめぐって――」（本書第二章第五節）
作新学院女子短期大学国文学会『作新国文』第十号　平成十年十二月
「他界への旅――万葉挽歌に見る――」（本書第二章第六節）
作新学院女子短期大学国文学会『作新国文』第十二号　平成十三年三月
「豊前国の娘子大宅女の歌」
作新学院女子短期大学国文学会『作新国文』第十四号　平成十五年十一月
「挽歌をよむ女」（本書第一章第三節）
高岡市万葉歴史館編『女人の万葉集』　笠間書院　平成十九年三月

【エッセイ・事典など】

「散りのまがひ」　『藝林』第五十八巻第三号　藝林発行所　平成七年三月
「衣通姫の流」　『藝林』第五十九巻第一号　藝林発行所　平成八年一月
「山吹の花の歌一首」　『藝林』第五十九巻第九号　藝林発行所　平成八年九月
「黄葉の過ぎにし人」　『藝林』第六十一巻第一号　藝林発行所　平成十年一月
「挽歌と相聞のあいだ」　『藝林』第六十一巻第十号　藝林発行所　平成十年十月
「月待ちていませわが背子」　『藝林』第六十二巻第七号　藝林発行所　平成十一年七月
「毛桃の下に月夜さし」　『藝林』第六十三巻第五号　藝林発行所　平成十二年五月
「月下の恋」　『藝林』第六十四巻第三号　藝林発行所　平成十三年三月
「小檜のすまぐはし児ろ」　『藝林』第六十五巻第一号　藝林発行所　平成十四年一月
「垣間見の風景」　『藝林』第六十六巻第四号　藝林発行所　平成十五年四月

『日本書紀歌謡　全訳注』　大久保正　講談社（講談社学術文庫）　昭和五十六年八月
大久保正先生の急逝に伴い、未完部分であった「天智天皇崩御の時の童謡」を遺稿をもとに執筆、「はしがき」、「歌謡索引」を担当。

伊藤博・稲岡耕二編『万葉集を学ぶ』第八集「古代語発掘2『見る』」　有斐閣　昭和五十三年十二月

稲岡耕二編『万葉集事典』「万葉集名歌事典」の「巻十、二二三三・巻十一、二三五七」を担当。　学燈社　平成五年八月

市古夏生・菅聡子編『日本女性文学大事典』「斉明天皇」を担当。　日本図書センター　平成十八年一月

あとがき

塚本澄子さんは、昭和二十年五月三十一日、北海道瀬棚郡東瀬棚村（現・瀬棚郡北桧山町）にて誕生しました。四十三年三月弘前大学教育学部を卒業、同年四月から一年間、青森県川内町立蛎碕中学校で教鞭をとり、四十四年四月北海道大学文学部研究生となり、四十七年四月北海道大学大学院文学研究科修士課程入学、四十九年四月同博士課程に入学、五十五年三月同課程を単位取得退学、同年四月作新学院女子短期大学講師となり、助教授、教授を経て、平成十四年四月からは作新学院大学人間文化学部人間文化学科教授の任に就いていました。

塚本さんが北海道大学の研究生となった時、私は助手でしたが、大久保正先生を中心にして開かれていた「万葉研究会」で一時期ともに学びました。まもなく起こった「学園紛争」で研究室は閉鎖され研究会の開催もままならぬ状況となりました。閉鎖の解除後、塚本さんは研究会で活躍していましたが、大久保先生が国文学研究資料館に転出された後、自らも東京に居を移し、それからは年に一、二回学会で逢っていました。

平成八年十二月、乳癌であることが判明、手術、治療をしましたが、平成十一年十月再発、手術をし一時はお元気になりまた学会で会うこともありましたが、その後体調を崩され、平成二十年十一月四日最後の入院のあと同月九日逝去されました。

塚本さんの教え子である木和田千絵さんから、ご主人の信一郎さんが論文集を出したい意向である、ついては力になってほしい、というメールを受け取ったのは平成二十一年九月のことでした。中川ゆかりさんと相談し、どのようなものにするか、暗中模索が始まりました。塚本さんと中川さんは、中川さんが北海道大学の学生であった時、「万葉研究会」で塚本さんに親しく教えを受けて以来、交流がありました。また先輩にあたる原田貞義さんにもご相談し、全て載せるというのでなく、テーマとしてまとまりのあるもので一冊作る、という方向に落ち着きました。

塚本さんが最も力を入れていたのは挽歌論でした。改めて論文をみますと万葉前期の挽歌論に集中しています。おそらくこれから人麻呂の挽歌へと論が展開されていったのでしょうが、病のためそれを成し遂げ得ずさぞ無念だったと思います。

塚本さんの著作目録は別に掲載したとおりです。その中から挽歌にかかわる論を中心にとりあげ、第一章は挽歌の発生や成立にかかわる論、第二章は挽歌の表現についての論、付篇として万葉前期の歌人についての論を取り上げました。第一章に「『女の挽歌』存疑――天智天皇挽歌群をめぐって――」を入れるべきですが、これは後の「挽歌をよむ女」と内容上それほど変わりはないので省きました。本書でとりあげなかった論文等は、『戀ひ戀ひて～塚本澄子遺稿集～』としてまとめ近く出版されます（私家版）。

論中に引用されている作品の本文の見直しを行うにあたっては同一の文献により統一いたしました。ただし、論の展開上、もとのままのほうが良いと考えられるものは、そのままにいたしました。主な文献は次のとおりです。

古事記　山口佳紀・神野志隆光校注・訳『新編日本古典文学全集　古事記』小学館　平成九年

日本書紀　小島憲之・直木孝次郎・西宮一民・蔵中進・毛利正守校注・訳『新編日本古典文学全集　日本書紀』①②③　小学館　平成六年～十年

万葉集　佐竹昭広・木下正俊・小島憲之共著『万葉集　本文篇』塙書房　平成十年増訂版
佐竹昭広・木下正俊・小島憲之共著『万葉集　訳文篇』塙書房　昭和四十七年
風土記　植垣節也校注・訳『新編日本古典文学全集　風土記』小学館　平成九年十月
また、引用書のうち、文学史上著名な作品は『　』を省略しました。
本書をなすにあたって、構成、引用文献の見直し、書式の統一や校正は中川さんと私が担当しました。論の展開、文意の関係でいくつか手直しをしたところや他の論と重複する関係で削除した部分があります。本文の見直しは木和田さんにお願いいたしました。
出版は、荻原千鶴さんに仲介の労を取っていただき笠間書院にお願いいたしました。快く出版をお引き受けくださいました笠間書院、ご担当の重光徹さん、荻原千鶴さんに篤くお礼を申し上げます。
こうしてできあがったものが塚本さんの意にかなうものであるか、という思いはありますが、万葉前期挽歌論に焦点をあてたご研究が一冊の本になり世に問うことができることを、塚本さんは喜んでくださっているものと思っています。そして本書の刊行がご遺族や教え子の悲しみを癒し励みとなることを願ってやみません。

平成二十三年二月

小野寺静子

著者

塚 本 澄 子（つかもと・すみこ）

略歴

昭和20年５月31日	北海道瀬棚郡東瀬棚村（現・瀬棚郡北桧山町）に生まれる
43年３月	弘前大学教育学部卒業
43年４月〜44年３月	青森県川内町立蛎碕中学校教諭
47年４月	北海道大学大学院文学研究科修士課程入学
55年３月	北海道大学大学院文学研究科博士課程単位取得退学
55年４月〜平成14年３月	作新学院女子短期大学講師、助教授を経て教授
平成14年４月〜	作新学院大学人間文化学部人間文化学科教授
20年11月９日	没

主著

「孝徳・斉明紀の挽歌における詩の成立の問題―類歌性をめぐって―」（大久保正編『万葉とその伝統』桜楓社　昭和55年）

「挽歌をよむ女」（高岡市万葉歴史館編『女人の万葉集』　笠間書院　平成19年）

『戀ひ戀ひて〜塚本澄子遺稿集〜』（私家版　平成23年）

万葉《まんよう》挽歌《ばんか》の成立《せいりつ》

平成23（2011）年４月30日　初版第１刷発行

著　者　塚　本　澄　子

装　幀　笠間書院装幀室

発行者　池　田　つ　や　子

発行所　有限会社　笠間書院

〒101-0064　東京都千代田区猿楽町 2-2-3

電話 03-3295-1331（代） Fax 03-3294-0996

NDC 分類：911.12　振替 00110-1-56002

ISBN978-4-305-70549-5

落丁・乱丁本はお取りかえいたします　シナノ印刷

http://kasamashoin.jp　（本文用紙・中性紙使用）

歌番号索引

万葉集

●巻五

●巻六

●巻七

●巻八

●巻九

●巻十

●巻十一

●巻十二

●巻十三

●巻十四

●巻十五

●巻十六

●巻十七

●巻十八

●巻十九

古事記

日本書紀

古今集

伊勢物語

源氏物語

語句索引

●た行

●な行

●は行

●ま行

●や行

●ら行

●わ行

研究者名索引

●わ行